珍贵

的

记忆

少年岁月（林继宗）

激情时代（林继宗）

主政港口（林继宗）

寰宇行踪（林继宗）

传主林继宗先生和作者辛镛

作者与林继宗先生出席首届国际潮人文学奖的各国华文作家

省、市、区三级人大代表张速
平先生和作者合影

张速平先生访问哥伦
比亚大学

张速平先生参观延安宝塔山

张速平在梁家河窑洞（习近平总书记当知青下乡时的住所）

张速平先生在纽约考察

张速平先生赴华盛顿访问

世界华文作家交流协会厦门采风团

访问潮商卫视总部

中国文联廖奔副主席向新明框业辛列明经理转赠中国书协张海主席的墨宝

林继宗先生向安福楼程炳烨先生赠书

林继宗先生和广东省文联主席许钦松先生

参加汕头市第五届"文代"会

参加关爱自闭症儿童公益募捐活动

走进乡间　参加采风活动

诗歌朗诵　文化惠民活动

作者伉俪访问韩国

作者伉俪参观新加坡植物园

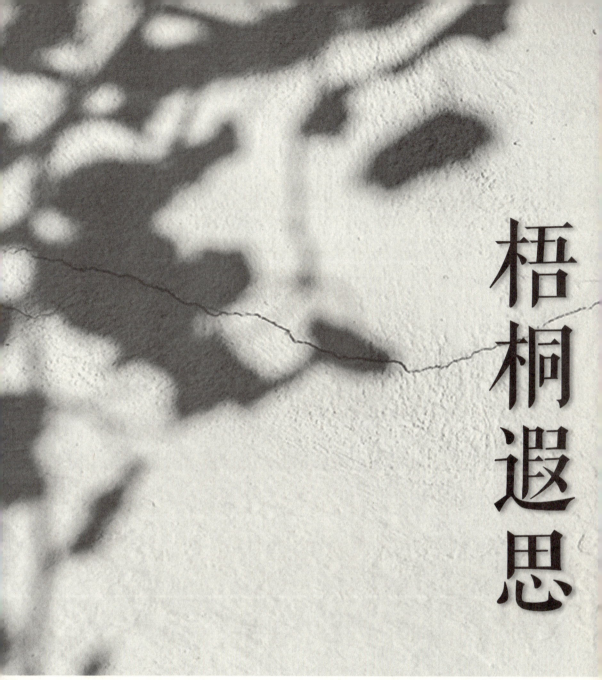

梧桐遐思

Wu Tong Xia Si 辛 镛/著

羊城晚报出版社

·广州·

图书在版编目（CIP）数据

梧桐遐思 / 辛镛著. —广州：羊城晚报出版社，

2015.6

　　ISBN 978-7-5543-0193-7

　　Ⅰ. ①梧…　Ⅱ. ①辛…　Ⅲ. ①散文集—中国—当

代　Ⅳ. ①I267

中国版本图书馆CIP数据核字（2015）第098810号

梧桐遐思
Wutong Xiasi

策划编辑	朱复融
责任编辑	朱复融　黄捷生
责任技编	张广生
装帧设计	友间文化
责任校对	何琳玲　雷小留
出版发行	羊城晚报出版社
	（广州市天河区黄埔大道中309号羊城创意产业园3-13B　邮编：510665）
	网址：www.ycwb-press.com
	发行部电话：（020）87133824
出 版 人	吴　江
经　　销	广东新华发行集团股份有限公司
印　　刷	佛山市浩文彩色印刷有限公司
	（南海区狮山科技工业园A区　邮政编码：528225）
规　　格	787毫米×1092毫米　1/16　印张16.5　插页6　字数250千
版　　次	2015年6月第1版　2015年6月第1次印刷
书　　号	ISBN 978-7-5543-0193-7 / I·222
定　　价	36.00元

目录

序

郑竹园

　　我的家乡潮汕，位于南海之滨，粤省东部。此处依山傍水，岛屿星罗棋布，拥有众多天然良港。"山有林麓之利，泽有蒲鱼之饶。"早在唐宋时期，潮汕先民就借助舟楫之便，出没于波涛之间，进行生产与贸易，开辟海上丝绸之路，在世界经济史和民族交流史上都写下辉煌的一页。

　　正是特有的地域与民风，孕育了"自强不息、坚忍不拔、勇于开拓、团结拼搏"的潮人精神和性格，并以"传统、精明、拼命、抱团"的群体形象立于世。海外华裔侨胞中，潮籍人士占了五分之一，涌现了一批爱国侨领、政商名流、硕学鸿儒，使潮汕人享有"东方犹太人"之美誉。

　　林继宗先生就是我所认识的一个典型的"潮汕人"。早年，他上山下乡远赴海南岛。当时的海南，一片荒芜，各种生活物资都非常匮乏，几乎全凭双手去土里刨食。白天，他开荒、砍芭、烧山、挖穴，种植橡胶和其他热带植物，一到晚上，就读书、采访和写作，经常熬到子夜或凌晨。在艰难的环境中，他先后出版了报告文学集《魂系胶林》和戏剧集《魂系椰风》，赢得了文学圈"拼命三郎"的称号。

　　中年时期，林继宗主政汕头港务集团，这是一个有上万名工人的大型国有企业，在改革开放的浪潮中，有历史遗留的堆积如山的问题需要解决，领导人肩上的担子和责任重于泰山。同时，他又历任汕头市作家协会和汕头市社会心理学会的秘书长、副主席、主席，要"两手抓，两手都要硬"，难度可想而知。正是潮汕人吃苦耐劳、敢为人先的精神品格，使得他迎难而上，领导港务集团和协会，做了大量有益的工作，广受赞誉。

退休之后，他依然为潮汕文化事业贡献自己的热量，创作了洋洋洒洒两百多万字的诗化散文式系列长篇小说《魂系潮人》，策划、组织了国际潮人文学奖活动，又回应海内外潮籍侨胞的呼声，牵头组建潮汕文学院、国际潮人文艺基金会和国际潮人文学艺术协会，尽力当好文化义工的角色，办好文化公益事业。他在五十多年的文学创作岁月中，他先后创作出版了19部文学著作，836万字；并且获得了71个文学奖项。这种奋斗与贡献的精神非常难得。我已年近九旬，依然笔耕不辍，曾写诗自勉："人生七十古来稀，我今八十不觉奇，能诗能文解百惑，登山涉水免扶持。日写五千等闲事，年成一书未脱期。发愤忘忧不知老，乐天知命登期颐。"在这一点上，林继宗和我是相同的。

《梧桐遐思》一书，开创性的特点是采取"以人带史"、"以人系事"的写作手法，详尽叙述传主林继宗先生艰苦奋斗的人生道路，壮丽辉煌的艺术生涯，淋漓尽致地表现出了老作家至善至美的心灵。同时也通过纵横交错的人物活动、丰富多彩的生活画面和波澜壮阔的历史事件，向着历史的纵深和横广铺展开来，较全面地展示了潮汕地区社会和文化的面貌。

《梧桐遐思》的作者辛镛，是一位32岁的潮汕青年作家。文学在当下这个纷繁复杂的时代，或被边缘化，或被功利化，被不断地娱乐和消费。一个年轻人，能走上文学创作的艰辛道路，是值得赞许和鼓励的。文学是

序

人类灵魂的灯盏、指路的坐标，是人类所创造出来的用以记录时光、追问自身的一种方式和途径。青年人朝气蓬勃、思想新锐，是未来社会的栋梁，也是文学薪火相传的希望所在。1959年，32岁的我怀着远大的梦想，只身背井离乡，带着四大木箱的研究资料，经过19天海上颠簸，艰难抵达旧金山。岁月如梭，如今我已是年近九旬的长者，但我愿意为中美两国更多的青年作家搭建广阔的舞台，提供施展聪明才智的广阔园地。我也期待这位年轻的潮人作家有更多优秀作品面世，祝愿这棵文学苗子长成参天大树。

传记文学是历史的见证者，我们赞赏优秀的作品，记录多姿多彩的动人故事，见人、见物、见精神。值此《梧桐遐思》一书出版之际，口占七律一首，连同上面这几段话，权当书之序文用之。

我潮文风肇韩公，文起八代世景崇。
江山代有人才出，各领风骚攀顶峰。
林子继宗多文采，下笔有神矫如龙。
相期再聚鮀江上，煮酒终宵论英雄。

（郑竹园，美籍潮裔侨领，世界知名经济学家，美国印第安纳州州立博尔大学终身教授，著有《中国经济发展》等书，曾多次应国务院之邀回国访问，并得到国家领导人的接见。）

内容简介

　　本书以传主林继宗先生前七十年生涯为线索，采取"以人带史"、"以人系事"的写作手法，详尽叙述他艰苦奋斗的人生道路，壮丽辉煌的艺术生涯。也通过林继宗与政界商界文化界名流的交往故事，以纵横交错的人物互动，全面展示新中国成立初期、"文化大革命"、改革开放三个历史阶段汕头经济、文化的发展脉络和繁荣局面。全书采用跨文体写作的方式，既保持传记文学的真实和严谨，又借鉴小说笔法使故事生动，融入散文笔法使语言优美。

楔子

好雨知时节，当春乃发生。

初春时节，毛毛细雨淅淅沥沥地落下来，悄悄无声地，像是无数蚕娘吐出的银丝。千万条细丝，荡漾在天地之间，给万物披上一件迷迷漫漫的轻纱，又把万物洗涤得清新明亮。

雨又像无数只小手，击在水面上，画出了一个一个的音符；打在树叶上，敲出了一个一个的乐音，奏出了一曲春天生命的赞歌。

城市里，高耸入云的大厦，干净宽敞的马路，优美静谧的街道，都笼罩在轻纱样的雨雾里，清新，水润，如画一般的美丽。

春雨依旧潇潇地下着，我撑着伞，穿过一条繁华热闹的大马路，走进一条幽静的石板路。沿着夹道的老梧桐树，我且行且思，准备去拜访我的文学导师，海滨邹鲁一位著名的"普通人"。

那一株株老梧桐树，树皮青绿平滑，枝丫粗壮光滑，树冠宽阔茂密。他们是一种静谧的、绿色的生命力的爆发，就像一个个勤劳朴素的潮汕乡民，和四季的风霜雨雪一起，和一簇簇散发着幽香的野花一起，和清澈朴素的溪流一起，和飘荡在风中的童谣和炊烟一起，在潮汕这片"种田如绣花"的土地上，以群体的坚韧、蓬勃和进取之心，呈现对乡土的忠贞、依恋和守望。它们经历岁月的沧桑，依旧挺拔。它们见证了一个个时代，是汕头城市文化符号，是老百姓记忆和情感的寄托。

远远望去，在绿得发墨的树荫背后，一排老房子若隐若现。老房子经历了世纪风雨，原来乳白的墙面，现已变成了灰白色，青苔慢慢爬过它的每一寸皱巴巴的皮肤，肃穆而忧郁的颜色。老房子兀自优雅而安详地伫立在文化和哲学的角落里，安静地思索着，把这嘈杂的历史和城市彻底抛在身后了。就像老房子里的主人林继宗先生，虽然担任重要的社会职务，拥有很多荣耀的头衔和称号，但甘于做一个普通人，默默地贡献。

　　走进林家，书房很宽敞明亮。白色的墙壁一尘不染，壁上挂着一幅墨宝，是主人家亲笔自题的"韩波斋"三个大字。整墙宽的落地书柜里整整齐齐地摆满了书。书柜线条简凝，是简约风格的代表之作，一如主人家的生活习惯。书架的最上层摆着几盆小花和一盆天冬草，草已经长得有三尺多长，像香藤似的垂了下来，绿色的小叶子便隐隐地把一些书掩盖着，给安静的书房增添了一丝生机。精致的写字台上，放着几本书，几个画轴，一个大理石的镇纸，一个小小玲珑的日历牌，这是主人家写作和挥毫的地方。

　　炉火缓缓地飘着红色的光。淡淡的书香，淡淡的花草香，淡淡的茶香，都在微微润湿的空气里酝酿。在这令人陶醉的氛围中，我们开始了一场对话。

童年岁月

第一章

1

潮汕平原，地处欧亚大陆东南沿海，太平洋西岸中段，北界高山，南濒海洋，地理条件得天独厚，是一幅引人入胜的山水画卷。北回归线横贯其中部，由于南海这个无比巨大的天然"空调器"的作用，全区方圆18346平方公里，到处是良田沃野，四季如春。

潮汕地区地势自西北向东南倾斜，西北部峰峦叠翠，绵延成串，中间为桑浦山、小北山等山地构成的粤东南丘陵，南部沿海地区有韩江、榕江、练江等形成的几个冲积平原。沿海冲积平原共3000平方公里，约占本地区总面积的1/3。其他地区的山地和丘陵占本地区总面积的2/3。平原上河道纵横，土地肥沃，土层深厚，水源充足，光热丰富，十分适宜农作物的栽培。

三江汇流，奔腾入海，是潮汕地区江河水系最大的特点。蜿蜒曲折的韩江，是潮汕的母亲河。她从美丽的武夷山脉深处流来，一路南行，流经富饶的潮汕平原，哺育了无数的潮人俊彦。她从悠久绵长的历史深处流来，流成一条泽被久远的文化之河，孕育出千年的历史和传说、艺术和文化，她构成的潮汕文化在世界上焕发着独特的光彩。

流深水清的榕江，是潮汕第二大河，长210公里，流域面积4700多平方公里。以南河为主干，与北河分绕榕城，至炮台双溪嘴会流。中秋潮涨，此地现双重月影奇景。榕江是丰顺、揭阳、普宁、潮阳诸县的水运要道，也是滋润两岸农田的主要水源。

曲折似练的练江贯通普宁，潮阳两县，长92公里，流域面积1336平方公里。上源为普宁县境内的寒妈水，经大坝西南流注入白坑湖，再向东南流至桥柱石港山下分二支。东行的一支横贯潮阳中区至和平出石龟山，会南北各支流成为巨泽，称龟头海。江水续流至龙津，绕沧州南流，从海门入海。自龙津沿江而上至溪口，迂回曲折，状如白练，故名"练江"。练江中下游流域地平如镜，平畴万顷，蔚为壮观。

潮汕沿海，岛屿星罗棋布，拥有众多天然良港。潮汕先民至少在两千年前就借助舟楫之便，开始在海上生产与生活。宋代，潮汕人已经亦帆亦商地飘荡在东南亚各海域。明清两代，樟林港的辉煌，更表明潮汕人在海洋事业的发展上盛极一时，"潮商"已巍然与"徽商"、"晋商"并立于世且名声显赫了。

放眼世界，凡是洋流交汇处必有活跃生态。当韩江水与海洋波交集，潮汕平原成为一个充满诗情画意的风雅之所，一个将文学与梦想、盛世与诗意交相辉映的地方。两千多年的历史，留下了丰富的文化底蕴。上溯唐宋，下至明清，潮汕文坛才人辈出，文学创作高潮迭起，呈现一派繁荣景象。韩愈、许申、刘允等一大批诗文巨匠，在这里留下了不朽大作和文坛佳话。"休嗟城邑住天荒，已得仙枝耀故乡。从此方舆载人物，海滨邹鲁是潮阳。"（《送潮阳李孜主簿》）这首诗正是潮汕平原文化兴盛的真实写照。潮人文学中的民本思想、家园情怀、人世真情、社稷关爱，与中华民族传承数千年的"文脉"也是一脉相承。它穿越千年的沧桑，引领梦想的征途。

1946年4月14日（农历三月十三），林继宗便出生在这片"海滨邹鲁"之地。它的故乡潮阳是南海之滨一个小渔村，背依高山，面朝大海，有着独特的渔家风情。石砌的民居，石铺的街巷，辽阔的大海，悠扬的渔歌，构成了一幅充满田园般意境的画卷。

林继宗的祖父是当年潮汕地区闻名遐迩的中医师。由于其两只大拇指和两只食指都留了长长的指甲，因而乡民尊称为"长甲医师"。据说他的长甲在对病人进行推拿按压治疗时是起了特殊作用的。不过，使他饮誉远近的主要原因还是高超的医术和高尚的医德。治不好病人，"长甲医师"分文不取；治好了病人，对有钱人家随送随收，对无钱人则少收或不收诊金。于是，上门求治的病人越来越多。"长甲医师"忙不过来，刚读了几年书的儿子便辍学帮父亲拆药。可惜的是，因为父亲较早去世，抑或其他缘故，儿子林恪勋并没有接过父辈的班从医，而是走上了一条艰难而曲折的人生道路。

　　当祖父"长甲医师"去世后，林继宗的父亲林恪勋自然而然地要承担更多生活和家庭的负担。他并没有继承祖业，为了维持生计，他先后做过肩挑小贩，卖过糖葱薄饼，炒过板栗，担过"八索"（搬运夫），替药商带运过药材。在动荡的岁月里，靠他微薄的收入，供养着最多时曾经八口人的家庭，还有四个养子养女，十二人的生活重担，就这样压在他的肩上！

　　为了养活这一大家人，除了勤劳，成年累月像黄牛一样劳作不休，林恪勋特别地节俭，一个铜板能掰开花的就掰开来。在林继宗幼年的记忆里，父亲一生几乎没穿过一件好衣服。有时候，他身穿着有好几块补丁的破衣服上街，遇见熟人，便自嘲式地笑着说："男人怕什么？穿破的才凉快。"对方也笑了。

　　林公的勤劳与节俭，在乡亲邻里中是出了名的。他向来最喜欢喝茶，却总也舍不得多喝点。有一回，有亲戚从香港回乡探亲，带来些碎茶送给他喝。他如获至宝，但每天只从茶中取出一丁点，一遍遍泡着喝，直到差不多泡不出颜色了，再用水煮着喝，直煮至最后的茶渣一点颜色和味道都没有了，才肯将茶渣倒掉。因为舍不得喝，直到几年后他突发急病去世的时候，亲戚从香港带回来的那三斤碎茶，还剩两斤多！

　　林公虽然自己克勤克俭，但对于孩子们却非常疼爱。从林继宗记事时起，便知每每除夕之前，无论父亲出远门多忙多久，必定携带着子女们喜爱的许多物品，满面春风地赶回家里过节。亲亲孩子们，抱抱孩子们，带着他们玩，给他们讲许多许多的故事和做人处世的道理。他外出做小生意时，如卖糖葱薄饼、葱饼等，总剩有副产品猪油渣，自己舍不得吃，便压成一块一块的。积攒一定数量，就托人顺便带回潮阳家里，让家人当菜下饭吃。

　　有时候，父亲带林继宗到街边吃猪血。那时候一碗猪血五分钱，比猪肉便宜得多。父子花五分钱买一碗共享，但父亲只喝些猪血汤，而猪血几乎全给孩子吃，六七岁的林继宗用筷子夹着猪血硬往父亲嘴里塞，他实在推不过，才勉强象征性地吃一口半口的。如果父亲单独一人吃，便舍不得花五分钱了。他只花两分钱买一小碗没有猪血块的猪血汤，站着，趁热一气美美地喝下去，用手背抹抹嘴巴，便知足了。

一次，小林正在小巷口玩耍，一条凶恶的大狗突然出现，追咬年幼的小林，正好被父亲碰见，赤手空拳的父亲一声大吼，奋不顾身扑上去，同恶狗搏斗。咬伤父亲的恶狗斗不过父亲，夹着尾巴悻悻地逃跑了。腿上淌着鲜血的父亲发现儿子幸而没受伤，兴奋地一把将他揽进怀里，儿子却按住父亲的伤腿放声大哭起来。

林继宗的母亲余美仙，1910年出生在潮汕一个普通的私塾教师家庭里。她的父亲是深受乡民及弟子们爱戴的私塾先生，一生教出了许多出色的弟子，屡屡青出于蓝而胜于蓝。余氏从小接受家庭的教诲和私塾的熏陶，兰心蕙质；但也受当时"女子无才便是德"的社会风气的影响，未能免俗，没能读完私塾，只跟着其父粗略学了一些文化，也算颇能断文识字了。在林继宗的记忆里，母亲能够读信读报，也能写写信，而更拿手的是读"潮州歌册"。

潮州歌册是潮汕地区汉族民间说唱文学的一种，由唐代以来的弹词演变而成。歌文都用潮汕方言编写，有曲有白。一般曲文多为七字句，四句为一组，押韵以组为单位，流行于潮汕方言区。潮州歌册的内容多为历史故事及民间传说，也有一些反映地方题材。

每逢闲暇之时，左邻右舍的老婶老姆、嫂子媳妇和姐妹们便聚拢到"四点金"院落的厅堂里，围着余氏，听她"唱歌册"。余氏戴着眼镜，捧起歌册，一句一句地朗读起来，而那腔调与韵味，又分明像在唱歌，什么"薛仁贵征西"、"杨令婆辩十本"等等。

余氏的人品，亲友们是有口皆碑的。那时候，家境虽不算很穷，但也不宽裕。然其持家有道，省吃俭用，时常接济邻居与亲友。为了解除亲戚与好友的忧患，她还毅然先后收养了原本穷苦无依的两位姐姐和一位哥哥，虽然给家庭经济增添了沉重的负担，但她咬紧牙根，步履艰难地承受了下来。

余氏虽然自身文化水平不高，但对知识非常憧憬。林继宗小时候，母亲常常用大木盆给小林洗澡，边洗边说："孩子，你不要贪玩，要好好学习，书读好了，就让你上大学，还要送你到美国留学。"母亲的启发与鼓励，在他幼小的心中播下了热爱读书的种子，以至成为经年不竭的动力。

农忙时节，母亲多次带着林继宗到麻田里摘麻叶，回家煮红薯。有一回，年幼的林继宗想摘嫩叶子，于是骑在母亲的双肩上。右手勾住母亲的额头，左手伸出去摘麻叶，谁知手伸得太长，身体向前一倾，差点儿摔下来。他一紧张，竟然撒出尿来，余氏一手按住儿子的双腿，一手撑住他的上身，疼爱地说："我的小祖宗，撒吧，撒吧，把尿全撒完，不要留一半在肚子里，会伤身体的。"那淡黄色的尿液灌进了母亲的脖子和脊背，湿透了她的上衣，可她还笑着说："烧烧，等一会就凉快哩。"

小林五岁时，母亲带着他到父亲工作的家私店里玩。大人们忙着说话呢。不知谁的黑香云上衣吊在衣架上，小林不经意地从那上衣的口袋里掏出几张花花绿绿的画着图案和头像的纸张，觉得又漂亮又好玩，于是当玩具带回家中。在家里，母亲发现后大吃一惊，赶紧带着他连同那些"纸张"重返店中，问明"纸张"是谁的，立时赔礼道歉，如数奉还，再三数说孩子不懂事，乱拿东西，还以为是小人图。诚然，在那个物资极度匮乏的年代，对于一个五岁的小娃娃而言，他真不懂那就是"钱"啊。

小时候，林继宗总爱跟着母亲上山去割草。一次，他扭伤的脚还没有痊愈，却缠着要跟母亲上山去割草。余氏好说歹说劝孩子养好伤再说，他却不肯善罢甘休，拉着母亲的裤腿就是死死缠住不放，他被母亲设法甩开之后，又明一程暗一程地跟在母亲身后……到了坑沟边，母亲忍无可忍，为了给孩子一个教训，便把他放进坑沟里，让泉水浸到他的肚子上。小林害怕，放声大哭，幸亏家里大姐赶来，将他从坑沟里拉了上来，背抱着小孩子走进打破碗花盛开的山坳里，采摘了许多五颜六色的山花，还捉了一对彩蝶给他玩，小林这才破涕为笑。余氏割完草，不见了孩子，心中焦急，就匆忙到处寻找。等找到了他们姐弟俩，见姐弟俩玩得正高兴哩，她也乐了，双手一抱，就将孩子抱进草筐里，然后一边挑着筐子走路，一边逗孩子玩耍。

还有一次，母亲进树林里捡柴火，让六岁的小林自己在树林外的草地上玩耍。不巧，一根尖利的刺儿深深地扎进小孩子的大拇指，疼痛难忍，非常难受。小林本能地放声大哭。余氏听到哭声，急得扔下柴火，跑到草地上一探究竟。见状，非常着急，无奈手头没有工具可以挑刺，只能心急火燎地抱着儿子跑回家。

回到家里，正好林父也在家。余氏让丈夫坐在椅子上抱紧孩子，自己转身便从内房找出一根银光闪闪的针，一边拉住儿子的手指头，一边露出满脸慈祥的笑容，安慰儿子："不哭不哭，我看看。把刺挑出来就没事了。"她细眯起双眼，把眼力全部集中在一个点上，极仔细地端详着儿子的拇指，针头的银光在伤口周围泛动，就是没往肉里挑。都说"心急吃不了热豆腐"，余氏疼爱儿子，内心着急慌乱，"不行，我看不清，你们等等。"她找来眼镜戴上，"嗯，好，痛吗？不哭啊！"她开始挑了，轻轻地，慢慢地，一丝不苟。由于疼痛，小林哭得更厉害了。"还没出来？"她关切而紧张，看不清刺儿，针头跟着感觉走；额头沁出了密密的一层汗珠；眼似乎更花了。"我来！"林父看着手忙脚乱的妻子和大声哭泣的儿子，内心烦躁，抓过银针，仔细地挑了起来。余氏抱着孩子，显然不放心，严肃地说："你粗手粗脚的，要小心点挑。"刺儿深藏在模糊的血肉之中，林父挑皱了眉头，挑出了汗珠，终于针头挑到刺儿了。刺儿已经露了头，可是挑了又挑，还是挑不出来。林父想了想，取来一把夹鸭毛用的金属小夹子，在煤炉那淡蓝色的火舌中烤了又烤，算是消了毒，对着刺头，屏住气息，全神贯注，终于将血肉中的刺儿夹了出来。这时，小林已经哭得气喘吁吁了。从此，每次到野外，他都小心翼翼，避免意外的伤害。

　　由于林父的勤劳与节俭，加上林母善于操持家务，使家中渐渐有了一些积蓄。于是，有些亲友找上门来了，要借钱借米。余氏知道他们贫困，或者手头确实很紧，也就大方地借给他们。结果是：大多数人如期如数奉还；少数人一去不复返；还有些人不但如数奉还，且主动送来些咸菜、萝卜、花生或地瓜，以示感谢。但这种"礼尚往来"的正常情况，却在特殊的年代被疯狂的人所利用，致使林家大祸临头！

　　1950年某一场政治运动掀起，到1951年全面扩大化，狂风骤雨席卷全国。几个曾向林家借钱度日的人，昧了良心，翻脸不认人，硬说林家放高利贷剥削人，将所借的钱吞下去不算，还对余氏大打出手！余氏那时候刚生了女儿，还在月子里，就屡遭毒打。更甚者寒冬腊月，那群人竟从井里打上来一桶桶冰冷的井水，往她的身上倒、脸上泼、脖子里灌，余氏当场倒在井边，不省人事。小女儿凄厉的哭声震惊了邻里。林父不在潮阳，年幼的林继宗姐弟俩都吓哭了，围着母亲，蜷缩在一起。幸而邻居乡亲说了公道话，保护他们，才免于再遭毒手。那几个人临走时，对着醒过来的母亲怒目圆睁，挥拳恐吓，大声吆喝："赶快叫你男人回来，要算你的剥削账！"

老实巴交的余氏被吓坏了，不敢怠慢，赶紧托人捎口信给丈夫林恪勋。同样老实巴交的林父吓了一大跳，当夜就从汕头赶回潮阳。其实，林父对家里借人钱粮的事从来就一无所知，但他深知自己是一家之主，临危当然要挺身而出，保护全家大小。一回家，见了那几个人，林恪勋开口便说，借钱借米，全是他的主意，有事不关家里其他人的事，毫不犹豫地将所有责任揽到自己身上。

这一夜，所有的拳头、竹槌、浸尿的麻绳全落在林父瘦削的身上，母亲和儿女们虽然拼命护住，却全被暴力甩开。可怜林父被七八条粗硬的铁汉子打得死去活来、浑身青紫、皮破肉绽、鲜血淋漓！之后，又被关在一间小小的破屋子里。

那年林继宗只有五岁，竟懂得央求那帮汉子们让自己与父亲关在一起，终于获得了允许。夜深了，他仍紧紧抱住遍体鳞伤的父亲，不断地嘤嘤哭泣。父亲粗重地喘气，深深叹息着，亲抚着他的头，慢慢开了口："都是阿叔（潮汕习俗，父亲叫"阿叔"）不好，害了你们。"一边说，一边苦泪涟涟，扑簌簌滴落在小林那蓬乱的头发里。过了一会儿，林父想起什么似的，从角落里拿过来一个碗，让小林拉下裤子，往碗里拉尿。小林不明白什么意思，还是顺从地拉了尿，谁知林父竟立时将那大半碗温热的尿大口大口地喝下去，一口气喝光。小林惊得哭了起来。父亲紧紧抱住他："不哭，不哭，好在阿宗你有这泡尿，你救了阿叔呀。"后来小林才明白，受伤的大人要喝童子尿，伤才好得快。这是故里的习惯，也是祖父"长甲医师"传给父亲的一手妙方。

第二天，林家父子被放了回来。林父又让儿子把尿拉在碗里，邻居的叔叔也挖来几条活蚯蚓，送给父亲。林父将活蚯蚓浸入尿里，蚯蚓在尿里不停地扭动着，林父一口气将蚯蚓和尿喝个精光，然后长长地舒了口气："好，会好的，会好的。"

为了躲避恶人的继续迫害，加上潮阳的老屋早已破旧不堪，难以遮风挡雨。经过多方协商和筹备，1952年，林继宗跟随父母亲及兄弟姐妹一起搬迁到汕头。

林继宗还清楚地记得，兄妹几人在双亲的带领下，乘坐火船，依依不舍地离开潮阳，抵达汕头。上岸之后，父亲挑着一担家什走在前头，母亲一头挑着家什，另一头挑着小妹和衣服，走在后面，哥哥和姐妹们手里提着各式家用品，他一手提着装满杂物的木桶，一手逗着卧在竹筐里却不住啼哭的小妹妹，心想：妹妹真苦哇。此时，他眺望身后的礐石海，眺望那远去的熟悉的故里潮阳，幼小的心灵难受极了。"归客秋风里，回看伤别情。"其境其情，永志难忘。

2

1952年秋，林家迁入汕头市区，定居于中山路206号，即今中山公园附近。房子是贝灰砂结构，楼下的前墙全是木板，二楼的前墙则是假墙，连同阳台和小厨房共三十多平方米。一家八口人住下，紧巴巴的。好在大人在屋后用竹篷和木板搭建了八平方米的后间，屋前又用木栅栏围了十几平方米作为前庭。庭里有一棵巨大的苦楝树，每至晚春初夏，那苦楝树便是满树冠的绿叶簇拥着满树冠的盛开的紫白色细碎的花朵。在幽幽的花香里，生活着通体漆黑而双翅缀满白点的美丽而活泼的甲虫——苦楝牛，那长长的、弯曲的黑白相间的触须，那强健有力的双翅和那对锋利异常的门牙，以及八条能够紧紧攀附人手的强劲的美腿，使它浑身充满生机与活力。苦楝树和苦楝牛那美好的形象，早已深深地刻烙在林继宗的童年和少年里，给了他许许多多的欢乐与情趣。

在这幢二层楼的贝灰砂小楼中一直住到1988年。因父母重视子女的教育，当年刚迁入市区，即往市文华小学（后分拆为华坞路小学和市第八小学）为林继宗报名读书。可惜慢了几天，已经错过了报名的时间，只好等待来年了。这一年，八岁的林继宗在家，除了自习外，还经常帮父母做一些力所能及的活计。

1953年秋天，林继宗终于入读汕头市文华小学。这一年，林继宗在多次游玩中山公园之后，撰写了人生第一首七言绝句《游中山公园》："绿中隐红红隐颜，万物活跃显春光。不足为奇远于愿，人类实践创万全。"

从20世纪50年代末林继宗懂事以来，他便清楚地知道，同当时的许多家庭一样，他家是贫困的。在旧家私店工作的父亲，每月工资只有三十一元五角钱，光靠这份工资赡养八口之家是非常拮据的。于是，竹篷和木板搭建的八平方米的后间出租了，每月便有了两元租金。他的哥哥阿憨三岁时，遭受日本飞机狂轰滥炸的惊吓，得了严重的精神病，终其一生而不治，书不能读，活不能干；在他十五岁时，某夜彻夜不归家，全家人四处奔走寻觅，第二天终于发现他失足溺死于市郊的一个池塘里。此前，最小的妹妹又死于白喉症。家中除了父母，就只剩两位姐姐、小林和妹妹了。而比他们大得多的两位养姐，早已嫁人。为着生计，十四岁的大姐已经在织席厂做了三年工，而十岁的二姐也在织席厂做了一年了。妹妹还小，全家只让小林一个人读书。

多年来，贫困的苦水一直浸泡着林家。日常三餐，全家人难得吃一顿干饭。有时候，母亲也用竹制的饭㿻斗，在稀稀的粥汤中为父亲捞一碗干饭。可当父亲吃饭时，他总是将大半碗干饭分给饥饿的儿女们，尤其多分点给小林，甚至连菜都分给儿女。其实，由于太穷，林母留给林父的菜也不比儿女好多少，通常是一盘芥蓝菜或空心菜，两条巴浪鱼或几片猪头肉。不过，对于饥肠百转的儿女来说，这已经有足够的吸引力了。

八岁那年，母亲第一次带着儿子返回故里上坟扫墓。这是林继宗第一次作为唯一承接香火的"小祖宗"踏上清明之路的。天那么蓝，地那么黄，水那么绿，山那么青，人那么多，路那么长。他手捧红烛香火，兴致勃勃地走在山间弯弯的小道上，虔诚而又好奇地想着，想着自己的祖宗。母子俩穿越几棵大榕树的浓荫，爬上水库的坝顶，看到大片大片的墓地。小林忽然拉着母亲的手，认真地发问："妈，祖父祖母死后上哪里去了？"

"上天。好人上天，坏人下地。"母亲胸有成竹地微笑着，理所当然似的。

"死后不是都埋在坟里吗？"小林执拗地问。

"那是身体。还有灵魂，祖父祖母的灵魂上天了。"余氏说。

"妈，人迟早都会死吗？"小林惶恐不安。

"坏人的死，是永久的死；好人的死，是到比人间好得多的天堂里过日子去了。"母亲说得那样的自然、畅快，竟在林继宗幼稚的心灵里顿扫对于死亡的恐怖，并强烈地产生了做个好人、永生不死的希望。

扫墓之后，母亲带林继宗顺路游玩文光塔。文光塔始建于宋朝咸淳二年，即公元1266年，后倒塌。明崇祯十年重建竣工，因地震闪射毫光，时人以为人文昌盛之兆，于是更名"文光塔"。塔高十六丈，八面七层，登上塔顶，一览县城全景，极目远眺，东西端小北山群峰起伏，南面的南海浩瀚无边。文光塔在人们心中的神威，正如塔门两侧的对联一样："千秋文笔振金石，百丈光芒贯斗牛。"母亲闪着虔诚的双眼告诉小林：相传棉城是一艘驰向浩浩南海的大船，而文光塔正是它的桅杆。多少乡人乘坐这艘船，漂洋过海，到处落户，到处创业，扎根于世界各地。于是，文光塔，这故乡的象征，便成了所有潮阳人心中的桅杆，不论你漂泊多远，它都是你心中的定海神针，是乡魂缭绕的支柱。

或许由于私塾家庭的长期熏陶，或许由于缺少文化带给人生的遗憾与启示，林母尤其重视子女的读书学习。家里很穷，兄弟姐妹五个，一开始只能供林继宗一人上学。后来生活略有改善，小妹妹也才上了中学。

那时经济困难，家里只有两盏煤油灯。吃晚饭的时候，林母当着全家人提出，把较亮的那盏油灯给小林使用，首先保证他夜晚的学习。全家人异口同声，都爽快地赞成。唯独小林大声回应："还是大家一起用吧。"结果自然是辞却不得。母亲的关怀，家庭的温暖，使年幼的孩子暗暗地落下了热泪。

小林也非常争气，他是班长，学习成绩在班里也一直名列前茅，作文曾获96分，破了学校的高分纪录，文章曾登在地级报刊上；全校数学竞赛曾获第一名，英语竞赛获第二名，还在全校介绍学习英语的体会。每学期各科平均分数总是全班数一数二。这些骄人的成绩，让家里人都觉得很有光彩。

读小学的时候，逢年过节，余氏总要做可口的驳梓粿，一是为了祭祀，二是让家里人改善生活。每次都让年幼的林继宗到市郊摘些驳梓叶来做粿。他乘机用小竹管做支驳梓枪，又采了许多驳梓粒当"子弹"。于是，少不更事的林继宗手痒了，动不动就"发射子弹"，一次不小心，竟射中了邻居女孩的眼角，她哭闹不休，吓得小林赶紧逃回家中。母亲知情后，狠狠地批评了他一顿，领着孩子登门赔礼道歉，赔偿了医药费，还没收了小孩子心爱的驳梓枪和所有的"子弹"。

在孩子的心目中，海的形象和韵律是美好的，尤其是当夜空的点点星光和海边的片片流萤交融在一起的时候，还有那海潮的鸣声和海风的行吟。但是，神秘的大海也是危险的，暗流汹涌，凶险莫测。因此，余氏从小就坚决反对并严禁小林下河游水，邻居孩子溺水的惨况更坚定了她的决心。而小林却特别喜欢水，羡慕别人会游水。于是，他只能悄悄地下河，先在公园溪里悄悄地跟着会游水的哥们学游泳。

潜水是游泳的基本功之一，潜得越深越远越久，本事越大。那一次，他潜呀潜呀，不知不觉潜到杉排底下去了，换气的时候，头一浮，竟顶到了杉排！他慌了，因为有一位同学就是在杉排底下被活活憋死的。这时，没有人知道他在杉排下，也浮不上水面，无法呼救。心一横，憋住气，认准一个方向，用刚刚学会的潜爬泳拼命爬游，幸而游对了方向，终于在断气前脑袋露出了杉排外，虽然呛了几口水！回想此事，林继宗非常后怕，如果潜游的方向有偏差，非憋死在杉排底下不可。但他母亲一直不知道这场生命攸关的险情。

等林母发觉并证实儿子违反了她的禁令时，小林已经能够畅游韩江和礐石海了。许多人劝母亲说："孩子学会游水，能救自己，也能救人，多一条生路哪！"母亲摇摇头，无可奈何地微笑起来。

此后，林继宗就放胆地渡海。从20世纪60年代中至21世纪初，除因政治原因中断数年之外，每年7月，为纪念毛主席成功横渡长江，汕头市都组织群众性横渡礐石海活动，他年年参加渡海。后来，又寻机先后在渤海、东海、黄海、南海和长江、湘江游了泳，圆了他的游泳梦。后来，他还利用到澳大利亚出差的机会，在大堡礁那里下海游泳，算是在南太平洋游过水，又圆了更为遥远的游泳梦。

1958年，由于遭遇自然灾害及其他变故，国家经济进入困难时期。

很多家庭都食不果腹，贫穷同样紧紧跟随着林家。都说"穷人的孩子早当家"，看着父亲劳作不息，日上班，夜加班；看着母亲起早贪黑，割牛草、捡柴火；看着姐姐早出晚归，织草席、飞针线；林继宗也动了为家庭分忧的念头。当时他正就读小学四年级，也近乎半工半读了。从割青草、拾柴火到捡菜叶、挖地瓜，他在读书之余，更刻苦干活，以微薄的收入聊补家用。

在那些穷日子里，当然难得吃上一顿干饭。常吃的是地瓜、地瓜粥、菜粥、南瓜等，能吃上白稀饭已经很不容易了，干饭就更难得。那时候，粮食特别紧张，林母把丈夫和儿子列为重点照顾对象，煮白粥、菜粥或地瓜粥时，便用竹篾编的饭厡，从粥中厡出两碗干饭，一碗给儿子吃，一碗留给丈夫。正在长身体的小林，像饿虎扑食般，七口八口，便将那碗饭吞吃精光，还用嘴巴舔舐着碗沿，才不甘心地缓缓放下碗筷。等到父亲终于回家了，他当然知道儿子没有吃饱，看看剩下的那碗干饭，又怜爱地看着儿子。于是，他总开口对孩子他妈说，自己已经在外头吃了一碗菜汤，或者一碗草粿，半饱了；再说儿子正在长身体哩。于是林父一动筷子，便将半碗干饭拨进儿子的碗里。不久，这个"秘密"让小林发现了：父亲在外头什么也没吃！每次都是空着肚子回家的！

从那以后，每次父亲回家吃饭，小林便故意走开，或饭后找同学，或到邻家看书，总之许多借口，就是想让父亲吃顿安心饭，吃多点。父亲差使妹妹找他，他总对找到自己的妹妹说："你对阿叔说，找不到人。"林父不甘心，还是留下半碗饭，经林母三劝四劝，才勉强吃了。但有时余氏拗不过，只好设法又煮了一碗菜汤，让丈夫热热地吃下肚里，以代替那半碗留给儿子的饭。

在双亲的关心和鼓励下，林继宗刻苦用功，年年取得优良的学习成绩，又从少先队中队长当到大队长，从学习委员当到班长，年年被评为三好学生。到了初中二年级时，还门门满分。班主任带着同学们，敲锣打鼓，到家里报喜来了。大红花戴在他胸前，全家人多高兴啊！邻居们也投来羡慕的眼光。当晚，母亲特意煮了一顿干饭，还有肉、有鱼、有菜，全家人都为他庆贺。毕竟那时候，家里实在很穷。兄弟姐妹五个，只保住他一人上中学。贞姐姐只读了一年小学，十岁便进织席厂编草席去了；如姐姐学校门连一天也没进过，八岁就跟着贞姐姐进了织席厂，劳累，饥饿，吃尽了苦头。姐妹俩哭着求父母给读书，可双亲去哪里找钱啊？后来，两姐妹读了扫盲班，又进夜校。白天的活又重又累又苦，到了夜晚，姐妹俩便兴奋地上学去，风雨无阻。有时候，手酸痛得提起笔来就发抖，但始终坚持学习。有一回，如姐姐赶路上学，脚被一颗大铁钉扎伤，鲜血淋漓，可她还是上学去。至于妹妹，是后来家庭生活略有改善，才让她上了中学。

初中三个学年，林继宗年年成绩优秀，其中有两个学期，门门成绩满分。这三年，他还很注重体育锻炼，游泳、篮球、体操、跑步、举重、哑铃，都是他时常锻炼的项目，身体已经很结实。这三年，他年年被评为三好学生，还担任了班学习委员、生活委员。正因为如此，老师和同学们都认为林继宗必定能考取重点高中。可惜好景不常，到了1962年，林继宗初中毕业时，适逢国家经济困难时期，家里也更加穷困了。面对困境，小林动了辍学做工的念头，然而心中又十分热爱读书，心神不宁，连续几夜反侧难眠。细心的母亲发现了儿子不对劲，细细追问之下，小林终于含泪开了口，自己想找工做，以减轻家庭的负担。双亲大吃一惊，思索之后，还是规劝小林继续念书。小林理解双亲，更明白家里的情况，坚持辍学做工。林父再三劝说无效，只好无奈地叹息。母亲不得已让亲戚帮忙找工作。起初说好让林继宗到某机械厂学打铁，当锻工。小林那时虽只有十六岁，但已经一米七几，身体结实，体力很好，便满口答应下来。得知他要辍学，老师、同学们及亲戚朋友都为他可惜，纷纷劝说他继续升学。但林继宗决心既定，也就放弃了中考。可是命运却捉弄了小林，读书和打铁两头空了——不知什么原因，亲戚改了口，打铁的锻工也做不成了。

无可奈何。那一年，失学的林继宗只好自己找活儿干了，先是拉煤，后是赶海。

3

　　仲夏，烈日炎炎，没有一丝风，滚滚升腾的热气笼罩着整座城市。在晒得几乎冒烟流油的柏油路上，一个十六岁的少年，身着背心和短裤，戴着竹笠赤着足，拉着满载煤粉的人力板车，艰难地向前迈进。那少年便是辍学谋生的林继宗。

　　足有千斤重的一车煤，对于一个刚刚离开校门的少年劳动力来说，已是难以承受的重负，碰到上坡或过桥，更加举步维艰。全力以赴，腰弓成一只猫似的，汗珠不停地撒落在膝头与脚板上。但想到贫穷的家庭和劳苦的双亲，他就只能紧咬牙关，一步一步地向前挪动。好不容易上了坡顶或桥上，才松了口气；紧接着，便是下坡、过桥，这既要掌握重心，又要克服惯性，不但轻松不得，而且一旦控制不住，便会发生危险。林继宗印象最为深刻的是初执车把过火车桥的那一回。他拉着满满一车煤，一步一喘地拉上了桥顶，一见落坡人车稀少，既想痛快，又想省力，于是放胆滑坡，谁料一辆汽车猛然从二马路口冲出来，一个急转弯正要上桥，车头直冲着正加速滑坡的车和人！林继宗一时间刹不住车子强大的惯性力和下坡的加速运动，幸亏同行拉煤的一个工友大喊一声，刹住自己的煤车，又冲过来死死地拉住他的车尾，用力一按，千钧一发之际，煤车终于在汽车车前两米多的桥面上被刹住了！

　　拉煤的苦与累，尤其是危险性，常令林家父母不安，尽管小林从来不在双亲面前表露过，但并没有瞒过父母关切的眼睛。他的赤足常常起泡，有时候还被煤石砸得鲜血淋漓。余氏噙着泪花，买了双胶鞋硬逼儿子穿上。那时候，因为经常吃不饱，连地瓜、粗菜都不够吃，尽管小林身材高大，但体力仍嫩。父亲偶尔也悄悄向他的衣袋里塞些零花钱，但小林总舍不得花，而是积攒起来去购买自己心仪已久的好书。拉煤有时饿得眼冒金星，才肯花五分钱买一碗草粿充饥。口渴了，他就喝旧军壶里的盐水，尽量省钱，毕竟家里太缺钱花了。那只绿漆几乎剥光的、用了十几年的旧军壶，还是林母专门跑到旧货市场给儿子买的。

患难见真情。一日，林继宗又拉了一车煤到大华路某工厂的食堂。时过中午，卸煤时，因为肚子饿，他浑身疲软无力。因为常常交接煤炭而熟识的食堂厨师见状，便往他手里塞了两个热气腾腾的红薯。林继宗不好意思拿，双手一缩，连连推辞。厨师大哥生气了："你还这么见外，那以后就不要来送煤了。"小林一听急了，只好接过红薯，走到路旁阴凉处，津津有味地啃起来。多香啊！他心头一热，眼角涌出了一串泪水。

为着生计，除了拉煤，林继宗还常常去赶海。那些日子，艰辛、浪漫而又刺激，"风霜雨雪搏激流"，正是他少年生活的真实写照，至今依然在他的脑海里不断浮现着、幻化着。

从穷苦然而温馨的家到荒寂而苍凉的珠池外海滩，约摸十几里地。弯弯曲曲的小路，穿过郊野的村庄和田畴，越过大片砂地而后进入一马平川的旧飞机场，然后跨上海堤，向大海走去。一路上，常常是风的吟唱、虫的鸣叫，时而伴有鸟的啁啾和狗的狂吠声。

父亲心疼儿子，小林第一次赶海时，他非要跟着一起去不可，可是这事也让海友们笑话了许久，讥笑小林还是个长不大的小孩。那回过后，他无论如何都不让父亲再跟着赶海了。放心不下的双亲无可奈何，估约他回家的时辰将到，便会不安地在门口走进走出，直到远远看见儿子的身影，才惊喜地呼唤着名字，迎了上来。

每次赶海，只有十几岁的林继宗背着跟他身材差不多大的结实的大竹篓，满篓的星光陪伴他下了海。无论用风灯或手电筒在海蛎石上捉螃蟹，还是徒手在海泥或海沙中摸蚶，抑或推着虾耙在水不过胸的浅海里捕捞鱼虾，他都盼望着丰硕的收获。

耙虾，常常要在浅海里用肚皮顶住耙把，加上双手一前一后地用力，吃力地在齐腰或齐胸深的海水里推走几个小时，才能收获少则一斤、多则几斤的鱼虾；有的时候则连一斤也捞不到。摸蚶，则往往要在浅水海滩上用钉满单车轮圈钢线的蚶耙吃力地推耙，或者在半人深的海水里半蹲半爬半泳，双手在海沙或海泥里不停地抓摸，连续五六小时弓着腰，有时累得连身子好久都站不直。但那份艰辛里也常常伴随着丰收的欢乐。然而，丰收的喜悦里也常有令人惋惜的遗憾。有一回，他双手同时摸到一对大青蟹，惊喜慌张之际，竟让青蟹逃脱了。突然，他感到左拇指又麻又痛——

原来，大青蟹舍脱的大螯像大虎钳一样，死死地钳着他的拇指：皮破肉绽，鲜血直流，指头青紫，连指骨都被钳伤了！那只大螯，足足半斤重，结实异常，最后动用铁锤，才敲破了它的外壳。被钳伤的拇指也烂了一个星期，才渐渐好起来。

还有一次夜里赶海，林继宗正喜获丰收，就在即将罢手的时候，右手似乎摸到粗粗的一团什么。倏然间，浑身一振，剧烈的疼痛从右手传来。他强忍着，本能地将那怪物抓出水面——虎仔鱼！松子似的鱼体旋即证实了刚刚闪过的意念。不松手！复仇的信念驱使他以极大的勇气抓住虎仔鱼，狠狠地投进竹篓里。这时，他的右手已经红肿得像戴上了三双红色的橡皮手套，又热又麻，痛得抽筋，泪水无声地淌了下来。"撒尿冲毒，快！"同行的赶海客阿杜急忙提醒他，这是掠海者祖辈公认的应急验方。于是小林毫不犹豫地立起身，把尿撒在右手的伤口上，阿杜凑过来，又撒了一泡尿"友情支援"。冲洗之后，伤口疼痛似有收敛，于是，他将右手深深地插进冰凉的海泥里，左手满满地抓了一把海泥，将右手背全敷上。在阿杜的帮助下，他艰难地走上了海堤。上岸后，阿杜手捏一团海泥，将他鱼篓里凶恶的虎仔鱼揉进海泥里，然后猛力摔在石头上，一次、两次、三次……他俩轮番猛力摔打！尽管那恶物早已一命呜呼，但小伙伴们还不解恨！

其实，在那风浪莫测、诡秘神奇的大海里，与赶海客为敌的又岂止虎仔鱼呢？汹涛怒潮、狂风恶浪不说，光那虎仔鱼之类刺人、咬人、钳人的水族便不少。潮汕渔民间有一句顺口溜："一熏二虎三沙摩四金鼓五淡甲六蟹七棱八虾姑……"其中有"熏鱼熏着人，快备棺材板"之说，但还有比熏鱼更厉害的水族呢！不过，在好多年的赶海生涯中，林继宗始终幸运地没有碰上，只碰了虎仔、沙摩、金鼓、淡甲和青蟹。

在赶海的那些日子里，被水族咬伤或被贝壳割伤，乃是常事。就是受伤，也仍然连续几个小时泡在海水里，并且不停地劳作，那份疲累、饥饿和寒冷，也够他消受的了。全身皮肤泡皱了，海风吹来，便浮起片片鸡皮疙瘩；下起雨来，比泡在海水里还冷，经寒风一吹，更有刮皮刺骨的感觉。白天，热毒的太阳将脸庞、胸背和双臂晒得通红，数日后渐渐变黑，然后就大片大片脱皮了，那即将陆续脱去的老皮和脱皮后显现的嫩皮交错杂驳，浑身上下的皮肤，看上去就像海陆交互的破旧地图。

掠海归家的时候，穿的都是湿衣裳。走在路上，又饿又乏，海风吹来，凉透了心。他和小伙伴们常常脱剩一条裤衩，擦干身上的水珠，继续艰辛地行进在漫漫归途上。

年关将近，鱼美虾鲜，蚶肥蟹壮。林继宗和海友们又披着夜色，冒着寒风去赶海。海堤旁，避风处，星光下，他们各自从腰间解开由水布扎成的布包，再打开布包里的那方干净的纱布，便露出炒进包菜叶的可爱的白米饭团。忽然，小林瞪大双眼惊奇地发现：除了常有的咸萝卜干和几小片猪油渣外，怎么又夹上两只香喷喷的熟鸡蛋？他清楚地记得，这是每年生日才能享有的待遇。母亲牢牢记着家里人除她自己之外每个人的生日，每到生日，家里再穷，也要给生日的父亲、姐妹们和小林煮上两个香气悠悠的鸡蛋，而唯独她自己，总也"忘"了生日，不煮生日鸡蛋。所以儿女们都牢牢记住了母亲的生日，煮蛋给母亲吃。但余氏总不全吃，还是姐一口、弟一口地让给了儿女们。那一夜，余氏是考虑到快过年了，天寒水冷，特别地照顾儿子，神不知鬼不觉地把鸡蛋放进了饭包里。想到这里，小林感动得落下泪水。

最为惊险的一次，发生在那年冬至后的一个夜晚，也是月黑风高、浪大潮急。赶海人看时辰，全靠天上的星星月亮，可那晚乌云全遮了夜空，汹涌的潮水也越涨越快，很快漫到脖子上，这对个子较矮的阿杜威胁尤其严重。但为了多收获，海客们还是继续捕捞，不愿撤退。突然，身后一个大浪打来，阿杜立脚不稳，竟被推入海沟带，紧接着一阵潮水急退，阿杜被滚滚的海沟流卷走了！"阿杜！""阿杜！"林继宗和另两名海友置安危于不顾，用爬泳急速地冲向阿杜，借着海潮回卷的势头和时机，三个海友奋力将阿杜拖出海沟流。游回岸边的时候，小林自己也差点儿被海沟流冲走，幸而伙伴们有力地拉了他一把，才幸免于难。

有海友便有海霸！海霸甚至比海沟流更凶险、更可恶。这些无恶不作的痞子是不劳而获的寄生虫，依仗自己体壮如牛，凶相似狼，常常披着赶海的外衣劫掠无辜的赶海人，尤以少年赶海者为劫掠的主要目标。小林他们多次被劫掠一空，稍有反抗，便拳脚交加，弄得空手回家还鼻青脸肿。力斗斗不过，只得靠智斗。经验也逐渐积累起来了。为了回避歹人，他们时常不走堤顶走堤下，不走海堤趟海水。

那一夜，小林和阿杜满载而归，心中欣喜，急急而又悄悄地走在堤坡下。怎奈厄运到来，竟然碰上几个海霸！他们埋伏在堤坡上凹陷处，等待赶海客走近。海客的鱼篓越满，越像受惊的兔子，瞪大眼睛，竖起耳朵。忽然，小林发现了几个黑塔似的身影在蠕动，急忙拉了拉阿杜的手，扳过他的肩头："狼！快跑！"话音未落，两人便返身猛跑。"站住！"几声大叫，海霸猛追上来。小林知道堤上跑不过他们，便纵身跳进海里，鱼篓顺手一舍，认准下水方位后，就朝深海游去。阿杜不幸被抓住，满篓鱼虾被抢去不说，还重重挨了几记耳光和几个拳头。由于有所掳获，海霸们不再追赶小林，扬长去了。阿杜伤心地哭泣着，小林找到了舍弃的鱼篓，把一半鱼虾倒给了他，并再三劝慰他。

赶海的人都信奉妈祖。妈祖又称天妃、天后、天上圣母、娘妈等等，是传说中的海神娘娘，显灵保佑出海的渔民获得丰收，平安返航。在潮汕地区，几乎每个城镇村落都有妈祖庙，潮州天妃庙始于宋代，汕头放鸡山天妃宫建于明万历四年（1576年），由总兵晏继芳捐建。直到今天，不少地方还保存有"天妃庙"、"天后宫"一类宗教建筑，著名的有南澳妈祖、汕头妈屿等。各处妈祖庙，规模小的是一间平房，里面只有神牌、供桌和香炉。规模大的则包含了广场、山门、前后殿、拜亭以及殿两侧厢房等一系列建筑，红墙朱瓦，描龙画凤，金碧辉煌，宛如宫殿，十分壮丽。

每次下海之前，路过妈祖庙，小伙伴们都要进去磕头，祈祷妈祖保佑平安。逢年过节，余氏还特意带着儿子，准备了祭品，专门到妈祖庙上香。

林继宗还记得第一次跟随母亲到庙里上香的情形。那一日正好是传说中妈祖的诞辰，庙里香客众多，熙熙攘攘，接踵摩肩。余氏一手牵着孩子，一手提着篮子，满脸虔诚地走进内殿，在妈祖像前的供桌上，极为诚心地摆上各种供品，点烛烧香，一拜再拜，口中念念有词。年幼的林继宗也懵懵懂懂地跟在后头跪拜，双眼却骨碌碌地观看着周围的一切，好不新奇！少顷，余氏将两只活肥鸡举过头顶，献拜之后，吩咐儿子到庙后山上放生。小林舍不得，毕竟在那个经济极其困难的年代，两只鸡也是价值不菲的。结果被母亲用力拧了一把耳朵，只好跟着来到后山，解开鸡脚上的小绳索，痛惜依依地放了生。肥鸡惶然地在原地来回走动，少顷有所惊觉，才仰起脖颈，朝山上的密林深处飞奔而去。

放生之后，余氏带着孩子依然回到天后宫大供桌前，跪倒在地上，开始了预测命运的"搏杯"。当抛向空中的两瓣木杯一落地，余氏便急切地睁开双眼，一看：一胜杯一败杯，不好不坏。她战战兢兢地拾起木杯，定了定神，又一抛，睁眼又一看：天哪，全是败杯！她懊丧地耷拉着脑袋，默默地跪在地上，深深地自责。过了好一会儿，才鼓足勇气，慢慢地、敬畏地、极其郑重地将木杯向上抛起。那落地之声使她胆战心惊，不敢马上睁开眼睛。"胜杯！全是胜杯！"小林高兴得猛摇蟹叔的肩膀直蹦跳。余氏睁大眼睛呆呆地看着两瓣平面朝上、圆弧在下的木杯，忽然双眼一闭，双手遮脸，滚滚的热泪便汩汩地从指缝间溢流出来。她相信人生坎坷，但总会有好日子到来。

从海里捕捞回来的水族，按理应当成为餐桌上的佳肴。可那时家穷，只好把海产品拿到市面上换钱，再买回粮菜和日用品。这个重担也落在余氏和年幼的林继宗身上。每日一大早，他们就将鲜活的水产摆上市，去换取他人的劳动成果。至于那些被昵称为"狮头鹅"的大海蚌，就常常用沸水烫熟后再卖。三至四粒大海蚌可卖得一角钱，每粒足有一百多克重。为了卖得顺手，他们不停地吆喝，向食客介绍吃海蚌的益处。每每看着顾客蹲在一旁，小心地掰开蚌壳，噘着嘴巴美滋滋地吸食海蚌的鲜血时，小林便由衷地微笑起来。自己的劳动成果能够为他人带来有益的享受，多有意思呵！有时候他想道：父亲、母亲和姐妹们也该享用享用呀！因此，他有时故意卖剩一些，带回家让母亲和姐姐也吃几粒补补血。每逢这种时候，母亲总有理由、总能想法子把东西让给其他人，看着丈夫和儿女们享用，她便满足地笑了。

虽然谋生艰难，食不果腹，但林继宗丝毫没有放弃求学的梦想。忙碌之余，他总是想方设法借阅各种书籍，挤出边角料时间，自学各科知识，充实自己。这些事情，父母都看在眼里，疼在心里。到了1963年春，家里经济情况有所好转，林父对妻子说："花有重开日，人无再少年。不让儿子复学，说不准会耽误他的一生。家里虽然还是穷苦，咬咬牙吧。"余氏坚定地点着头。深夜里，她总想着儿子复学的事，翻来覆去睡不着，唉声叹气的，像是自言自语，又像是对儿子说："我们这家子，再也不能没人读书了，对不起祖宗呵！"林父劝说妻子，"阿宗是块读书料，不上学委屈了他呀。"第二天一早，林母郑重其事地对儿子说："我已经跟你爸商量好了，从今天起，你就不去拉煤，也不赶海了，家务活也不用你干。你在家专心复习，考高中去。"

林继宗兴奋得心脏都快蹦到嗓子眼上了，但考虑到家里的实际情况，忙说："妈，我一边干活，一边复习功课吧。"余氏瞪大眼睛，以不容置疑的口气说："不行，复习就像复习的样子，争取考个好成绩。"林父更是说："读书才有阿宗的好前途。阿宗读好书，全家都高兴。"

老天不负苦心人，中考之后，林继宗以优异的成绩被重点中学录取。读书期间，又取得了好成绩，数学竞赛又获全校第一名，各科平均分数全校名列榜首。德智体美劳全面发展，还是班级的学习委员，协助老师做好班级管理工作。同样在1963年，还是中学生的林继宗，在《汕头日报》发表了处女作，从此走上了与文学结缘的一生。

读高中时，按规定每月的粮食供应定量是二十八斤。那时林继宗在学校住宿，实际每天要吃一点八斤大米，即早餐四大两稀饭，中餐和晚餐各七大两干饭。班里把每天按这种定量吃饭的八位同学编为一桌，这就是全校著名的"大食桌"。他每月吃掉五十四斤大米，等于说一人吃了两人的粮食供应份额。为此，家里省吃俭用，买高价米来支援他。每次回家，双亲都还怕儿子吃不饱，又千方百计为他加餐。看着他发育良好的身体架子，双亲脸上才泛起宽慰的笑容。

1966年，林继宗参加毕业考后，报考大学时，学校动员他报考清华、北大等名校，班主任老师对他说，如果不参加考试，根据成绩，学校可以保送他上中山大学。但他不要保送，一心只想考试！

天有不测风云。正当学生们夜以继日地备考时，突然间，北京下达了"五一六"通知，"文化大革命"风起云涌。紧接着，教育部宣布，高等学校招收新生工作暂停。从此，一代人的命运被彻底改变了。在这人生的十字路口，林继宗留下了人生深深的遗憾。

4

由于长期繁重的体力劳动和严重的营养不良，1960年，林父被查出得了水肿病。按照当时的规定，他每月可以得到少许特殊供应的糠饼。糠饼本是治水肿病的，但对于饿得发慌的人来说，却奇香无比。每当林父悄悄塞给儿子糠饼时，年幼的林继宗便大口吃了起来。有一回，母亲发现了，又吃惊又生气，一把从儿子的手里夺回糠饼，并开口责怪了两句。林继宗知道错了，伤心地大哭起来，父亲也满脸泪痕。全家人哭成一团……后来，还是林父先止住了哭声，伤心地说："都是我不好，没有本事养一家子，让你们跟着我挨饿，是我对不起你们呵……"话没说完，一家人的哭声更加惨烈起来。

虽然知道自己身患疾病，但为了减轻家里的负担，林父从不治病。终于，疾病严重损害了他的健康，到1967年秋后，他常感不适，频频发病，手脚红肿，通体酸痛，精神疲惫，四肢乏力，但他依然不动声色，能捱则捱，极少服药。及至1968年1月，接近农历年关，看着情况不行了，妻子儿女们逼着他住院，这也是他一生唯一的一次住院。入院几天，病情在加重，他却几番要求医生让他出院。

家里人心中都担忧，这回父亲的病怕是危及生命了。林继宗感觉自己的眼皮不明不白地颤动，心也常常急剧地跳荡，似有不祥之兆。于是他不再住宿学校，赶紧撤回家里，赶赴医院，和母亲以及其他亲人夜以继日，全力护理父亲。

时间一天天过去，林父的身体越来越虚弱了，他常常喘息着，有时喘得很厉害，以至引发激烈的咳嗽，之后就极疲惫地闭着双眼，满头大汗，浑身汗渍，四肢哆嗦着，极度乏力乏神，到后来，甚至连说话的力气都没有了。

那几天，每当小林来到病床前，悉心护理父亲的时候，只要床前没有其他人，父亲总是慈爱地凝神看儿子，亲切地轻抚着他的手掌，嘴唇颤动着，看得出有许多心里的话要对儿子说。虽然极力想说，可惜已经说不出话来了，只能吃力地、时断时续地发出呼噜咿呀谁也听不清楚的微弱的声音，那表情，却显得非常的痛苦、惋惜与深爱。

又过了几天，林父觉得自己到了该走的时候了，于是，他用尽全身的力气，以很不清晰然而大家勉强能听明白的语言表达了他的遗嘱：丧事从简，生活要紧，全家大小都要清清白白做人、堂堂正正做事……

人世间的残酷总是来得这么突然！经过十五个日日夜夜痛苦的折腾，捱到大年二十九夜晚，林父终于熬不过年关，撒手人寰，享年五十九岁。令林继宗至今一想起来仍然隐隐作痛的是——父亲临终那一夜，他竟无法陪在身旁！因为作为班长，那夜他正忙着准备回校复课的要紧事，并且眼看父亲的身体明显的好转，做梦也想不到那竟是父亲生命的最后一夜。后来他才明白，那明显的好转是医学上的"回光返照"现象。事后，母亲和姐妹们都对小林说，父亲已经预感到自己将不久于人世，最在乎的就是希望儿子在身边，和他说说话，哪怕不能说话了，看着也行，他就心满意足了。那一夜，尽管该到和能到的亲友们差不多都到齐了，但父亲始终不安地喘息着，久病积弱的心神显得烦躁不宁，似在心有不甘地等待着、等待着……深夜，父亲的病情急转直下。大量的浓痰咕噜咕噜地塞住了他的喉咙，呼吸都非常困难了。医生赶紧为父亲抽掉许多的浓痰，但浓痰仍不时涌上父亲的喉头。他艰难地喘息着，越来越急促；他抖动着嘴唇，越来越微弱；他努力睁大双眼，辨认着身边的亲人；他慢慢地闭上了眼睛，呼噜呼噜的喘息声也渐渐缓慢了、微弱了，最终停止了喘息，怀着无限的期盼和遗憾离开了家人，安详地、永远地走进了另一个世界。那是大年二十九日凌晨五点半钟。

接到噩耗。林继宗拼命蹬着单车，一阵风赶到医院。当他大汗淋漓地赶到父亲的病床前时，老人家已经永远地闭上了双眼，静静地正卧在病床上，双唇微微张开着，似有话要说，却又永世说不出来了。林继宗一头扑倒在父亲床前，摇撼着他那虽然瘦削但还温暖的双肩，禁不住号啕大哭起来……

在陌生而可怕的火葬场，当无情的炉门慢慢开启，火葬人员将父亲温热的白色骨灰庄严郑重地装进骨灰盒中的时候，小林无声地洒下了滴滴苦泪，泪湿两袖，血冷全身。看着引灵的亲人手握点燃的香火，默默地走在前面，他双手紧紧捧着骨灰盒，步步跟着引灵的亲人，望着无言的骨灰盒与无言的脚尖，呆呆地走过草坪，走向海边，走在回家的路上。那崭新锃亮的骨灰盒顶盖，静静地流淌着亲人的泪水，和着人世间那好像善解人意然而又无可奈何的丝丝雨水。

林父去世后的第一个清明节，余氏领着儿子上山祭拜。那是一个大雨滂沱的日子。人们说，大雨是由阴阳两界亲人思亲的泪水汇成的，雨越大，思亲情越浓。冒着浸身大雨，借着雨伞的掩护，娘俩一而再，再而三地划火，身边带着的火柴都快划完了，只剩最后两根，如果再划不着，这风雨迷蒙的山岭上，哪里还能找到火种呢？林继宗的手不禁颤抖起来，口中默念着"山神保佑，父亲保佑"之类的心语。说来神奇而灵验，火居然奇迹般地划着了，那在风雨中摇摇曳曳的黄色的火苗，终于点着了香烛！等到祭拜完毕，余氏和小林就像刚从水里捞上来似的，连连打着喷嚏，按潮汕的习俗，这正是父亲思念亲人的亲缘感啊！

"文化大革命"刚开始那年头，作为"忠于毛主席的红卫兵"，年少气盛的林继宗和那一代青年一样，都是激情澎湃、热血沸腾的。他成天为红卫兵组织抄抄写写。后来，学校和社会上都发生了武斗。有些红卫兵沉不住气了，也冲冲杀杀起来。母亲为儿子担惊受怕，再三嘱咐他不能参加武斗，又天天求神拜佛。小林始终听毛主席的，也听母亲的，只文斗而不武斗，有惊无险地度过了那些充满惊涛骇浪、飘荡着血腥味的日子。

"文革"中，余氏对林继宗的诸多教诲都收效甚佳，尤其是尊师，当红卫兵们正在批判"师道尊严"的时候，母亲义正词严地说："师道尊严有什么不好？没有尊严能教育出好弟子吗？中国的古训就是'天地君师亲'，老师比父母亲还要紧，师恩深如海、重如山哪！你千万不要去斗老师，斗老师就不是人！"母亲的话如雷贯耳，在学校和社会掀起批斗老师的高潮时，林继宗冒着危险，利用自己在学校红卫兵组织中的一丁点权力，悄然巧妙地保护自己的班主任和其他老师。有一位老师在学校被斗得死去活来，他和盟友以"扩大社会影响"为名，将他悄然转移到社会上某个安全的角落，避开了日甚一日的惨烈批斗。

"文化大革命"持续发酵，由于全国高等院校"停课闹革命"，长时间停止招生，工厂也基本上不招工，商业和服务行业处于停滞状态，使城市大量的毕业生既不能升学，也无法分配工作。为解决城市毕业生的出路问题，毛泽东于1968年12月21日发出"知识青年到农村去，接受贫下中农的再教育，很有必要"的号召，全国掀起了知识青年上山下乡的高潮。根据安排，23岁的林继宗将于1969年7月奔赴海南岛当知青。

在即将离开熟悉的汕头而奔赴海南屯垦戍边的日子里，一天夜里，姐妹们都不在家，家里只有母子两人。他正在煤油灯下聚精会神地读书，忽然间似乎听到母亲在呼唤，于是他立即走到母亲跟前。

端坐床上的母亲让儿子靠床沿坐在她的身旁。"阿宗，你已经长大了，也快要下乡到海南了，有一件事，你父亲和我一直想告诉你。"母亲那难过而沉重的眼神凝望着儿子，继续说："本来，几年前你父亲就多次要我开口告诉你，他说你已经懂事了，父母有责任让你知道自己的事情，相信你会明白事理，怎么想，怎么做，就由阿宗你自己定吧。"母亲擦拭着泪水，沉默了。

"阿姨，您别伤心。什么事我都听您的。"小林急了，生怕母亲又难受，小心地安慰着。

"你父临终前本就要说的，可是来不及了，现在我该让你知道了。"余氏凝重地望着儿子迷惑不解的眼睛，继续沉重地诉说："你的父母，就是说，你的亲生父母……"小林本能地打断了母亲的话："那不就是您和阿叔（父亲）吗？"

"不是的。"母亲坚决地摇摇头："你阿叔和我只是你的养父养母，而亲生父母却是……"话没说完，小林又本能地打断了母亲的话："别说了，您就是我的亲妈妈，我一辈子都离不开您……"

原来，林继宗的亲生父亲姓萧，是潮阳西园萧氏族人。萧公之父为清末爱国企业家，曾多次慷慨捐资，修路建桥，扶贫济困，誉满潮汕。萧公年轻时曾经留学美国与日本，追随孙中山先生，参加辛亥革命，为推翻帝制，建立民国立下汗马功劳。民国时期，他继承家业，成为新一代的爱国企业家。萧公与原配夫人生育有五个子女。原配夫人病故之后，萧公续弦，再娶林氏，即林继宗的生母。林氏原为孤儿，被福州林家收养。林家重视教育，自幼便让养女诵读诗书，这在"女子无才便是德"的旧社会里是难能可贵的。

　　萧公与林氏生育了四男二女。惜天妒英才，就在1946年，林继宗出世的那一年，萧公在香港意外遭遇车祸，不幸与世长辞。林继宗是萧家的遗腹子，未曾降生，父亲已命赴黄泉。父亲成了林继宗终生的精神偶像。

　　丈夫意外去世后，家境中落，加上战火连天，以致民不聊生。万般无奈之下，林氏除了留下大男大女在身边继续养育之外，其余的孩子都送往他家抚养。就这样，刚出生几个月的林继宗离开了生母的怀抱，先后辗转了五户人家（都因家贫无法继续抚养），才幸运地在林家落了户，投入了一位陌生母亲温暖的怀抱，受到全家的疼爱，开始了幸福的新生活。

　　林继宗的养父母生育有四女一男，为了让小继宗喝足奶水，养母痛下决心断了仅比继宗大十个月的姐姐的奶水。养父心疼了，无奈地摇着头："男孩女孩都是父母心头肉哇，可依情依理，抱养的更要比亲生的疼几分哪，说到哪里去也才不理亏呀。"断奶后的小姐姐饿了，白天黑夜哭个不停，不知怎的，小弟弟也跟着哭了起来，养母双手搂着一双哭闹不休的婴儿，自己也泪眼汪汪，日子可难哪。

　　因家境贫寒，林继宗从小就被寄予厚望。养父母在乡人的指点下，他们请算命先生为年幼的孩子算了命，又请当地文士为小孩子起一个学名。最后这个小娃娃的名字被定为林继宗，取"继祖承宗"之意。

　　林母真情告知了儿子的身世，了却一桩心事，如释重负。她慈爱地端详着儿子，说："阿宗，后半世人，阿姨就跟你了。"林母习惯了自称阿姨，"你去海南，几年后，等你在海南安了家，阿姨就跟你去海南，给你理家。这也是你阿叔生前的意思。临终前，他仍然反复嘱咐我：一定要让阿宗读大学，一定要让阿宗娶个好媳妇。"林母非常坚决。

　　回忆此事，林继宗感觉自己当时如梦初醒，更如醒后再入梦。真不愿意听见母亲说出这样的话，而母亲终于还是说了出来！回想懂事以后，便觉得时有外人在背后指指点点，故里乡亲吐露过，左邻右舍议论过："阿宗近来瘦哩，吃不饱呀，毕竟不是亲生的"；"人家养的比亲生的还疼，就单让阿宗上高中"。有的人干脆单刀直入："你妈还没告诉你吗？你看你长得像你爸你妈么？"

　　当时他已经不是小孩，能想事、懂分析了，但他绝对不愿意相信那些杂七杂八的话是真的。林继宗说，这辈子他就认准家中的父母，但愿这是与生俱来、始终如一的天伦，哪怕到头来只是一个梦，但只要长梦无憾，又何必唤醒长梦呢？但父亲的去世，确实彻底改变了他的生活，使他一下子变成了大人。他失去了生来依靠的大山，失去了赖以成长的保护神，失去了坚实的堤岸和闪亮的灯塔，失去了精神乃至于灵魂的强大支柱！从此，他开始静默而深沉地思考着人生。

林继宗终于在艰难困苦中成长起来了。这就是他依稀记忆中的童年与少年。

激情
第二章
时代

5

20世纪六七十年代，那是一个火红的激情岁月。在中国的大地上，一千七百万"知识青年"，响应国家的号召，从城市下到了农村和边疆，到广阔的天地中去，挥洒汗水，播种希望，将自己最好的青春年华，奉献给共和国初期的建设。

这是20世纪影响中国的一件大事。广大青年在广阔天地里经受了革命与劳动的锻炼和洗礼。他们接触了生产实践，增长了才干，为开发、振兴祖国的不发达地区做出了贡献。他们用汗水和热血描绘出一幅恢宏壮大的历史画卷，荡气回肠，使得整个20世纪50年代，以热气腾腾、充满希望的时代形象，留在民众的记忆中，留在文人的笔墨下。

1969年7月24日，23岁的林继宗作为一个文艺青年，被组织安排远赴广州军区生产建设兵团十师即海南八一总场工作劳动，开始了人生的第一次"创业"。

那天一大早，余氏也来到汕头港的码头上，送别儿子。

轮船静静漂泊在港湾。从露出水面的船舷部分可以看出，这艘船是已经经历过很长时间的海上历程，吃水线以下的船体上头，好几块地方都显得斑驳不齐。

"孩子，社会上难免鱼龙混杂，你一个人远赴海南，要处处小心。"余氏再次提醒儿子。毕竟，活在这个乱世，提高警惕性是生存必备的觉悟。

小林点点头，整理了一下包袱，又把身上仅有的一点值钱的东西，再往腰带夹层里塞一塞，这才觉得妥当一点。

"在家靠父母，出门靠朋友。我看同船去海南岛的，大部分人是潮汕乡亲，你凡事要谦恭忍让，与人为善，互相帮忙。"

小林又点了点头。

"到了海南，记得尽快给家里捎个信，报平安。家里人天天都在等着，盼着。几年后，等你在海南安了家，阿姨就跟你去海南，给你理家。"

小林依旧是点点头。他怕话匣子一打开，又是说不尽的离别之情。

不知道哪里传来第一声哭泣声，像瘟疫一般，很快整个码头上都是亲人离别时痛哭的声音，还夹杂着叫骂发泄的声音，种种原因导致他们不得不骨肉分离，天各一方。

林继宗怕母亲受感染而哭泣，忙说："阿姨，海边风大，您先回家去休息吧。我会尽快平安回来的。"

余氏眼角已经湿润。她知道儿子不愿意看她哭得伤心，便忍住泪水，只是轻轻地说，"你快上船吧。我就站在这里，目送你们。等你们船开远了，我就回家。"

小林感动，给母亲又磕了一个头。转身没入汹涌的人流中。

排队、查票、上船，一切按部就班。

站在甲板上，小林又望见母亲高大壮实的身影。一时间，伤心、留恋、悲痛、惋惜已充满了他的整个大脑。他想挥手，想叫喊，最后却选择懦弱地蹲了下来，偷偷地躲在围栏后流泪。因为他不希望再看到老人家痛哭的情景。

"阿姨，您多保重！姐妹们，多保重！我一定会让你们过上好日子。"他低着头，在心中默默念叨着。

忽然间，甲板上一阵颤抖，又传来一阵的吆喝声。林继宗抬头，看见船舷缓缓离开了岸边，远方山丘上的树木也开始慢慢移动。

轮船起航了！

被迫背井离乡的人，憧憬自由生活的人，渴望有所作为的人，满怀革命激情的人，或自愿或被迫地加入到"上山下乡"的大潮中。轮船将载着他们漂洋过海，到达琼州——那个天堂或者地狱或者艰难的人间——谁也说不清楚的地方。

林继宗百感交集，就要远离故乡汕头市，到那遥远的海岛上落户扎根，长年生活了。他压抑不住澎湃的情感，于是赋诗两首，以壮行色。

辞汕辞（其一）

千里云水捧朝阳

一发汕城五指边

儿男纵横何足畏

椰林烈火拓南疆

展眸宏宇多烽烟

地覆天翻鱼龙变

人民十亿推星月

红旗一杆扬中天

辞汕辞（其二）

脚踏琼州潮汐间

沙场驰骋正少年

余生无愧七尺子

埋骨何须桑梓乡

长荡衷情立志向

乐在天涯屯军田

平罢胡虏凯旋日

金轮高照乾坤年

　　经过长时间的海上颠簸，知青们在海南岛八所港（今属东方市）下船。当时的海南，一片荒芜，各种生活物资都非常匮乏。在艰难的日子里，知青们担负着艰辛的劳动和工作。那时候，林继宗常常白天开荒、砍柴、烧山、挖穴，种植橡胶和其他亚热带作物；一到晚上，就读书、采访和写作，经常熬到子夜或凌晨，然后才带着深度的疲劳沉沉睡去。

　　知青们抵达海南后，被分配到不同的生产连队。林继宗被分配到十师三团三连，农场位于珠碧江畔。马不停蹄地行军百余公里后，大家才抵达最终目的地。由于农场职工宿舍都还没有盖好，所以，大部分人员都临时安排在破旧的平房里办公和居住。当时的居住条件极差——除了部分领导和老同志能享受照顾，住上一小间砖瓦平房外，其余大部分人员都住茅草房。林继宗和三个农友同居在一小间茅房中。房中除了四张木板床外，什么也没有。

虽然现实情况同心目中的单位有较大差距，但他一点也不介意，一点也未曾影响他来这里的工作热情。他只是感到，这里一切都新鲜，所有东西都值得学习。

到达农场安置后，林继宗被分配到了苗圃班。当时苗圃班共有20多个人，是全场最大的班组。班长40岁开外，身材高大，忠厚善良的他有着一副"国"字脸，他经常笑眯眯的，操着一腔有着浓浓方言口音的普通话，他待人诚恳、和蔼可亲。因为班长也是潮汕人，对小林这个老乡加新手特别的关照，毫无保留地将经验如数传授。在他的领导下，小林在苗圃班度过了一段难忘的时光。

苗圃班的主要工作任务就是先将种子播种下去，再经过精心的培育，待种子长成幼苗后，将其起出，挑到山上移种。当时苗圃的苗木是以橡胶和杉木为主，附带培育一些其他的树种和部分药材。记得有木荷、香樟、银杏、金钱松、铁杉、楠木等，最难伺候的就是橡胶树了，播种后还要特别地用塑料薄膜罩住，待幼芽长出后，才可揭去塑料布。因为当时海南岛还有大片的原始森林，麻雀等各种鸟类特别多，鸟儿特别爱吃林木幼芽。一旦幼芽尖顶被吃了，这棵苗也就意味着报废了。知青们绞尽脑汁，想出的最好办法就是在田头扎个稻草人，并给他穿上衣服，平时专门派人沿着田埂敲锣，不让麻雀靠近，避免损失。

除了麻雀，大头蟋蟀也是让人头疼的问题。大头蟋蟀会大量危害芽接桩萌发的嫩芽，有的地段的危害率高达15%以上，给育苗工作造成不少困难。开始，知青们曾设想沿种植株四周洒农药防治，但工作量太大，难以具体实施。可是，如果不这样做，又危害很大，无法保证足够的苗木成活。后来，林继宗就这一问题专门请教了老工人。一些老工人说，雨水下多了，虫害就少了。这对知青们启发很大。经过对已植苗木进行一次全面调查，大家发现：第一，雨季开始时定植的苗木受害率最大，晚后定植的则受害率要小很多。第二，萌芽长不足0.5厘米的最易受害，而且受害后的植株不再萌发新芽；抽芽长度5厘米以上的，虽然也受大头蟋蟀危害，但受害程度轻得多，而且多从芽的中间咬断，留下部分仍可抽发新芽。基于上述调查结果，大家商议后，采取了选用芽长5～10厘米左右的芽接桩，大规模定植放在雨季中期这一做法。实施后，取得了良好效果，基本上控制了大头蟋蟀的危害。

林继宗到苗圃班后，跟着师傅还做过许多工种：如敲锣、锄草、造林、割茅草、温室育苗等。最难忘的就是学习橡胶树的培育。

橡胶树是一种高大的乔木，叶脉呈三叶状，从幼苗种植到开割流胶，需要6～7年的时间。这种树野生于巴西的亚马孙河流域，当地印第安人把橡胶树叫作"眼泪树"。印第安人早就知道它的特性，并用流出的胶汁风干后做成盛水器、橡皮球等物，或用胶汁涂抹在编织物上。在哥伦布地理大发现后，西班牙人逐渐从当地印第安人那里学会了采胶和制作橡胶的方法，并把橡胶带回了欧洲。开始，人们只用它来擦铅笔字。随着工业革命的发展，人们在1839年发明了加硫橡胶处理法。这种新工艺能使橡胶在不同温度下保持天然的弹性。从此掀开了橡胶的工业用途和商业价值的辉煌一页。1845年，人们发明了充气轮胎，橡胶轮代替了延续几千年的木轮，人们的交通工具出现了革命性变化。于是欧美的橡胶工业兴起了。

橡胶具有弹性、绝缘性、耐磨性、气密性、柔韧性等多种良好的特殊性能，因此用途极为广泛，和钢铁、煤炭、石油一起被称为工业的四大原料，需求量巨大。橡胶工业的基础是原材料——胶汁。于是，人们在亚马孙河流域采集野生橡胶树种子，然后在有与亚马孙河相等或相似的地理、气候条件的地方进行橡胶培植。1886年，英国人历尽千辛万苦，在新加坡首次成功地进行人工栽培橡胶。尔后短短二十年时间，橡胶种植业迅速在东南亚开展了，形成庞大的产业。20世纪初，橡胶树传入中国，开始在海南、云南等地区种植。新中国建立以后，西方列强为了扼杀新生政权，将橡胶列为"禁运"的战略物资，无法从国际市场上购买到橡胶，也无法引进国外橡胶优良品种和先进实用的生产技术，但工业的快速发展，急需大量优良的橡胶。因此，1951年8月31日，周恩来总理委托副总理兼财经委员会主任陈云主持，召开中央人民政府政务院第100次政务会议，对在华南种植橡胶树作了部署，做出了"关于扩大培植橡胶树的决定"。决定指出："橡胶为主要战备物资，美帝国主义对我进行经济封锁，为保证国防及工业建设的需要，必须争取橡胶自给。"会议提出建成以海南、云南和广东

（当时海南岛归广东省管辖）为主的三大橡胶种植基地。为支援国家工业建设，知青们发扬革命精神，努力育苗、栽培，大面积种植，增加橡胶产量。

因此，整个苗圃班的人都将橡胶树苗当宝贝一样精心照料和悉心培育，从扦插、嫁接，到山上的梯带种植，投入了大量的人力和物力，因为它本身的娇贵，也让大家不敢掉以轻心。林继宗虚心地向班长请教，向技术人员学习，很快就掌握了橡胶树培育的许多专业知识。树苗有的要在温室里培育，还有的要在田地里培育。长出来的树苗根据情况要经过嫁接，农场用的嫁接方法是芽接。芽接的方法是，在接穗上选择充实饱满的叶芽作接芽，芽片大小根据砧木粗细而定。取芽时，在接穗上取一块和长方形或方形带芽芽片，然后在砧木上选一块光滑处，按芽片长度上下各横切一刀，再在中间纵切一刀形如工字，切口深达木质部，沿纵切口用刀把皮层向左右两边挑开，将芽片嵌入，用塑料带捆紧，露出芽头。"功夫不负有心人"，这些娇嫩的树种在知青们的深情厚谊里居然焕发出了鲜活的生命力。

掌握了嫁接技术之后，林继宗又被安排临时负责温室的管理工作。温室是坐落在场部西边的一座玻璃房子，室内有恒温箱，当时由于条件限制，没有空调，室内温度只能靠自来水来调节，温室的总面积有100平方米，室内面积约有70平方米，有四排沙床，沙床是用砖头砌成的，里面是沙子，橡胶树的枝条就是在沙床里扦插的。刚到温室时技术员就严肃地对小林说："你要按照我的要求，每隔十分钟用喷雾器喷一次水，出了事我负责，如果没有按照我的要求你要负全责。"因此，每天林继宗都小心翼翼地严格按照技术人员的要求操作，不敢有任何的懈怠，中午也不敢回营房宿舍休息，困了就趴在桌上眯一下，直到枝条长出根，树苗成活，再放入营养袋，移植到田里，最后种到梯带上，他的心才敢放下来。据说后来橡胶林的种植面积不断扩大，但由于部分地区的气候、土壤条件不能达到香蕉水生长和开花结果的基本要求，最终的收获没有达到预期理想值。

孟子云："故天将降大任于斯人也，必先苦其心志，劳其筋骨，饿其体肤，空乏其身。"也许是老天爷真的要考验这批知青，或者想先给他们一个下马威，林继宗在苗圃班工作不到两个月，就遭遇了一场特大的风暴。

那时候没有卫星云图和天气预报，往往当台风临近的时候，人们才察觉。林继宗清楚地记得，那天上午，天气特别闷热，到了午后，气象突变，一阵狂风吹来，天色已由乳白转为靛青，又转为墨蓝。云团急剧变幻着，如同在沸水里奔腾翻滚。天空中猛然劈开一道炫目的闪电，随之一个巨雷在半空中炸开，"轰隆隆"巨响，那是真切的雷声！一时间，雷电交加。借助电光，人们发现雷霆和闪电正从压下来的黑云里直接撂到地面……

雨开始下了。斗大的雨滴打在温室和办公室的房顶瓦片上，灰尘"簌簌"地往下落。屋檐流下的雨水像水帘洞的瀑布一样直冲下来。透过雨帘向外望去，几步路外就看不清影像。暴雨一直下到傍晚，大约六点多，才稍微有点收敛，但头顶天空的乌云却更加厚了，远处天空的云头却还像奔腾的马群箭一般地聚来。外面马路上的积水已有近半米深。除了关紧宿舍大门，知青们还在门后加了几个沙袋，防止雨水进屋。

到半夜时，小林他们房间的茅草屋顶被风掀开了；顿时，大雨如注，四个人的被单全被雨水淋湿了；房子也被风吹得"咯吱"直响，不时还听到外面大树断倒和树枝断裂的声音……他们再也无法入睡了，只好各自找一个不漏雨的角落熬过这一夜。到了天亮的时候查看，茅草房顶大部分都被风吹走了，没有顶的茅房四壁也被吹得东倒西歪，差点倒塌了。大家赶紧动手，将摇摇欲坠的茅草房扶稳固定住。否则，晚上就得露宿野外了。

狂风夹着暴雨，连续肆虐了一天一夜还不停止。第二天午后，几个年轻的小伙子奉命冒雨到山上去了解受灾情况。到了山顶，林继宗被眼前的景象惊呆了。远处，江水漫过江堤，狂浪像一截高大的水墙，呼啸席卷而来，推倒防浪墙，奔腾而下。滚滚洪水像锉刀一样将大坝后坡一层层剥去，最后摧垮整个坝身，水流以排山倒海之势冲出，铺天盖地向山林奔涌而来。近处，浑浊的水浪在树林与田野里肆无忌惮地转悠，整个区域成了一片汪洋，到处闪着蓝瓦瓦的光，到处都是被吹断倒了的胶树和其他果木，一切仿佛回到了万古的洪荒。位于低洼处的平房几乎全泡在水里，局部已经坍塌。只有二层以上的楼房露出水面，像一座座孤岛。落水的鸡和猪在拼命扑腾，成群的乌鸦追逐着它们，阴森森地号叫着。

汕头地处沿海，平均一年到头也会遭遇几次台风，但破坏力如此严重的台风，林继宗生平还是第一次遇见。小伙子们本来心里就不那么踏实，被眼前惨烈的灾情这么一吓，就更是胆战心惊了！脑海里总是浮现出一些可怕的念头。想来想去，只能仓皇地调头返回营地，以策安全。当林继宗心慌意乱地回到房间时，才发现自己浑身泥水，恶臭难闻。

在苗圃班工作，不单是干体力活，还要干技术活。但是在苗圃班里，除了有知青和工人，还有一批科研技术人员，他们主要负责在已有的橡胶树中，开展优良的母树选择。选出特高产母树，取其枝条繁殖成无性系，经过系比试验后，选出优良品种推广种植，以提高我国橡胶树单位面积产量。因此，平时林继宗还要协助科技人员观测橡胶树叶蓬的生长过程，即每抽发一新叶蓬时，都要每天测量叶蓬的长度、宽度和它的叶片面积。

连体叶片面积的测量是个难题；当时没别的办法，只好沿用古老的数方格方法——就是用一块划有小方格的透明板，对着叶片，一个一个地数方格，然后根据每个叶片占有方格数的多少累积计算叶片面积。具体工作中，小林深深感到这样的测量方法不仅费时费力，而且很不准确；不细心时，还会伤叶片。因此，便产生了要改进它的想法。

经过多日的思索，他想起了在书上曾看过一种用形数估测立木材积的方法。这方法是这样的：通过测量树木的胸径和树高，计算得到圆柱体的体积后再乘以一形数便可以了。橡胶树的叶片面积计算是否也可用这样的方法呢？小林在高中时代就曾获全校数学竞赛第一名，有着浓浓的数学情结，他很想把它弄清楚，于是便开始了这项研究工作。他从胶园中采摘了大量形状不同、大小不一的叶子，分别测量了叶长、叶长二分之一处的叶面宽以及它们的实际面积，然后把每片叶子的面积同叶长乘叶长二分之一处的叶面宽的矩形面积相比，便得到了一个比例系数。大量测定后发现，比例系数的数值虽然与叶片的形状和大小有关，但变化范围不大，大体变动于0.61~0.65之间，绝大多数叶片是0.63左右。因此，他便决定用0.63作为胶树叶片的形数。当他将这一结果向技术人员汇报后，大家很高兴，肯定了这项研究，并决定在日后胶树叶片面积的测量中，不再用计数方格，而均改用此法。这样，在田间测量胶树连体叶片的面积就简便多了——只要测量叶片的长和宽，长与宽相乘后得到的积再乘以0.63就可以了。从而，大大节省了这项观测工作的时间和减轻了它的劳动强度，也提高了试验的准确性。尽管这只是一项小小的技术改进，但林继宗还是尝到了创新成功所带来的喜悦。

6

在苗圃班工作5个月后，林继宗便调到了生产建设兵团十师报道组，兼文工团编剧，主要任务是宣传工作、新闻报道和剧本创作。

在师报道组，每逢毛主席最新指示发表，便是最忙碌的时候。当时由于条件限制，没有电视、电话等现代化通信工具。消息从师部传达到知青连队，全靠人工传递。在那个激情澎湃的时代，传达学习最新指示不过夜，是成文或不成文的神圣规定，是头等重要、压倒一切的政治任务。林继宗清楚地记得那一夜，将近午夜十二点了，他还在办公室里苦读《资本论》，忽然，师部的露天广播电台传来响亮的声音——毛主席发表最新指示：把国民经济搞上去！

一种神圣的强烈的使命感油然而生。他从办公室跑回茅屋，麻利地打点简单轻便的行装，一个人便匆匆出发了。每逢毛主席最新指示发表，他都必须在收听后的第一时间上路，将消息传递给负责的连队，并根据需要采访报道先进单位或典型人物进行宣传报道。无论在白天或者黑夜，无论山高路远或者刮风下雨，只要最新指示一到，都必须第一时间落实。对于这群知青而言，与其说这是工作习惯，不如说这是革命事业心和使命感所使然。那时候，实在不需要任何人的布置、指派或安排，革命豪情就给了他们取之不尽、用之不竭的工作动力。

离开茅屋，辞别师部，踏着熹微的月色，小林向着山岭走去。当时，师报道组六人，全部交通工具只有一架破旧得处处作响只有车铃不响的单车。他体力好，常常放弃骑车的机会而徒步翻山越岭。

今夜，他要去的连队是五团九连，它是兵团表彰的模范连队。尽管从师部到九连要跋山涉水六十七华里路才能到达，按他平时走路的速度计，大约要整整六小时，也就是说要到天亮才能赶到连队，但他心甘情愿。因为有重要的最新指示要传达、学习和贯彻，也只有到"抓革命，促生产"最好的连队去采访，写出来的新闻报道才更有质量，更有说服力。

星星寥落，月色朦胧，山影迷茫，山道迷茫。眺望前方道道荒山野岭，身为夜的独行者，小林鼓足勇气，奋力前行。

山沉沉，夜沉沉，路沉沉，黑暗笼罩着大地。又继续攀爬在一条坎坷不平的山道上，已经走了两个小时了，突然间，他心中一慌！糟糕！在幽深荒僻的山道上迷了路。

四野张望，一片漆黑。除了呼呼作响的风声，没有其他的声响。连个求助的人都没有。真是叫天天不应，叫地地不灵。更为严重的是，自己无法按时到达连队，延误了最新指示的传达。一旦被别有用心的人利用，将是严重的事件。

小林不敢停下脚步，只能硬着头皮继续前进。走着走着，他发现前头深沉的黑暗中有十几个亮点在移动，那些亮点越来越亮，越来越大，越来越近！突然，一声长吠，又一声低沉的怒吼，接着，汪汪汪，汪汪汪……激烈的狗吠声响成一片，划破了夜空和山岭的寂静，震撼着他剧烈跳荡的心！

麻烦了！凭着经验判断，这是误入了黎族人的村庄。那里几乎家家户户都养狗。

怎么办？后撤！他撒腿就跑。不行，人跑得快，那群狗追得更快，叫得更凶，追上了，保准被咬得遍体鳞伤，甚至丢了性命。在那个年头，狗比人更饿。

面对追近了的狗群，他急中生智，猛然蹲下身子。狗群立时停止了追跑，站立原地，警惕地逼视着他。小林捡起了两块大石头，惊魂不定地和那群狗对峙着。

他用力掷出一块石头，希望吓退狗群，可狗群只后退了几步，看他不再扔石头，又追上了几步。小林又从地上捡了一块石头。他发现附近的石头并不多，这护身的宝贵资源万一耗尽了，可怎么办？但眼下迫不得已，又只能暂时与那群狗相持，再寻脱身之计。

　　对峙与相持不可能持久，那群狗显得越来越烦躁，高声吠着，互相壮胆，呼唤着潜伏的野性，一步一步地逼了过来……

　　林继宗度着惊心动魄的分分秒秒，在逐渐的绝望中，求生的本能却越发强烈。千钧一发的时候，传来一声吆喊："阿豹！"这声音犹如草原上长长的套马杆，套住了领头的那条大雄狗。原来，狗主人来了，一个穿着黑色的黎族服装的小伙子亲热地迎了上来，打了招呼，表示歉意，问明了情况，向他指点了路程和去向。

　　本来，按平时的速度，早上六点小林便可到达目的地五团九连的。可惜因为迷了路，误入黎村，为群狗所困，那一回，过了七点钟，他才拖着疲惫的身躯，有惊无险地抵达九连。

　　深入基层传达和采访，不但会遇到各种自然危险，还会遇到各种"社会危险"。

　　1970年，国家依旧处在一片"火红"的岁月里，"抓紧阶级斗争这根弦，坚持无产阶级专政，绝不松懈"、"坚持无产阶级专政下的继续革命，不断革命，坚定不移地走社会主义道路"、"加强无产阶级专政，消灭资本主义意识形态，打倒帝修反"等口号和思想禁锢着人们的头脑，束缚着人们的行为。按照当时的规定，每户最多只能自养四只鸡，并且必须自养自用，再多养就是"资本主义尾巴"。那一次林继宗下连队蹲点采访，无辜卷入了"第五只鸡"的风波。

　　原来，连队里有一位来自广西的军人老宁，因为家里人多口多，悄悄养了五只鸡，心想：生活所迫，只要邻居睁只眼闭只眼，也就蒙混过去了。老宁当了十多年班长，向来模范带头，生产劳动绝对是一流的响当当的好把式，学习毛主席著作也不落人后，又敢抓敢管，得罪了几个吊儿郎当的懒汉。懒汉们那口恶气吞了又吞，忍耐了许久，终于等来了这个"堂堂皇皇"的报复机会。于是，绰号"狗头军师"和"狗尾巴"的两条懒汉一凑合，一张题为《这第五只鸡姓什么》的大字报当晚便贴在连部的大墙上，把老宁养五只鸡的秘密给抖搂了出来。

　　一石激起千重浪。这张大字报一夜之间便在全连掀起了轩然大波。连长和指导员当然不敢掩盖，第二天就传到了团部并且惊动了师部。恰巧林继宗当时正在该连队蹲点采访，于是师政治部立马下令让林继宗查清实情，上报组织。

那群懒汉拿着鸡毛当令箭，拉大旗作虎皮，夜以继日地围攻着老宁，死死抓住不放，非要老宁当众回答"这第五只鸡姓什么"不可。一时间，从连长、指导员到普通战士和家属，竟没有人敢站出来替老宁说说话。

大家心里都明白，这么肥沃的土地，这么茂盛的胶林，这么鲜美的草地，鸡群其实并不需要怎么去饲养，只要在屋后草地、林边或山脚搭个鸡寮，清晨放牧出去，黄昏在寮里撒把豆子或谷子，呼一呼，鸡群便乖乖地回了寮。日复一日，换月换季，不多久，仅有几只的鸡群便会壮大到十几只、几十只、一百多只，甚至数百只。但事实上没有人敢于如此放胆去养鸡。假若有，也早被打成资本主义的小爬虫了。可这里，由于得天独厚的天时与地利，鸡群就是繁殖得特别快，真惹祸啊！怎么办呢？聪明的人们不约而同：只养四只，不养第五只。四只全养母鸡，就吃蛋。逢年过节，杀了鸡，有了空额，再补养。也有一些人，养了就杀，杀后再养，反正不超过四只。

林继宗调查后发现，大伙的心是向着老宁的。他也打心底里同情老宁，就当着老宁的面对这帮懒汉说："老宁这第五只鸡许是马上要杀掉的吧？"说着还向老宁使了个眼色。可是老实巴交的老宁并没有领会其意思，却连连说："不是的，不是的。"这帮懒汉乘机围上来大声迫问："那你为什么养这第五只鸡，明知故犯？你说，这是什么性质的错误？这第五只鸡到底姓什么？"老宁不敢抵挡，被迫当众老老实实承认自己养了一条资本主义的小尾巴，表示立即割掉。他一转身，从自家的鸡窝里抓出一只肥硕健壮的母鸡，一刀便割破了它的喉咙，由于刚刚受惊还咯咯大叫的母鸡在地上搐动了几下，就静静地躺在鲜红的血泊里。老宁烧了一锅水，三下五除二，脱了羽毛，开了膛，然后将这只虽然"姓资"但却非常肥美的母鸡亲手送到幼儿园，让阿姨给小朋友们煮鸡粥吃。

面对懒汉们的咄咄逼人，林继宗忍不住又替老宁打抱不平了："你们看，老宁养的鸡和鸡蛋也不光自己吃呀。听说平时就经常送给幼儿园和生病的同志吃哩。"谁知这几句实话却引起那帮懒汉们的不快，转而围住小林这个居然敢于为"资本主义小尾巴"辩护的年轻人。一个懒汉装出振振有词的样子，冲着他说："林同志呀，你要知道，革命人是宁要社会主义的草，而不要资本主义的苗！这就是革命者的气节，人穷志不穷啊！"

"小林同志，听说你读了不少书，我想请教你"，另一个精瘦的懒汉狡黠地盯着林继宗说，"马克思主义哲学告诉我们，世界有三大定律，你应该都知道吧？"

"当然是对立统一、质量互变和否定之否定规律。"林继宗沉着应对着挑战。

"现在我要说的就是质量互变规律，量变必然引起质变"，双方短兵相接，"我们团规定每户只能养四只鸡是有道理的，多养了就是走资本主义道路，就是变了质。"

小林笑着说："每户可以养几只鸡，这是一个动态的数字。现在养四只，随着生产力的发展，今后可以养更多，甚至不需要限制数量。当然，这是以后的事情。"

"你在散布唯生产力论！"精瘦的懒汉激动起来。

"好了，我今天不是来争论的，我是代表师部来调查的。我还要回去汇报情况。"说着，林继宗迈步就走，心里真看不起懒汉。

"别走！既然你来调查情况，我还要反映一件事"，有一个懒汉拦住了去路，"我们连老罗虽然只养四只鸡，表面上看规规矩矩，可是他却曾经在暗地里卖掉了两只母鸡和十多只鸡蛋，听说还卖了好价钱。小林同志，你说，这算什么行为？算不算资本主义尾巴？该不该揪出来批一批？"

"老罗的情况我了解清楚了。他以前从未卖过鸡和鸡蛋，这回是因为孩子生了病，缺钱买药治病，才不得已而为之。昨天，他家里只剩两个鸡蛋，三个孩子争蛋吃，分得不均，打架了。他老婆抱着三个孩子哭成一团，伤心哪！"林继宗无可奈何地摇了摇头："老三同志，你脑子里那根弦怎就绷得那么紧啊？"

花了九牛二虎之力，他才摆脱了老三和其他几个懒汉们的纠缠。

当时在海南，各种生活物资极端缺乏，大多数人都过着饱一顿饥一顿的生活。特别是拖家带口的家庭，生活更为艰难。为了填饱肚子，大家都绞尽脑汁，想出各种办法。

连队里有个知青叫谭开先，广西人，平时和林继宗很是投缘。谭开先在连队伙房帮忙，家里有老婆和几个子女，生活极为艰难。一次偶然的机会，老谭从技术人员那里得到几个种子，于是他悄悄在伙房后种植。到了夏天，青褐色的藤上结了两个硕大结实的、惹人喜爱的西瓜。为了避免麻烦，他用杂乱的木料堆遮盖瓜和藤，又在上面覆盖了旧报纸、破衣服、化肥袋、破箩筐等物。谁知一天晚饭后，民兵队李队长——这个牢记以阶级斗争为纲，天天搜寻资本主义复辟蛛丝马迹的人——无意间转悠到伙房后，惊喜地发现了这个"秘密"。

"有人吗？"李队长朝着伙房大喊。

谭开先从伙房的窗口望去，见是李队长这二赖子，心头猛一收紧，跺着脚。糟糕，麻烦来了！但事已至此，难以逃避，只得硬着头皮折身走出伙房。

"李队长，啥事？"

"这大西瓜是你种的吗？"

"是的"，老谭耸起一对浓黑的剑眉，含着不屑的讥讽的口气说："今天被你发现了。你运气好，两个熟瓜，就一人一个吧。来，摘了，悄悄抱回家。"

"你说什么？谁稀罕你的瓜？！"

"拿着吧，这瓜是良种，甜，沙，少籽，多汁"，老谭边说边把大西瓜装进竹筐，上面用化肥袋盖严，提到李队长跟前。

"见鬼去吧，你的大毒瓜！"李队长怒火突起，双手举起大西瓜，重重地摔在一块石头上。大西瓜立时破碎不堪，鲜红的瓤肉喷洒开来，飞溅到李队长和谭开先的身上，瓜汁横流。

"你、你是疯子！你不是人养的！"老谭的心尖激烈地颤动起来，疼痛使他浑身冒汗。他摇晃着蹲下身子，发抖的双手捧起石头上那绽开的鲜红的瓤肉，浑浊的大泪珠夺眶而出。

"你才是疯子！让资本主义迷住心窍的疯子！"李队长从口袋里掏出哨子，猛然吹了起来。

民兵队长紧急集合的哨令惊动了连队的男女老少，不知发生了什么"敌情"，除了民兵，还有不少人，都朝着发出哨音的地方奔跑过来。正在连队的林继宗也赶了过去，一探究竟。

"各位农友"，李队长在破碎的大西瓜上狠狠踩了一脚，振振有词："我们连队什么时候接到上级的通知，私人可以种西瓜？！谭开先为什么偷偷种西瓜？如此胆大妄为，是谁支持他？他的后台是谁？有种的现在就站出来！"

众人你看看我，我看看你，瞬间交换着复杂的目光，继而燃起愤怒的火焰。

"老谭，你老实说，怎么回事？怎么种的西瓜？大家会为你做主。"林继宗走上前安慰老乡。

"这西瓜种是良种，西石农场的老战友给的。扔掉可惜，我就悄悄地种起来。"谭开先不假思索，坦坦荡荡。

"你难道不知道这样做严重违反了纪律？"李队长一副义正词严的样子。

"我知道。可是——"谭开先咽了咽口水，"可是孩子太嘴馋了。他跟着我跑了一趟西石农场，老战友给了他一片西瓜吃，这就馋上了，总吵着要我种西瓜吃。为了满足孩子可怜的要求，我就在伙房后偷种上了，没想到还真的结了两个西瓜。一个刚才被砸烂了，就让我收拾，捡些瓤肉给孩子解解馋吧。另一个西瓜，我送到连队幼儿园，给孩子们分着吃，一人也只有一小片……"

"胡说八道！"李队长打断了谭开先的话，怒气冲天："你这老家伙顽固透顶，自己走资本主义道路，种毒瓜，毒害自己的孩子还不够，还想毒害全连队的革命后代呀？你的狼子野心何其毒呀！"说罢，力排左右，抱起了那个完好的大西瓜，往地上狠狠砸下去，可怜那大西瓜瞬间爆裂，碎成十几瓣，瓤肉横飞，鲜红鲜红的，喷洒在人们的衣服上、手上、脚上和脸上，又香又甜的气味漫溢开来，教人心疼不已。

这时，谭开先五岁的男孩子挣脱了妈妈的搂抱，从屋里开门飞奔过来，拼命挤进人群，一见西瓜被砸烂，踩成泥，立马大哭起来："我的西瓜呀！我的西瓜呀！"哭得惊心动魄，众人垂泪。

"快带他回屋。"老谭对妻子说。在妈妈拉扯下，小孩子不得不一步三回头，双眼依依不舍地望着破碎的西瓜，一步一步地向外移动。忽然，他眼睛一亮，奋力挣脱妈妈的手，跑向破碎的西瓜片，一边蹲地捡起两块瓤肉，一边冲着爸爸说："这么好的西瓜，就要吃，爸一口，妈一口，我一口。"

小孩子双手抓着两块瓤肉，刚站起身往外走，就被几个箭步冲过来的李队长拦住："这西瓜有毒，大人小孩都不能吃！"说着，掰开小孩子双手，将硕果仅存的两块红红的瓤肉就地摔烂。

小孩子一头躺倒在地，又哇哇大哭起来。愤怒、痛苦、伤心、绝望，一个五岁的娃娃，在这被扭曲的世界里，初尝了不幸生活的滋味。

"李队长，你也太欺负人了！"老谭大怒，紧握双拳，一步一步地逼近对方。李队长也挺胸昂首迎了上来，两人对峙着，针尖对麦芒。

一群民兵拥着李队长逼了上来。只见一个二十出头、理着平头，矫健壮实的大个子民兵挥出一拳，狠狠打在老谭胸口上："怎么？不耐烦呀？脑子有毛病，到民兵指挥部学习学习！""走呀，快走！"小平头伸手死死揪住老谭的胸襟。

"住手！谁也不许打！"远处传来一声叫喊，林继宗回头，原来是连队指导员来了。

"指导员，你来得正好，这人偷偷种西瓜，以为神不知鬼不觉，其实是偷梁换柱，瞒天过海。此事如何处理？此人如何发落？"李队长振振有词。

大伙的眼光不约而同地集中到指导员身上。

林继宗连忙大声说："老谭平时表现好，这回是初犯，又只种一棵瓜，批评教育就算了。"

"不行！这是阶级斗争新动向，大家要警惕啊！"

"这样吧，"指导员一扔烟头，下定了决心，"谭开先，你今夜先写份检讨书，明天交给我再说。"

检讨书如何写呢？这对于谭开先来说，实在是一个难题，因为他从来没有写过检讨书。但既然指导员下了指令，又非写不可。怒火未熄，怨气未消，又惹来无尽苦恼。

夜深了。他咬着笔帽，望着悬在纸上的笔尖，陷入深思之中。想来想去，老谭总算写下了检讨书："连队党支部：我们的肚子太饿了。我家的孩子太爱吃西瓜了。因此，我悄悄在伙房后面种下了一株西瓜。检讨人——谭开先。"

谭开先如释重负，出工前，将检讨书交给了指导员。指导员一看，当即退给谭开先，说："不行。这样写太简单，太肤浅，党支部肯定通不过。"

"这辈子第一回写检讨，那怎么写呢？"

"你起码要承认自己错了，并且要分析错误的主观原因。"

"原因就是肚子饿，小孩又喜欢西瓜。"

"这是就事论事，不成理由。大家肚子都饿，为什么别人不敢私种西瓜呢？"指导员严肃而又耐心地开导谭开先，"比如说，私种西瓜起码违犯了团部和连队的规定，违犯了纪律。"

"好吧，我再写写。"谭开先摇了摇头，叹了口气。

中午歇工的时候，谭开先写成了第二份检讨书，其实只在第一份检讨书的基础上加上指导员说的那句话："我私种西瓜违犯了团部和连队的规定，违犯了纪律。"

这第二份检讨书交到指导员手里时，指导员眼光在纸上一扫，正色说："老谭，你这不变成记录员了吗？起码，你要多写几句，分析错误，挖挖根源，并保证今后不再重犯。"

实在没有办法，谭开先只好将指导员退回的第二份检讨书收起来。当夜，他又在灯下苦思冥想。想了许久，拔断了几十根头发，老谭最后在第三份检讨书上加上几句："对团部和连队的规定，我本来就想不通，有抵触情绪。读小学的时候，老师就教导学生说：种瓜得瓜，种豆得豆。有劳有得，自古以来不都是这个理吗？当年要复员到海南岛时，师政委做动员报告，就说，海南是个好地方，土地肥沃，种什么都活，都有好收成。我想，自己浑身是力气，到海南，只要勤劳，还愁日子过不好吗？所以，我趁放假时，匆匆回老家，娶了海南他妈，就来农场安身了。后来，她怪我带她来挨饿。这次私自种瓜，是我的抵触情绪和不满情绪的暴露。以后，我再也不私自种瓜了。"第二天一早，谭开先来到连部，把第三份检讨书交给指导员。正好遇见指导员正和李队长、林继宗一起讨论民兵工作。接到谭开先的检讨书，指导员认真阅读了起来，一面微微点着头，林继宗和李队长一左一右，也凑近阅看。

"嗯,我看认识还可以。"指导员点了点头。

"不行!检讨书避重就轻,尤其严重的是回避了要害问题!"李队长煞有介事,总想显示自己在阶级斗争中的火眼金睛。

"什么要害问题?"林继宗不屑地问。

李队长盯着谭开先,说:"这也算检讨书?通篇就事论事,既不上纲,也不上线。石才,我问你,私种西瓜,仅仅是违犯规定和纪律吗?它的性质是什么?实质是什么?本质是什么?走的是哪一条道路?这不明摆着吗?你既然怕提'走资本主义道路',你就别往那死胡同走哇!可是你,做贼心虚,敢做又不敢当,真是偷吃蜂蜜的狗熊!"

"说老谭走资本主义道路,凭私家种一株西瓜,还不够格。"林继宗插话,揶揄李队长。

李队长怒气又起:"要不,把谭开先的检讨书交给我,我来发动全体民兵大讨论,然后把结论报告党支部,好不好?"

"李队长!"指导员打断了他的话,手一挥,"老谭,你先回去。有什么事等我通知你。从今往后,你注意点,把全部心思花在公家的菜地上,种好连队的菜地,争取蔬菜丰收,改善连队生活,做出你的贡献,将功补过,知道吗?好,这就回去。"

谭开先走后,李队长还是再三要求将检讨书交给他,他要组织民兵队弟兄们大讨论,通过讨论,既有利于帮助党支部定准结论,又使全体民兵受到一场现实的生动的阶级斗争和路线斗争的教育,从而提高阶级觉悟和路线觉悟,以增强民兵队伍的战斗力,真正做到招之即来,来之能战,战之能胜,保卫连队阶级斗争和路线斗争的成果。

指导员越听越反感。说实在,他压根儿看不起李队长,这个青年思想偏激,作风不实,生产外行,一门心思都花在"斗、批、改"上,把阶级斗争当作唯一的职业,哪里有点风吹草动,就抓住"动向",抓住"苗头",斗斗斗,批批批,没完没了。尤其讨厌的是动辄就要组织民兵"停工停产闹革命",党支部不让脱产,或控制脱产规模,他就公开发牢骚。好像全连就他一个人阶级斗争、路线斗争觉悟最高。在工作中,指导员和李队长总是想不到一块儿。这回,在谭开先问题上,又产生了严重分歧。

最后,出于对同志的保护,指导员还是给事情定了调:"这样吧,不要说谭开先走资本主义道路，那太严重，也不符合事实。不过可以这样说，谭开先有走资本主义道路的苗头，或者说，他有一条资本主义的小小的尾巴。"

7

1970年9月23日，《人民日报》发布山西昔阳县学大寨的调查报告。同时发表社论《农业学大寨》。由此，全国各地各行各业都在学"先进"，树"样板"，搞"试点"。农业部门的"样板"运动更是开展得轰轰烈烈，其中，橡胶就是全国农业样板之一。当时，每逢最新指示到达，上级都会布置生产任务，或开荒，或种植。兵团的大型开垦种植任务都是通过"大会战"形式完成的。

生产大会战，有时是全团组织，有时是全师组织；"大会战"的时间一般是3天左右，从早上6时一直干到下午7时，中间不休息；有的时候，甚至吃住都在工地。每次大会战，林继宗除了事先要替领导做好参加大会战的人数、任务、地点的安排外，还得每天下连队现场了解情况和督促检查工作，还经常参加劳动，常常是半夜2~3点才能从生产连队返回师部，第二天清早6时左右又得开始工作。对这样的工作方式，虽然非常辛苦，也让人感到很不适应，但每次会战完后当看到一大片开垦种植好的荒地时，一些烦恼和不满也就无形中消失了，他的内心也得到了安慰。

海南知青的生产大会战，主要有三种内容：开荒砍芭、挖坑种植和割采橡胶。

海南地处热带，土地肥沃，雨水充足。各种土生土长的植物长势迅速，有大片大片的森林。因此，要种植农作物或经济作物，就必须先砍去杂草乱树。另外，当定植的胶苗开始生长时，周围各种杂乱的草木也长得半人高，跟胶苗抢肥抢水抢阳光，因此也要及时将这些"外来侵略者"砍去。这就是开荒砍芭的工作内容。

开荒砍芭在农场算件不轻不重的活，要是刀够快，一天扫两三亩山地不成问题。据林继宗回忆，当时农场男知青喜欢干这活，一刀在手，生杀予夺，有大权在握的骄傲，有杀伐天下的霸气。扎稳马步，抢紧长刀，眼前草木所向披靡，有点冲锋陷阵的感觉。不过染湿工作服的不是鲜血，而是青绿的草汁。

俗话说，"工欲善其事，必先利其器"。开荒砍芭的基础，是有一把好的长刀，而长刀第一讲究的是刀把。好刀的刀把是用白茶木做成，白茶木质地坚硬不弯不折，初呈白色，用久转黄，像浸了桐油。树丛绵密，中间往往暗伏石块，一刀下去，钢刀撞石不过火星四溅，刀把撞上石头或树头，或断或折，只有白茶木经得起大力撞击。长期淘汰的结果，大多数人手中握的都是黄澄澄的白茶木刀把。运气不好或稍懒的，找不到白茶，只好用黑茶，质地稍次，也能用，但用久变黑，观感手感均不佳，好强的人不屑用。

长刀除了砍芭，也是砍林线的利器。一座大山，何处留防风林，何处开垦，要由懂行的人踏勘设计，砍出明显的线路。林继宗曾跟随农场知青大部队进入边远的原始森林干砍林线的活，天天在墨绿色的大森林里荷刀游弋，饱受山蚂蟥侵袭，青竹蛇惊扰，听山鸡晨啼猫头鹰暗鸣。一个指南针几把长刀，砍出了上万亩胶林的规划线，学会了在丛林里独自生存的法则。

开垦荒山的时候，经常要砍伐巨大的树木。海南的奇木甚多，二人拉的长锯也不足以对付，很多时候还要依仗砍刀。有一种"板根树"，树干一米以下如几块竖立的门板，板边至树心几近一米，五六块板根从树心长出，再长的锯子也够不上。这种树长在台风肆虐的地方，板跟稳如泰山，不怕暴力狂撼，参天入地，巨人一般。此时砍山刀派上用场，三四个人轮流挥刀而上，不能齐上，怕伤着自己人。大汗淋漓砍上一天，总能把它放倒。此树倒下时，震地撼天，满山寂然，百兽丧胆，倒下时压倒一山青绿，好不威风！

伐树首先要根据地形树形和周边林木情况决定大树倒向，电影上常见的"顺山倒"和"靠山倒"喊得气壮山河，其实是生命攸关的事。据林继宗回忆，一次他们在山里发现一棵上好的花梨木，看好了顺山倒方向，也在预计树倒的方向砍好了缺口。两个农友在缺口的反方向拉开大锯，当锯齿逼近树心的时候，一声霹雳，好端端一株大树突然从中裂开，一边依旧直翘半空，另一边却轰然倒下。好在大树倒下的方向与人员站立的方向相反，没有造成人员伤亡。事后检查，是刀劈到树缺口时，大刀多砍了几下，导致应力提早释放。

树干完全锯断树不倒下是最可怕的局面。一棵大树连枝带叶重逾千斤，明明已经彻底锯断了树干，大树却纹丝不动，锯子被树身重重压着无法抽出。这时的大树像一颗定时地雷。老军工把这叫作"座"，因为各方向的劲道达到暂时平衡，而平衡不知道何时打破。知青们走也不是站也不是。走错方向，大树可能正好倒下砸在头上；站着，又熬到何时？

这时，往往是最勇敢的汉子出来，攀上邻近的大树，用快刀削断牵扯树身的山藤野竹，主动破坏平衡。有经验的好手，几刀就可以打破困局，但出手的汉子要冒很大风险，树倒的方向已不可预测，在树上无处躲闪，一旦被树冠扫中，伤亡就难以避免。

有一次，林继宗临时挂钩的一个小分队，十几个知青急于建功，没有按砍芭规律先清除灌木野藤乱竹，而是直接把一面山坡的主要大树砍倒。这样虽然危险，进度却快。那面山坡除了大树，长的都是藤竹，大树一倒，把满坡的竹子也全部压倒。接着，知青们检查发现，竹子长势极旺，压倒后还连着土地，盘缠纠结，一支支如欲射大雕的弯弓。于是，知青们又抽出长刀，去削断树下的万千根竹子。谁知却险些酿出大祸！

当快刀碰上竹林的快箭，一刀劈下，断竹如箭矢般弹起，刀未收回，竹箭已嗖地弹起直奔林继宗的面门！眨眼工夫，尖利的竹尖在两眼间一划而过，血光乍迸，两眼迷离不能视物，他惨叫一声，跌倒在地上。

幸好连队卫生员也在场，随身带着药箱，赶过来用药棉堵住伤口。小林睁开被血糊住的两眼，还好，竹尖划过两眼间的额头，划开寸多长的口子，好像二郎神一样添了第三只眼。回到连队，由于当时条件艰苦，没有麻药，小林只好再硬充英雄，在不打麻药的情况下缝了三针。

在那个激情燃烧的岁月，知青们心里只有国家和集体，没有个人。林继宗觉得四肢没事，双眼安全，全然不顾自己头上顶着"第三只眼"，第二天又继续去砍竹子。

俗语有话"磨刀不误砍柴工"。开荒砍芭想要迅速而快捷，磨好长刀是关键。连队里勤快的人晚上收工先不吃饭，在草房前磨刀石上细细磨好自己的刀，中午休息也是先磨刀再吃饭。有些对女知青有点意思的男知青，会把女孩的刀也磨好。手中刀快的人，杀伐中一马当先，逢煞砍煞遇鬼杀鬼，威风凛凛杀气腾腾，真的是羡煞众生。懒惰的人不磨刀，理论是再快的刀也会钝。谁知上阵后费的力气比别人多，几刀砍不断胳膊粗的小树，反而把手震得生疼，打出水泡。

因此，磨刀成了知青连队中人人必修的功课，甚至成了个别人的习惯爱好。刀磨出来后，先用拇指蹭蹭，感觉是滑的，不成，没出刃；要感觉涩了，才算出了锋。想磨出刀的锋刃，绝不是光处理刀口那么简单，要花大力气把刀口和刀身磨成一个平面。到两面刀身磨平，与刃口成为一个锐角夹角，从刀口正面望去是一条几乎看不见的细黑线，才算大功告成。这样磨出来的刀，砍树如砍瓜切菜。

磨刀得有磨刀石。当所有人都知道磨刀的好处后，磨刀石不够用了。据林继宗回忆介绍，磨刀石要软硬适中，硬了和钢刀硬碰硬，吃不住力，刀在石上一滑而过，磨不了；软了刀还没磨出来，石头磨没了。因此，火成岩（玄武岩）不行，得找水成岩（沉积岩）。像万泉河边，多是水成岩，放了两炮，炸下一堆石头，用牛驮回来，每班发几块。于是每天上工前下工后，到处磨刀霍霍。不知道的，还以为知青们在准备武装暴动。

磨刀是件累人的活，蹲在地上弯腰使劲，一会儿就腰酸腿痛。一次经过猪圈，小林不经意间找到了解决这个烦人问题的诀窍。猪圈有几口大瓦缸，高一米，直径80厘米，缸沿粗糙坚硬，除了装猪食泔水，平时都是空着的。当时鬼使神差，他试着在缸沿上磨，不料效果出奇地好，不用弯腰曲背，双手平推，舒展自如，一会儿刀已磨得飞快。自此他用不着和别人争磨刀石，不用端着累人的姿势磨刀，不用耗一个半个小时休息时间和石头较劲，上工前到猪圈花一两分钟就把刀磨出来了。

林继宗一向认为，朋友间本就有难同当有福同享，他也没有打算保守秘密，于是这诀窍很快传遍全连知青。问题是猪圈几口大缸经不起上百把刀折磨，缸沿很快变得犬牙起伏。再磨下去，缺口日深，终于被磨得分崩离析。磨上瘾的"刀客"还把破碎的缸体搬回草房前当了磨刀石，照样磨得得心应手。随着林段砍芭告一段落，这几口缸彻底消失了。

现在回想起来，当时的各种生产技术很落后，搞经济建设，主要靠人们的激情。相对于现今的"科技年代"，"激情岁月"无疑是落后的。但是，在"激情岁月"中，正是由于没有现代技术手段，而采用落后的生产方式，才更加突显了人的主观能动性即"激情"的精神力量。才使大家知道，人还能够那样发挥自己身体的极限能力。就像林继宗自己说的："虽说是在荒凉的生态环境中艰难地生活着，可是，我这颗热血沸腾的心，却从来未曾荒凉过。"今天，高科技技术已经取代了过去那些落后的生产方式，人们的生活方式、精神追求、价值取向也无可避免地发生着嬗变，但是激情年代所具有的"激情精神"仍然是我们需要发扬光大的革命传统。只有将"激情岁月"的艰苦奋斗精神和"科技年代"的现代化技术统一起来，才能更好地推进我国的现代化建设事业。

开荒砍芭之后，就是挖坑与种植的工作。说到挖坑，林继宗可是一等一的好手。记得有一次，他下到连队参加劳动，几个素不相识的知青，以为来自师部报道组的人，只会耍耍嘴皮子，动动笔杆子，根本不懂得生产劳动，于是很瞧不起他。殊不知林继宗平时都经常参加劳动锻炼，有时干得比连队的工人还出色。于是小林当场提出要与他们之中一位最会劳动的人比赛挖坑，看看一天内谁挖的坑最多、最符合标准。结果对方一天内挖了18个标准坑，林继宗挖了19个——当时的标准定额为每人每天挖10个坑。从此，林继宗会劳动且有一手挖穴的好本领的名声，就在连队和师部都传开了。

当年知青在海南各地广泛种植橡胶树，目的是为了采集更多的胶水，以生产橡胶，支援祖国的工业和国防建设需要。林继宗在琼州的几年间，前后共经历了十几次割采橡胶的生产大会战。林继宗作为生产建设兵团十报道组的组长，与九师报道组的组长蔡东士、八师报道组的组长曹南才一起，不单要深入报道相关的情况，还经常要到生产第一线去，亲自参加劳动。

割橡胶，这是一份极其辛苦的工作。每天凌晨1点，当黑暗还笼罩大地的时候，当人们还沉睡在梦中的时候，知青们就已经穿着完毕，戴着头灯，拿着割胶刀，踩着露水，到橡胶林里开始一天的工作。割胶都在夜里进行，因为晚间温度低，湿度大，树里流出来的胶水不会很快凝固，便于采集。天亮以后气温上升，胶水很容易凝固，割胶效果稍差。

割胶是个体力活，也是个技术活。橡胶树身由外到里分为表皮层、乳管层、真皮层、木质层和木髓，割胶要割断表皮和乳管层但不能伤及真皮层。割浅了，乳管割不断，胶水出不来。割深了，伤了真皮层，胶树长不大。一刀下去，其间毫厘之差，高手与劣技立判，故连队里向有评"神刀手"的活动。

割胶时，大家一手拿着刀柄，另外一手托着刀身，伴随着"嚓"、"嚓"、"嚓"的声响，一小块倾弯的树皮就被割去，然后在胶嘴的下面放好胶杯。不久，橡胶树的割面上慢慢地渗出白色胶水，而且越来越多，瞬间连成了一条线，顺着胶嘴缓缓地滴入胶杯中。粗看起来，这工作似乎特别简单，但是真正操作起来却都是技术活。下刀时，如果掌握的力度不够，切口过小或过浅，胶水就有可能出不来；力度过大的话，就会伤及橡胶树，影响树木的生长和胶水的产量。

参加生产大会战时，林继宗每天要工作十几个小时，要割1000多株橡胶树。弓着腰割胶比插秧还要累。从凌晨开始，连续工作六七个小时后，天亮了，太阳升起来了，这时大家暂停工作，就地吃一顿简单而粗劣的早餐，不一会便在烈日炎炎之下继续开工干活——收胶水。

收胶水也是一个与时间赛跑的气力活和技术活。因为太阳出来后，温度升高，这些胶水就有可能会在胶杯中凝结，质量将会大打折扣。每个胶工都提着一个纸篓一样大小的胶桶，快速走到自己负责的每一棵橡胶树的旁边，小心而迅速地把树身旁的胶杯取下来，将胶水倒进胶桶里面，再把胶杯放在原来位置，再赶往下一棵树。往往一桶还没收满，就已经累得满头大汗，气喘吁吁。但从来没有一个人在这时候休息，因为大家都明白，此时休息就意味着橡胶的质量、国家的利益将蒙受损失。

收完胶水，已近中午时分。吃完简单的午餐，因为有苗圃班的经验，林继宗还带领大家一起养护树木幼苗。橡胶树生长的习性，喜欢高温度、高湿度、雨水大、静风和活的环境，一般都在热带地区种植。海南岛橡胶园是世界北纬橡胶生产的极限，受到当地土壤酸性不够、湿度较大等等不利的自然条件的影响，一旦遇到低温天气的灾害，橡胶树就可能被冻伤，导致产量大大下降。当年知青们艰辛垦荒，护种育苗，视胶树比生命还宝贵。为了防止霜冻，大家身上捆绑稻草过夜，却腾出棉被保护树苗成长，甚至有烈士为保护种苗而牺牲。

割橡胶这项工作不仅辛苦，而且充满未知的危险。当时的海南岛是一片原始荒林，有很多蚊子和蚂蟥，还有毒蛇和猛兽。每次出发工作前，林继宗都要在鞋子上喷些杀虫剂，防止蚂蟥爬上腿；还要随身携带两把刀。有人误会带两把刀是为了左右开弓，提高效率；其实，一把刀是用来劳作，而另一把刀则是为了砍掉随时有可能被毒蛇咬到的肢体——虽然痛不欲生却能保住性命。因为在当时的海南岛，医疗卫生条件极其落后，根本没有血清等治疗中毒的药品。

知识青年上山下乡，从总体上看是国家的大政方针，它的意图是在荒芜的边疆地区注入劳动力，在贫穷落后的农村注入文化，以期逐渐改变蒙昧落后的状态。从这个意义上来看，这个运动是有积极意义的。当然，时代是有局限性的。20世纪60年代初，中国的总体经济水平还不高，尤其是边疆和农村地区的生活水平还很低，所以这些在城市生活的知识青年到来，会陡然感到艰苦异常，会陷入苦天怨地的叫喊中。也有一些年轻人意识到环境对于锻炼的重要，意识到国家对于知识青年在农村成才进而发挥作用的期望，因而会抓住机会、积极努力，以至于后来不少人进入了精英阶层，走上了领导岗位。像九师报道组的组长蔡东士，后来官至广东省委副书记；八师报道组的组长曹南才也担任广东省委办公厅主任。可以说，知青生活是成功人士宝贵的"财富"。再对照当代独生子女，由于娇生惯养而滋生的自私堕落的现状，我们有理由相信艰苦环境能锻炼人、改造人、能成就人的真理。这是中华民族宝贵的精神财富，是灌溉人文精神匮乏导致心田干涸荒芜的及时雨。

如今，再回首那段沧桑岁月，历史已经走过了50多个春夏秋冬。当年风华正茂的知识青年们，已是霜染两鬓的人了。他们的命运，曾经和共和国的命运紧密粘贴在一起。几十年来，他们在勤勤恳恳地劳动和生活，吃苦而不诉苦。"他们以对历史善意通达的理解，以对理想忠诚坚毅的投入，以对下一代宽容信任的期望，以对新生活艰辛痛苦的自我消化，支撑着我们共和国的大厦。在新的历史的转折期，他们以自己的牺牲和努力，显示着这一代人独特的生命价值。"

8

"民以食为天"这条天底下最朴实的真理，颠扑不破，千古不灭。它到处在显示着不可抗拒的威力，尤其在饥饿的人群之中，更是如此。当年的海南岛，各种生活物资极其匮乏，加上大量知青的涌入，更加剧了这种不平衡。在饥饿的威迫下，便出现了各种"匪夷所思"的事情。

据林继宗回忆，在他曾经劳动锻炼过的连队里，曾有饲养员将一只病死的小猪悄悄拉到后山麓埋掉，谁知这事让连里几个小学生知道了，找到掩埋地点，用锄头挖开泥土，挖出小猪，抬到小河边洗净，七手八脚地刮毛、开膛、清洗内脏，然后整猪切块。拾来柴火，烧烤猪肉，只烤得七七八八，还没全熟，学生们就你争我抢，狼吞虎咽，完全不念及卫生安全的问题。直至一个个干瘪的肚皮都鼓了起来，实在吃不下去了，才心有不甘地收敛贪馋的目光，将剩余的肉呀、皮呀、骨头呀、内脏呀，统统收进筐里，抬回家。

对于此事，林继宗感慨地说："孩子们饿了，还可以叫喊，甚至可以哭闹，而我们大人饿了，却不能有所表示，只能默默地忍受。事实上，大人们更加饥饿。每天开荒、砍芭、烧山或挖橡胶穴，种橡胶苗，挑水浇水；或种植甘蔗，松土培土除草；或割胶，收胶，挑胶水；或割杂草，拾牛粪，积肥沤肥。每天劳动十几个小时，劳动强度超乎承受能力。每天披星戴月收工回来，浑身酸痛，饥火熊熊。说真的，我羡慕孩子们，他们饿了就叫就喊，而我们是接受再教育的知识青年，只能默默地忍受饥饿与劳累。因此，来自千里之外的家乡汕头的沙茶或萝卜干炒猪肉便成了大家解饥解馋的不可多得的希望。知青们不约而同的默契是：不管谁回汕头探亲，就必须替几个要好的农友带食物来，人一到农场，这天就是知青们的节日。行李甫一卸下，还没来得及说明白为谁带了什么食物，所有的行李袋便被围上来的知青们搜了个底朝天。只要是食物，不管是谁家托带的，一律共用。附近能赶来的知青全部赶来，到小卖部沽几斤地瓜酒或甘蔗酒，再多煮几盆豆腐、青菜，于是，气氛热烈的宴会便开始了。知青们吃着，喝着，说着，吹着，笑着，哭着，唱着，跳着，洋相百出，乐极生悲，直至深夜甚至凌晨，仍迟迟不肯散席……"

俗话说，"远水不解近渴"。在艰难的环境中，不可能全靠家乡的"支援"，大家也只好就地围歼野生动物，实施烧光、杀光、吃光的"'三光'政策"。

那方土地，当它还是蛮荒状态时，无疑正是动物世界的乐园。多少年来，这里一直繁衍生息着多种多样的动物——天上飞的，有鸠鸽、猫头鹰、绿鸠、斑鸠、山雀、白鹇等；树上跳的，有树蛙、松鼠、树鼠、猕猴、长臂猿等；地上跑的就更多了，有水鹿、坡鹿、灵猫、獴、海南兔、黑熊和云豹等，此外，还有巨蜥、金钱龟、山瑞鳖和品种繁多的蛇类，等等。饥饿的人们到来后，对于这么多的动物，不论飞的、跳的、跑的，还是爬的，只要打得到，无论大小，格杀勿论，并且粉身碎骨，统统吃光！打不到的，就一把火烧，看你飞不飞、跑不跑、逃不逃！

曾经闹出"第五只鸡"风波的老宁，从小生活在穷山村，对蛇太熟悉了，他敢玩蛇，懂玩蛇，练得一套捕蛇的高强本领。收工下山的时候，他时常顺手捕了几条蛇。回到家里，他一脚踩蛇尾，一手擒蛇头，另一手持小刀，三下五去二，便皮归皮，肉归肉，血归血，骨归骨，胆归胆。于是，晾蛇皮，胆泡酒，骨熬汤，血和肉下酒下饭。当然，他也常常送些蛇肉给左邻右舍，有时也送些给知识青年尝尝鲜。再说，因为捕蛇与走资本主义道路或是资本主义尾巴难以挂钩上纲，所以即使有个别人嫉妒或不满也无可奈何。

一天傍晚，落霞映红了胶林。林继宗和老宁办完事情返回驻地。当他们穿过一片山林来到珠碧江畔正待涉水过江时，忽然听见了几声惨叫——一条足有八九米长的大蟒咬住了一头小野猪的头！狼吞虎咽，然而却极其艰难。待到吞下整头小野猪，那个隆起的大包子隔着大蟒的腹皮，正缓缓地挪动着。它疲乏了，满足的疲乏。不再爬行，只在原地蠕动着腰身。

"巧了！"老宁手提长刀，从侧背迅速逼近大蟒，猛然奋力一刀，劈中它的脖颈，血流如注。大蟒浑身一颤，猛醒过来，尾巴用力一甩！幸而老宁眼尖身疾，倏然闪身避过，却不料那大尾巴回头一卷，缠住了老宁的双腿，只觉得一阵强烈的酸麻感，一步趔趄，跌倒在地。此刻，那庞然大物更加猛力地卷将过来！如不及早摆脱，必将肉烂骨碎！那一刻，林继宗万分紧张，他手持长刀，却不敢挥砍下去，因为担心误伤好朋友。老宁却处变不惊，临危不惧，凭借多年的经验与绝招，伸出右手的食指和中指，死死地抠进大蟒的肛门。顿时，大蟒像被抽掉脊梁骨似的，变得软弱无力了，老宁趁它松开尾巴的当儿抢起山刀，一刀、二刀、三刀……林继宗也急忙上前帮忙，直至大蟒蜷曲着瘫在地上，再也不能动弹。确认大蟒蛇死亡之后，他们两人连拉带扛，好不容易将大蟒和小野猪扛回连队，给大伙"加菜"。

回到驻地，老宁让人帮他将蛇头吊在一棵大树的树丫上，八九米的蛇身垂下来，尾巴仍在地上一米多长。他手操自制的专门杀蛇的利刀，爬上大树，一条绳子拴在腰间，绳子吊在树丫上。他麻利地用利刀在大蟒蛇的脖颈上切了一圈，切断蛇皮，接着，完整地将整张蛇皮剥了下来，然后开膛破肚，拉出五脏六腑，取出比鸭蛋还要大的蛇胆。转为"地面操作"之后，首先用小脸盆接盛蛇血，之后，自然是将精赤的大片大片的蛇肉从蛇身上剥下来，直剥得干干净净。最后是将长长的椎骨中白线似的椎髓轻轻地全拉出来，不让它断段或残留在椎骨里，据说蛇的椎髓有毒，不能吃。杀蟒的整个过程，干净利索，又快又好，赛过一个精彩的节目，围观的男女老少，无不拍手叫好。

据闻，蛇类是具有报复意识的动物，而且常常是大规模的集体报复。那一次"蛇仔事件"让林继宗印象深刻。

一个冬天的夜晚，老宁在茅草伙房里忙活，直至深夜，实在太累了，喝了半碗地瓜酒，于是醉乎乎地躺在小木铺上酣酣地睡着了。当他从噩梦中醒来时，倍感胸口发闷，觉得被子里似乎有什么在蠕动。凭经验，他马上意识到了——是蛇！怕冷的蛇常在冬夜钻进温暖的地方。被窝当然是好去处。经验丰富的老宁在海南碰到这种情况已经好几回了，每一回他都镇定自若。他不动声息，身体一动不动，用双手在被窝外缓缓地牵动被子，让温暖的被窝神不知鬼不觉地把睡熟的蛇慢慢包起来，轻轻地把被包连蛇提到一个空着的大陶缸里放好，盖上木盖子，然后将被子轻轻地慢慢地从木盖边缝中抽出，蛇在冰凉的缸里醒过来了。一看，五条差不多一米长，模样相同的"过山黑"，也许还是同窝的"兄弟姐妹"哩。自然，这窝蛇也成了知青们的盘中餐。

第二天深夜，令人震惊的现象终于发生了。大约午夜十二点，疲倦的人们早已进入了梦乡。那时，正好林继宗上连队的公厕解手，回来的路上，无意中竟发现了伙房的周围，爬满了大大小小几百条蛇！一些蛇已从伙房的泥墙上和木板门的缝隙中往里钻！中午刚刚吃过蛇肉稀饭的林继宗豁然明白过来了：天哪，蛇群报复来了！好在它们不知道老宁住在相距仅十来米的对面的瓦房里。怎么办？林继宗急忙绕弯折到宁家瓦房的后窗口，急急敲窗小声喊："宁班长，你的伙房被几百条蛇包围了！"

"什么？呀？！我明白了！它们迟早会报复我的。你赶快去告诉那些懂打蛇的战友们，带上山刀，锄头，铁锹，还有火把，并请陈医生带着蛇药一起赶来。要快，要小声，要三面包围。"

很快，几十名懂打蛇的壮汉赶来了。在通明的火把照耀下，一把把山刀、锄头和铁锹闪闪发亮，分东、西、南三面包围了伙房内外的几百条蛇，一场空前的人蛇大战开始了！

蛇类也许形成了社会，有公认的"蛇王"。它们攻入伙房，才发现中了"空城计"，更严重的是突然受到了人群的包围和攻击，"蛇王"当机立断下了撤退令，于是蛇们纷纷北撤逃生，疏散到荒山里去了，但仍然有七十多条来不及潜逃或撤错了方向的蛇被人群打死了。

在动物界，懂得报复心理的不单是蛇类，野猪更是如此，它们不但复仇的心理比蛇类更加强烈，而且记性很好。即使数年之后，一有机会就会实施报复，大有"君子报仇，十年不晚"之概。

这两年，知青们曾经上山打死过三头野猪，从那以后，野猪对连队的危害日益严重。它们常常在深夜里成群结队前来糟蹋连队的菜地、花生地、地瓜地、木薯地和甘蔗地，甚至咬死或拖走连里的牛、猪、狗、鸡和猫。如果没有下决心组织力量围猎，是很难射杀或捕获野猪的，因为它们实在过于剽悍。

于是，在连队的布置下，那一夜，老宁带领林继宗等五个好伙伴，背着猎铳，踏着熹微的月光，迂回进了大南山。

大南山的野猪很多。只有猎人才能真正体验到野猪的凶险。其凶狠几近于狼，其剽悍不亚于豹子，而其慑人的力量与狮子几乎不相上下，与家猪相去甚远，不可同日而语。

老宁熟门熟路，带着大家摸进山门，埋伏在野猪经常出没的岔口。他把五个人分成两伙，拉开二十多米的距离，互为犄角，并形成火力交叉点。又将带来的捏死的小鸡和木薯弃于火力交叉点上，作为诱饵。大家选好位置，警惕而耐心地静伏着，悄无声息。

新月默默地西移。沙，沙，沙，沙……那熟悉的盼望已久的声音终于响了起来。一只野猪，足有两百多斤重的母野猪，带着两只小野猪，在迷蒙昏弱的月色中悠悠然出现了。走着走着，母野猪扬起了头，蹶动着鼻子，加快步子，朝交叉点奔跑。大家都举起了猎铳，屏住了气息。母野猪发现了木薯和小鸡，可它却迅速地绕开了，在附近警觉地绕了一圈，举头翘望，竖耳转向，鼻子不停地蹶动着，然后才下定决心，放胆直取食物。

"嗵！"一声脆响，母野猪不但没有应声倒下，反而就枪响的方向蹿过来，老宁举起了猎刀，准备搏斗。"嗵，嗵，嗵！嗵！"接连四声，在距林继宗只有五六米的地方，母野猪倒地一滚，又挺起身，就原路拼命逃窜，一面嗷嗷大叫。"嗵，嗵，嗵！"又是几声枪响，它沉重地倒下去了，挣扎着爬起来，又歪歪扭扭地趔了十几米，终于倒了下去，垂死地喘息着。两只小野猪却不知跑哪里去了。

"先别管母野猪，赶快寻找两只小野猪！"老宁深知野猪的复仇心理和近乎疯狂的报复行为，决定斩草除根，以免遗下后患。于是五人分三路，在迷蒙昏暗的山野里四处寻找逃命的小野猪。

毕竟是身经百"战"的出众的猎手，老宁在黑夜的山野里，视觉、听觉和嗅觉都特别灵敏，而第六感觉也特别神。他常常能够相对准确地判断野兽逃跑的方向和路线，果断地跟着感觉走，屡有所获。果然，老宁的感觉引导他走近了一只小野猪躲藏的树丛，他似乎听到小野猪微弱的喘息声，并嗅到野猪那特有的气味。他悄悄地就着喘息声传来的方位一步步接近，那喘息声便越来越明显。就在距离小野猪不足二十米的地方，小野猪猛然发现了老宁，倏忽拔腿就狂逃。老宁立时举起猎铳，"嗵"的一声，正好击中小野猪的后腿，它就地一滚，跟跄着还想奔逃，被冲上来的老宁一把抓获。可是另一只小野猪怎么也找不到，毫无办法。眼看天色渐明，大家只好先行返回。

大野猪身上中了四枪：屁股、肚子、前腿和头部，鲜血还在流淌。大家用大麻绳将它和小野猪的四条腿扎了个结实，把带来的长、短竹槌各往大、小野猪的腿间一穿，五人便将它们抬了起来，颤悠悠地下了山，千辛万苦抬回了连队。

当夜，炊事班就在连队大食堂的厨房里，宰杀了大小野猪，给大伙"打牙祭"。

谁也没想到，这一夜，当月牙儿西沉的时候，竟就发生了惊心动魄的一幕。

当时，人们睡得极沉。林继宗在迷迷糊糊之中，仿佛听到"野猪来了"的惊呼声！他立即惊觉过来，从床上一跃而起，边穿衣服，边从窗口望去——连队大食堂的木门正被什么庞然大物疯狂地撕咬着，震撼着！天哪，十几头巨大凶猛的公野猪！这次怎么这么快就来报复，而且规模空前，攻势猛烈，为什么？！小野猪立时报丧？野猪一路滴落的鲜血指引复仇路线？母野猪生前深受这群公野猪的宠爱？肯定是。没时间多想了，林继宗大声呼叫。

这时，大伙都惊醒了，大家手持猎铳或长枪，从各自的家中冲出来了。很快，全连几十名猎手都集中在篮球场上，壮汉们也纷纷赶来了，人越来越多，或持枪，或操铳，或扛锄，或握山刀、铁锹、木棍……

敏锐的嗅觉引导着前来复仇的公野猪们，准确地找到了藏放着野猪肉的连队大食堂，它们集中力量冲击和撕咬着食堂的木头大门，其中有三头野猪迂回到食堂的侧面，奋力撞击着木制的窗户。野猪们的报复行为，其疯狂性和残酷性比起往常的侵害来，当然有过之而无不及，这样的人、猪搏斗，其惨烈程度可想而知！而这回，一场恶战更在所难免！

在连队党支部的统一指挥下，近百名猎手和壮汉兵分东、西、北三路，逐步向野猪群迫近。这时候，老宁对着林继宗耳语几句，小林心领神会地点点头，绕道折向食堂的后门。

正当野猪们疯狂冲击食堂大门的时候，老宁打响了第一枪，他瞄准领头的大野猪一击，打中了它的脸颊，它嘶吼一声，带伤猛扑老宁，老宁再射击已来不及，刹那间操起一把明晃晃的山刀，当头猛劈，可惜不中要害，野猪皮又特别厚，只伤其表，这更激怒了燃烧着复仇火焰的大野猪，它拼足全身力气扑将过来，幸而身后有人猛射了一枪，打中野猪的肚子，它大叫一声，老宁又趁机一刀，才将其杀死。这时候，又一头野猪冲将过来，直指老宁背后，眼看就要扑到背上，他身边的另一个知青于仁大吼一声，操起一把闪亮的山刀，冲了上去，对着野猪一阵猛砍猛劈。在他勇猛的刀光中，那头野猪多处受伤，血肉模糊，一只耳朵也被劈了下来，但却没有伤及要害。人疯狂，猪更疯狂，它张开血口夺去了于仁的山刀，而失去山刀的于仁非但没有后退，反而冲上去抱住猪脖子就咬，发疯的野猪睁着血红的双眼扭过头来，一口就咬断了于仁的喉咙，又一口撕开了于仁的肚皮！这时，有人又连放了几枪，那头凶恶的野猪跌倒在地，拼命挣扎，十几人猛冲上去，乱刀将野猪砍死。可是，于仁已经断了气息，肠胃从肚皮撕开的大口子中溢了出来，咽喉和肚子血流如注，而他却圆睁着双眼，嘴里还咬住一撮猪毛！

食堂的大门终于被野猪们冲倒，而一进门，它们都看到了抛在地上的两颗鲜红的猪心脏。这是小林依照老宁的锦囊妙计行事的。这两颗猪心明白无误地告诉野猪们：想救活的，晚了！野猪们一下子泄了气，但它们并不心甘。于是它们掉转头来，向着人群，又发起了新的攻击。

这时，"铛、铛、铛……"连队的大铁钟在深夜里长时间强烈震响，当然是非同寻常的紧急动员令。那脆亮的、尖锐而急促的钟声震撼着夜空，震撼着整个连队，也强烈地威慑着野猪们！

连队沸腾了！"打野猪呀，快打呀！"人们愤怒地呼喊着。更多的男人手持山刀、锄头、铁锹和竹槌，旋风般地破门而出，潮水般地涌来。在这神秘的山野里，一场神秘的空前的人猪大战达到了白热化程度……

密集的枪弹，闪亮的刀光。人们又打死了五头野猪。剩下的八头野猪已无心恋战，它们叼着两颗猪心、一颗小猪头，左冲右突，拼死撕咬，目的在于夺路而逃。

此刻的野猪已经几乎疯狂，如果不放开一条路，它们势必殊死搏斗，极有可能会咬死几个人，绝不会白白让人类杀死。"猎人"们当然深晓这个道理。因此，在这危险的时刻，他们镇定地指挥人们后撤，让出一条路来，并且默许了野猪们叼走猪心和猪头，满足它们"拯救"同胞或亲人的原始心理或祖传的本能。

在人潮如雷般的怒吼声中，八头大野猪有如离弦之箭，转眼便消失在山野的黑暗之中。

打扫战场的时候，知青们的战果是杀死了七头野猪，损失是死了一个人，还有两人受了重伤，但没有生命危险，七人受了轻伤。老宁的左手血流如注，这时他才发现：尾指不知断到哪里去了。或许已经被那愤怒的大野猪咬碎吞到肚子里去了吧。但他毫不在乎，在与大自然的斗争中，哪能不负伤呢？！

9

黎族同胞，是海南岛上的土著居民。千百年来，他们在这片肥沃的土地上繁衍生息。知青们到来之后，和黎族同胞和平共处，共同开发这一片土地，结下深厚的情谊。

林继宗家里，至今还保存着一把黎族朋友赠送的钩刀。经历几十年的岁月沧桑，这把刀失去了昔日的锋芒。但作为一件历史的遗物，却是弥足珍贵的。

黎族的钩刀，刀长一尺，把长一尺，有木夹卡住，草绳系于腰间，抽刀挂刀异常灵便。钩刀设计合理，精华在钩，可钩刮杂草乱藤，清理通道；可保护刀身锋刃，前突弯钩护着刃口不受泥石损伤；可劈砍不可刺击，只伤草木不伤活物，能最大程度避免误伤。黎族土著长年和大山为伴，在大山里讨食，刀不离身，没有钩刀，寸步难行。钩刀是土著千百年来与大自然共存的智慧结晶。

钩刀还有一套很实用的刀法，取的均为斜势，斜劈、向下，并不大开大阖。小臂、手腕动作灵活，路径多变，动作幅度小，用的是内家"寸劲"。砍伐中绝不与目的物硬碰，少见有90度角的直砍。想是密林里受杂树野藤束缚，才逼出这套独一无二的刀法。

黎族同胞们的刀多是自己打的，打得很精致，铁中夹钢，厚背薄刃，磨起来很舒服，用起来很锋利，而且越用越锋利。当时，农垦部队供应的是大工业生产的刀，由钢板切割轧压而成。产品批次不同，含碳量不同，质量差异很大。含碳量高，坚硬难磨；含碳量低，好磨易钝，要选把好刀不容易。后来知青们和黎族同胞混熟了，也请他们打刀，价钱不高，用双解放鞋就可以换到一把好刀。

土著打的刀还有一桩好处，刀身和刀柄的结合特别奇妙。大工业生产的刀，刀柄夯入刀身的套筒，中间重两头轻，要起来加速度不够，砍得不深。土著的刀，刀身插入刀柄，刀头重，吃木头深。选一段尺把长小腿粗的樟木或牛奶木，这两种木料弹性大水分多最合适做刀柄，从顶端揳入一个鸡蛋大的铁箍，铜箍更好，漂亮。待木料阴干有九成时，将刀身从铁箍处砸入，木料会把刀身牢牢吃住，铁箍保持木料不开裂。如此炮制完毕，再把木料阴干至十成，然后用心把木料细细修整成就手的刀柄，一柄漂亮的钩刀才算完工。整个过程的关键是木料的选择和干燥程度的控制，掌握不好，刀身刀柄会分家。"文革"时制作匕首就是这道工艺不过关，城里没有合用的木料，也控制不了干燥度，因此红卫兵手里的匕首往往刀、柄分离，只能用来吓人。

林继宗到海南时，也正是"文革"十年内乱的第三年，那年月，时时刻刻讲"阶级斗争"和"阶级教育"，到处书写毛主席语录和"忠"字，师部和连队里每次开会也要先学一段毛主席语录和跳"忠"字舞，自行车前要安放个"忠"字牌。"文革"中，"四人帮"及其爪牙在文化领域里大刮妖风，说什么"知识越多越反动"、"大学是资产阶级知识分子成堆的地方，要坚决铲除复辟资本主义的土壤"！一时间，"读书无用论"的歪风邪气泛滥成灾。在反革命集团的煽动下，很多老一辈革命家被打倒、被批判、被夺权；大部分的大学教师、教授被赶到遥远的海南岛农场劳动改造，倍受歧视和侮辱。黎族同胞十分同情老干部们和知识分子的遭遇，在生活和学习上关心他们，并没有因为他们是所谓的资产阶级知识分子而看不起他们。每次有知青和知识分子到村寨，村民们都会热情接待，自发地拿一些荔枝和龙眼等水果来招待客人。让大家感到心里很暖和。

海南岛遍地都是绿色植物，得益于大自然的恩赐，黎族同胞在生产和生活中积累了很多中草药的知识。在和他们的接触中，林继宗也慢慢学会了一些辨识和使用中草药的知识，如番石榴叶子可治腹泻，金钱草可治感冒和湿热等。一次，连队的老工人——负责后勤运输的张师傅的小腿上生了一片溃疡般湿疹，林继宗根据从黎族朋友那里学到的知识，摘了些大戟科的飞扬草，嘱咐他煮水洗脚，几天后他的脚就好了。这件事传开后，整个知青部落都很兴奋。因为在当时的海南岛，交通不便，缺少各种西药和中成药，草药却是遍地可见的。能用草药治疗一些简单轻微的疾病，大大方便了知青们。还有一次，一个老婆婆的手生了一个无名肿毒的恶疮，她听说有个知青懂很多草药，就上门来找林继宗。小林采集了芸香科植物的入地金牛和远志科的金不换等草药为她治疗，可惜没有见效。后来，他到村寨，把这事告诉了黎族朋友，朋友帮他分析了原因：入地金牛、金不换等草药只是消肿，但却不消炎，最好先用草药瑞香科的了哥王的植物皮和汁液来消炎，黎族村寨里有许多人就是用这种草药来治疗劳动中的手脚损伤和消炎的。返回之后，小林就按那方法给老婆婆治疗，果然也把她的皮肤病给治好了。这件事使林继宗对学习中草药和生物方面的知识更加有劲头，他当时想：这些草药如能制成膏药就好了，可以运输到更远的地方，服务更广大的劳动百姓。师部见他对草药治疗有兴趣，也派他参加一些卫生普查工作，如麻风病和血丝虫病的普查工作。

当年的土著村寨里还有"哥妹换婚"的习俗。因为海岛孤悬一隅，与外界联系困难，加上经济落后，家庭贫困，成年人找个老婆也十分困难。迫于无奈，穷人穷办法，只好两家来"换婚"，如一家有哥哥和妹妹，就可同另一家的哥哥妹妹对应相互嫁娶，两全其美。从小在城里长大的知青们从未听过如此婚事，想不到在婚姻自由的今天，农村还有这样的难处！后来，随着土著同胞和知青队伍双方联系、交往的增多，一些男知青娶了少数民族的姑娘为妻，一些女知青也嫁给了土著勇敢善良的小伙子。知青兵团在开发海岛的同时，也促进了各民族之间的融合与团结。

10

　　1970年春，这是林继宗等知青到达海南后的第一个春节。按照上级的要求，所有的知青在驻地过一个革命化的春节，不回城探亲。但刚离家的孩子哪有不想父母的？哪有知青没有不想家的？年关越近，大家的思乡情结越浓郁，工作的情绪也就愈发低落。一些新到不久的知青，还在夜深人静的时候躲到角落里哭泣。还有人偷偷地跑到空旷的庄稼地和山林江边，大喊几声"我要读书，我要上学，我要回家"，一次次排遣心中的苦闷和不平。

　　为了舒缓大家的思乡之情，度过一个有意义的春节，林继宗结合自己在师部报道组的宣传教育任务，召集各个连队喜欢读书写作的知青们，组成学习小组，进行学习，主要学习内容包括毛主席语录和报纸上有关先进知青的事迹，还有古今中外优秀的思想文化典籍。

　　当年，23岁的林继宗背井离乡去海南岛时，行李中最重的一个包裹里装满了苦心收集的各种书籍近30本。据他本人回忆，这些书里面，有马列原著如《资本论》《反杜林论》《哥达纲领批判》《自然辩证法》《国家与革命》等；有政治纪实类如锡兰（现为斯里兰卡）古达瓦达纳的《赫鲁晓夫主义》、美国记者安娜·路易斯·斯特朗的《斯大林时代》、夏伊勒的《第三帝国的兴亡》等；有历史类的如周一良主编的《世界通史》、范文澜主编的《中国通史》和《中国近代史》等；有中国文学四大古典《三国演义》《水浒传》《红楼梦》《西游记》和《唐诗三百首》，有描写革命战争的《铁道游击队》《敌后武工队》《林海雪原》《野火春风斗古城》《苦菜花》《小城春秋》《红岩》《烈火金刚》等，还有"文革"时期红遍半边天的浩然《艳阳天》、金敬迈《欧阳海之歌》和工农兵写作小组粗制滥造的《牛田洋》等。这些书，陪伴知青们度过了在海南岛的艰苦岁月，丰富了他们的精神世界。

　　回忆起书籍的事情，林继宗还有一大遗憾。当年，林父也是一个爱读书的人，家里省吃俭用，在早期购买、收藏了很多的外国文学名著，如狄更斯的《大卫·科伯菲尔》和《双城记》、勃朗特的《简·爱》、巴尔扎克的《高老头》和《欧也妮·葛朗台》、雨果的《九三年》和《悲惨世界》、司汤达的《红与黑》、左拉的《娜拉》、莫泊桑的《漂亮朋友》、塞万提斯的《唐·吉诃德》、哈代的《德伯家的苔丝》、但丁的《神曲》、杰克·伦敦的《马丁·伊登》和《海狼》、马克·吐温的《镀金时代》和《汤姆·索亚历险记》、罗曼·罗兰的《约翰·克里斯朵夫》、伏尼契的《牛虻》、陀思妥夫斯基的《罪与罚》、赫尔岑的《谁之罪》、托尔斯泰的《复活》和《安娜·卡列尼娜》、普希金的《上尉的女儿》和《叶普根尼·奥涅金》、屠格涅夫的《罗亭》和《猎人日记》、奥斯特洛夫斯基的《钢铁是怎样炼成的》、柯切托夫的《茹尔宾一家》和《州委书记》、法捷耶夫的《青年近卫军》，还有大仲马的《基度山伯爵》和小仲马的《茶花女》等。少年时期的林继宗一有空闲时间，便如饥似渴地阅读这些名著，从中学习到很多知识。但是，"文革"开始后，这些外国名著都变成了毒草毒瘤。家里收藏这些书，一旦被红卫兵搜查到，就会被扣上"封资修大毒草"、"暗通外国"、"汉奸"的帽子。万般无奈之下，林继宗利用烧火做饭的时机，悄悄把这些外国名著都扔进灶里烧掉。至今回想起来，林继宗仍觉得心疼不已。

在那个艰苦的岁月里，物质极度匮乏，但知青和当地群众还是有对精神食粮的强烈需求，精神的力量也显得非常强大。林继宗带去的那一木箱书，在连队里算是稀有的好书，很多知青都希望能借阅。因为书少而想看的人又多，只好按朋友的先亲后疏、宿舍的先近后远原则，大家挨个排队交换阅读。知青们也非常自觉爱护书籍，一本书两年间在数百人的手里传阅，还保持完好的样子。

在小组学习中，知青们经常唱毛主席语录歌来勉励自己："我们共产党人好比种子，人民好比土地。我们到了一个地方，就要同那里的人民结合起来，在人民中间生根、开花。"有时，知青们虔诚地学习了毛主席写的《为人民服务》《愚公移山》《纪念白求恩》和《实践论》等文章，认真对照检查自己，把自己当作海岛建设的有生力量。经过学习，一些有抵触情绪的知青也很快地融入兵团和农村社会实践中，与许多农友及土著结交为知心好朋友，为贫下中农做好事。

有时，林继宗还邀请连队干部或老同志参加知青小组学习。连队干部和老同志向知青们讲述琼州的抗日历史、抗日英雄事迹，同时也倾听知青们的意见，关心知青们所面临的各种各样的困难，还主动想方设法为知青们买回了钢笔、纸张等学习用品，使这些远离父母的知青们感到大集体的温暖。

1971年林彪事件发生后，由于周恩来领导了批判极"左"思潮和教育整顿工作，国内出版了一批内部发行的西方、苏联的政治哲学图书和文艺小说，还印了一些古典小说和历史地理书籍。经师部领导同意，林继宗在生产队领了100元钱，准备在队里办个图书室。后来，他利用回城探亲的机会，陆续选购了100多元的好书，如《阿登纳、戴高乐论中国》《尼克松传》《纳赛尔传》《多雪的冬天》《人世间》《你到底要干什么？》《落角》《摘译》等。他把书背到了农场里，放到知青食堂中新做的书柜中，加上大家捐献的一部分个人藏书，一个有上百册书的图书室就建成了。这不仅有利于知青的读书生活，连当地土著青年也受到感染纷纷前来借书。

读书开阔了眼界，提高了知青们的理论水平，特别是知道了许多过去不知道的真相。如斯大林根本不是列宁喜欢和指定的接班人，列宁和斯大林有矛盾，在遗嘱里建议解除他的总书记职务。读书促使他们深思而不盲从，同时也促使他们试图用书本理论来解决现实问题。除了利用所得知识为生产和生活服务，种植热带地区没有的蔬菜和水稻，进行农业科学实验外，在1973年，连队知青们还引经据典，从原著语录、宪法、农村工作"六十条"出发，破天荒地争取到废除了大寨式评工分，明确实施以责任制为基础的定额计件包工式工分制。这都得益于从读书得到的马列主义理论和政治术语能"吓唬"住当地的干部，才能促使体制变革获得实效，知青和百姓都获得实惠。

多年以后，回忆在海南岛读书学习的往事，林继宗深有感触。当时的读书虽然受到"文革"时期现实政治的影响，但由于知青们正处在人生观形成的时期，通过读书自学，形成了对后来思想发展长期有影响的观点。例如，当时林继宗读大量共产主义革命史的书，像马克思《一八四八——一八五九年的法兰西阶级斗争》《路易·波拿巴的雾月十八日》、恩格斯的《德国的革命和反革命》、马迪厄的《法国革命史》等等，对历史唯物主义有了较切实的了解。他坚信任何一个重大的历史事件，包括"文化大革命"，都不是仅仅由少数人策动的政治纠纷，都有着其深刻的社会原因。特别对恩格斯关于欧洲1848年革命的一段评论，他佩服得五体投地，至今犹能记忆："把革命的发生归咎于少数煽动者的恶意的那种迷信时代，是早已过去了。现在每个人都知道，任何地方发生革命震动，总是有一种社会要求为其背景，而腐朽的制度阻碍这种要求得到满足。这种要求也许还未被人强烈地普遍地感觉到，因此还不能立即得到胜利；但是，如果企图用暴力来压制这种要求，那只能使它越来越强烈，直到最后把它的枷锁打碎。"

在海南岛，林继宗不仅读书，还要采访和写作。这期间吃了多少苦头，受了多少委屈，只有他自己最清楚。但令人欣慰的是，无论是任凭蚊叮虫咬，还是独抵风寒雨冷，他都没有放下手中的笔。1972年，在艰难的环境中，他出版了第一本专著——报告文学集《魂系胶林》，并在《人民日报》《人民文学》《解放军报》《战士报》《兵团战士报》《海南日报》和广东人民出版社发表了长篇报告文学作品。

一个人的成长经历，决定了他的创作理念和思路。五年多的知青劳动生涯，给林继宗留下一生难以磨灭的印记。反映到作品中，从报告文学集《魂系胶林》、戏剧集《魂系椰风》、短篇小说集《魂系海角》、中篇小说集《魂系人生》、诗集《魂系天涯》，到长篇生态系列散文《魂系苍凉》、系列长篇小说《魂系潮人·海岛》、长篇叙事诗《魂系知青》三部曲，我们都可以找到海南的影子，找到知青们和林继宗自己的影子。这一系列的作品，凭吊流逝的青春岁月，表达无悔的理想情怀，塑造勇于献身的平凡劳动者形象，讴歌革命英雄主义和理想主义。作者对知青生活的缅怀，对农民问题的探讨，对火红年代的反思，对人生真谛的求索，都能引起读者的思考和共鸣。他笔下流淌的都是普通人的生活故事。他们中有战士，有知青，有农民，有工人，有干部，有知识分子，有少数民族，甚至还有当年的红卫兵和地痞流氓，正是这些普通人复杂的人生境遇以及相互之间的利益冲突，构成了一个复杂社会的多层次与多面体。林继宗运用对历史、对现实深刻的洞察力，通过描写生活中的各种矛盾，用来展现那段岁月中人物的关系、矛盾和冲突，性格、气质与心态。特别是在描写苦难的环境对人性的压抑时，更显示出他深厚的功力。

关于知青文学，是一个沉重的话题。几十年来在文艺界和学术界讨论颇多。无论是亲历那个时代的人，还是后辈的学者和文人，都参加进来议论，各吹各的号，各唱各的调。有纪念，有怀旧，有赞扬，有批判，有高歌，有忏悔，有反思，有感慨。可以说，还没有哪一代人像这一代，有这样多人关心和议论，出现或褒或贬截然不同甚至针锋相对的议论。但我想这是好事，正说明了这一代人的立体感和复杂性，这一代人多元的价值。或者说，这正体现了这段跌宕起伏的历史的复杂性和这段历史的价值。

辛镛认为，知青是一代生命的绝唱，但知青文学却是无穷尽的。在直面严峻现实的同时张扬革命理想，在平淡枯燥的生活中撷取诗情与画意，以宽广乐观的胸怀面对挫折与苦难，这是知青文学的特点之一，也是林继宗相关作品的特点之一。就像苏联卫国战争文学，它诞生于反法西斯战争，却不随战争终结而消逝，在其后几十年间仍一浪高于一浪。因为不只是参加过斗争的战士们来写，也由他们的后代继续书写。知青文学也一样，在新的一个世纪，依旧会有无数的后来者，继续缅怀，继续书写那一段或辉煌或混沌的争论不休的历史。

先哲说过，人在深重的灾难——社会的或自然的——连续折磨之下，大致有三种结局，不堪忍受时的屈从与沉沦；承受持久折磨之后的破碎和麻木；炼狱折磨过程中逐渐强大的心理承受力量和精神升华后的清醒。我觉得林继宗是一个对灾难和痛苦承受力极强的人。虽然从童年到青年，20余年里，他遭受了社会强加的重重灾难，但他从没有屈服，依然坚持读书和写作。"读书和写书，改变了我的人生命运，使我事业有成，家庭有福，人生有幸。"这是林继宗的自谦之词。辛镛觉得，是作家面对困难和挫折依然能找到生活的方向和奋斗的勇气，是作家关于社会关于人生的思考和体验的厚度，才使他一步步走向成功。他经历风雨，磨砺意气；再回望烽云，我相信他此生无悔，此心无愧。

新局
第三章
新政

11

经历"文革"的艰苦岁月，改革的春风又吹醒了南粤大地。

1974年6月，林继宗结束了艰苦的知青生活，回到故乡广东汕头，先后被安排在汕头市知识青年上山下乡办公室和汕头港务局上班，开始了他人生的又一次创业历程。他废寝忘餐地工作，从一名普通的秘书、青年团干部，逐步成长为汕头港务局党委副书记，汕头港务集团副董事长、党委副书记，高级经济师，高级政工师。三十多年来，他在这片热土上倾洒了大半生的心血和情感，他的每一步升迁也正伴随着汕头港的每一次发展变化。

汕头是经济特区，也是海滨城市，它位于粤东南部，东南濒临南海，地理位置坐标为北纬22°53′18″至24°14′10″，东经115°36′至117°19′之间。当年的汕头市地域面积为15617平方公里。境内江河密布，有韩江、榕江、练江、黄岗河和龙江5大水系64条支流；沿海港湾众多，全境有大陆岸线567.5公里，岛岸线167.37公里，水路交通四通八达。这种得天独厚的地理位置和自然环境，成为发展港口和航运的巨大优势，并在经济发展和社会进步中发挥着重要作用。"港为城用，城以港兴。"樯橹林立、千帆待发的港湾，千百年来一直是城市的经济引擎和发展龙头。潮汕先民至少在两千年前就借助舟楫之便，开始在海上生产与生活。宋代，潮汕人已经亦帆亦商地飘荡在东南亚各海域。明清两代，樟林港的辉煌，更表明潮汕人在海洋事业的发展上盛极一时，"潮商"已巍然与"徽商"、"晋商"并立于世且名声显赫了。

汕头港是我国东南沿海对外开放的贸易港口和沿海交通枢纽，也是潮汕华侨、港澳台同胞进出的重要口岸，现有公路、海运、内河、航空等运输方式。这个百年老港在悠悠岁月中坎坷曲折顽强前行，经历了沧桑之变。一部汕头港史，满纸辛酸泪，几代血汗水。几多风雨，几多艰难，几多变迁。

1860年《中英续增条约》把汕头定为通商口岸，1861年清政府予以正式确认，并称"汕头埠"。这个被恩格斯称为除五口通商外唯一有一点商业意义的口岸，是在帝国主义大炮威胁下被迫开放的。开埠后，列强加强了对潮汕的掠夺，疯狂进行政治、经济和文化侵略。

汕头开埠，既记载了列强对中国人民欺凌的历史，也记录了汕头海运商贸逐渐繁荣的史实。20世纪二三十年代便是极盛时期。1932年至1935年，汕头港每年对外洋船进港艘数居全国沿海各港的第三位，仅次于上海、广州。1935年汕头港船舶进出港吨位数达到678万吨。当时"商业之盛于全国中居第七位"。

1939年6月，日军侵占汕头，从此港口贸易大大减少。抗战胜利后，虽港口航运回升，但经济依然萧条。1943年至1949年港口吞吐量每年只有二三十万吨。

1949年10月24日，新中国成立的霞光染红了潮汕大地，也染红了鹿屿岛的灯塔，汕头港获得了新生，历史翻开了崭新一页。新中国成立的第四天，中国人民解放军汕头军管会便派出军代表接管港口管理机构。汕头军管会航政局及潮汕运输公司立即抓紧港口通航和恢复港口生产。11月12日，"和乐"轮首次由香港抵汕。至1952年已有英国、巴拿马、荷兰等八国的轮船通航汕头港。经过七年社会主义改造，1956年，汕头港务局成为一个社会主义交通运输单位，成为汕头港的主管局。

新中国成立初期，汕头港只有一座残缺不全的木栈桥趸船码头和近百间破旧仓库，生产工具只有木驳船、板车、竹槌、箩筐等，装卸货物全靠人力肩扛手抬，生产力很低。1950—1952年，每年港口吞吐量只有二三十万吨。第一个五年计划期间，修建了一座浮趸码头，并改革装卸工艺及工具，使装卸能力大为提高，1957年港口吞吐量发展到130.3万吨。1958年港口开始有第一部吊机，到1965年各种装卸机械达到30多部，库场也大量增加。1965年，港口吞吐量达到180.9万吨。

但是，"文革"十年的浩劫，又使得这座港口一蹶不振。当林继宗第一次看到汕头港时，满目尽是落后甚至疮痍的景象。从知青到"官员"

的身份转变，也远不如一些人想象的那般完美。他面对的不会尽是掌声与笑脸，也有疑虑、误解和排斥。"世有万古不易之常经，无一成不变之治法。"面对着历史遗留的堆积如山的问题，面对港口求发展和职工求富裕的历史任务，林继宗意识到事业重于泰山，责任重于泰山。他决心跳出原有制度因循守旧的框框，大胆实行改革转型。他提出："发展才是硬道理。港口的建设不能再停留在等、靠、要，首要任务是增强自身的造血功能。"他与班子其他成员协调一致，和汕头港广大干部职工一起真抓实干，筚路蓝缕，艰苦奋斗，取得港口事业的发展。

在汕头港，林继宗面临的第一个大问题，就是改变思想、整顿纪律的问题。

林继宗还记得，1979年，那是一个春天。早春的天气，乍暖还寒。那一日，时任团委书记的林继宗跟随港务局班子领导，深入一线检查工作。

大家站立在码头前沿，扫视空寂的港池，眼睛里闪着严峻而深邃的光芒。

码头停靠着一艘巨轮，船机把大米一码一码地吊在铲车的铲板上。一辆又一辆的铲车载着大米，经过引桥向仓库开去。

突然，大家发现，就在每一辆铲车开过之后，道路上拖了一道长长的"白龙"。

"停车！"港务局郭日凤书记大声叫道："都给我停车！"

几个铲车司机似乎听到背后隐约传来喊声，便停了车，跳下车门一看，大米还从破包的破口处不停地流下来。于是他们习惯性地从身上搜出几张纸，二话没说，揉成一团，往破口处一塞，跳上车，车门一关，铲车起步了。

林继宗气得脸色煞白，大声叫唤："你们看看车后一路上！"

铲车司机老郑隔着车窗玻璃，看见港务局几个领导正在现场检查，着了慌，赶紧下了车，自嘲地摇了摇头说："扫把没有随车带来。"

其他几个铲车司机也低下了头。

郭书记的愤怒里包含着无限的痛惜："货主看到我们这样装卸会怎么样？难道你不知道装卸质量是我们港口的生命线？你们如果屡教不改，我们只好动用港规港法了。"

原来，在计划经济时代，汕头港是垄断性行业单位，"皇帝的女儿不愁嫁"。加上港口职工们习惯了"吃大锅饭"，职工无论干多干少，干好干坏，都不会影响个人工资收入。因此，干活时大家都不积极认真，敷衍了事。

几个领导就地开了一个简单的现场会，一群工人站在一边，等待处理意见。

过了一会，局党委宣布了处理意见，"第一条，着令各铲车司机把撒在路上的大米扫回来，过秤，如数购买，并登门把钱送还货主；第二条，相关责任人扣发这个季度的奖金；第三条，要求各个部门，制订提高货物装卸运输质量的措施，上报局党委。"

郭书记郑重其事地说道："同志们，目前在粮食的装卸和运输中，浪费现象非常严重，不但货主，群众意见都很大，为了切实提高粮食的装卸质量，局里决定：第一，破包、漏包不打码、不起吊、不起运；第二，码头要铺垫油布或编织布；第三，码头服务工要及时缝补破包、漏包。"

处理完这件事，局领导继续到其他地方检查工作。这时，林继宗隐隐听到背后有工人嘀咕的声音，"铁腕统治，惩罚主义！我就不服你们！"大家都无奈地摇摇头，毕竟思想观念的转变，也不是一朝一夕的问题。

港务局领导班子各位成员又从堆场走向仓库，对仓储情况进行巡回检查。

仓库管理员见大群人马来检查工作，赶紧迎上去，笑盈盈地说："各位领导，请检查，请指导。"

走进仓库，一眼望去，大米和面粉，一堆堆，有棱有角，方方正正，堆叠整齐，堆高标准，通道干净，仓顶没有蜘蛛网。

郭书记微微点点头，手一挥，招呼大家往里走。他们走近第一个大米堆头，踩着梯上了堆头顶，一看：堆叠齐刷刷的。

于是，他们又先后攀上第二个红旗堆头顶：还是整整齐齐的。

大家都对仓库管理产生了信任感，准备离开，前往下一站检查，这时，郭书记独自走向最里面的大米堆头，上了顶，突然间脸色一变："大家来看吧，'包饺子'，都是'包饺子'！"

林继宗上了顶，一看，一袋袋大米乱七八糟地堆在一起，和整齐的表面形成鲜明的对比，整个堆头，就像一个露了馅的大饺子。

大家分头又进行了一次堆顶检查，最后发现，全仓十二个堆头，有七个包饺子，只有靠近仓门的几个堆是整齐的。

郭书记感到受了戏弄，气恼地冲着仓库管理员大声呵斥，"翻堆，叫他们马上翻堆重新干！"又回头对领导班子的同事说，"这就是一些工人的思想和作风，糊弄，应付，不负责任，只图省工。回去党委要开会，好好研究怎么处理这些问题。"

大家走出货仓，身后又隐约听到仓库管理员的抱怨声："干吗那么认真呢？今天进货，也许明天就出货了，堆那么美干啥？又不是叠嫁衣裳！让工人少流点汗有什么不好？那帮领导，就是爱小题大做……"

离开了仓库，一行人又来到堆场。

一堆堆化肥，堆叠得方方正正，井然有序。

有了仓库的"教训"，班子成员都仔细察看化肥包。不一会儿，大家都发现，一些化肥的袋角，像被什么利器钩破了一个小孔。

"这就是手钩的'罪证'。我们已经三令五申，在搬运货物的时候，禁止使用手钩。没想到还是有人为了省力，阳奉阴违。"林继宗生气地说。

使用手钩，搬运工人可以节省力气，但是手钩会在包装袋上留下小窟窿，导致米粒、粉末等物洒落一地，造成货物损耗。因此港口码头禁止搬运工人使用。

"哪个班负责运输这堆化肥的？所有人都叫过来，把事情调查清楚，严肃处理。"郭书记下命令。

很快，全班十五个搬运工人都如数到来。

"是谁使用了手钩？"郭书记审视着大家。

十几个人面面相觑，谁也没有开口。

静默了十几秒钟，忽然，搬运班长走上前一步，毫不犹豫地说："是我。"

郭书记盯着他看了一会，"我还是第一次见到这么干脆的'自首'"。突然间，书记抓过他的手，展示着他的手背："这不可能，你的手是手钩划破的，承认吗？"

班长愕然，"是……是的。"

郭书记："可惜这不是自伤，而是他伤。"

班长又一愣，但他立刻镇静下来："你知道，我这人粗心……"

"我还知道，你不是左撇子。右手拿手钩，为什么会伤在右手背上？"

班长瞪大眼睛，无言以对。

原来，使用手钩的是班里年纪最小的小吴。刚才在货船码头，班长忽然发现小吴在使用手钩，急忙跑过去一把抓住他的手，意在制止。小吴做贼心虚，要把手钩扔进海里。他俩因误会在无声地扭打着。愤怒的眼睛说服不了慌急的眼睛，只好用力量压住对方。

手钩终于被班长夺了过来，可是他的手背已经被锐利的手钩划了一道口子，鲜血淌了出来。

"班长，我不是故意的。我看其他班有一些兄弟也在暗地里使用手钩，就想省点力气。我……"小吴年龄小，身材小，力气也小，不比那些五大三粗的工友。

"快回去干活！别让人发现了。"班长打断小吴的话，把声音压得极低，却是不可摇撼的命令。

被班长使劲推了一把，小吴只好垂头丧气地钻进下舱洞口，攀着笔直的铁梯下到舱底。

班长急忙将手钩收藏好，没想到遇见党委班子成员来检查，最终还是被发现有人违规使用了手钩。

郭书记温和地笑了，"到底是谁呀？"

班长摆摆手，"郭书记，您处罚我就行了。不要拖累全班工友。"

书记发出深沉的慨叹："好一个'草莽英雄'、'绿林好汉'、'江湖义侠'呀！强调平均主义，不愿奖罚分明，这其实也是一种'大锅饭'的思想。罚你一个人，就会使你在全班工人的心目中成为了不起的'英雄'。在全港口树立起一个负面的'榜样'！"

党委班子简单讨论之后，现场做出了处理决定：第一，全班罚款两百元；第二，由班长代表全班在中队职工大会上作检讨；第三，由局领导、中队和工班代表所有搬运工人，登门向货主赔礼道歉。

明月当空，华灯初上。结束一天的检查，拖着疲惫的身体，林继宗回到了家里。

一天的检查，一天的见闻，让他感触良多。由于历史原因，在港务码头，不少工人都形成了严重的"吃大锅饭"的思想。他们工作不踏实，形式主义严重。有些工作为了做给上级领导看，急功近利，好大喜功；有的不注重实际，不办实事，想花花点子，做表面文章；有的重"说"轻"做"，表态慷慨激昂，落实拖拖拉拉；有的对工作做样子、搞形式；有的好大喜功，凭热情决策，凭意愿干活。这些工作方式，都是严重违背市场经济发展规律的。长此以往，港务局必然被拖垮。

细究其原因，主要还是管理体制的问题。长期以来，在计划经济体制下，过度强调集体的地位和利益，搞平均主义的分配机制，忽略了个人的因素。在很多国有大企业，年终考核指标主要指向单位、部门整体，指标、任务未落实到人头上，对个人的奖罚机制、激励机制不明显，导致在干部和工人中形成"做多做少，做好做坏一个样；多做多错，少做少错"的思想。在这种错误思想的"指导"下，一些小工头，像九班的班长大牛，处理问题没有实事求是；不能从全局利益出发，囿于自己个人的思维方式，只顾自己所在小圈子的利益；将徇私枉法误以为稳定团结，甚至发泄自己的私愤，不能自拔。

另外，从社会大环境角度看，党中央刚提出改革开放的基本国策，但相关的法律、法规制度还不完善，一些顶层设计还没完成；守旧与革新，计划与市场，理论与实际，还在思想意识形态领域激烈地斗争着。这些，都导致了底层员工无所适从，导致各种问题层出不穷。

经过一夜的深思熟虑，第二天，林继宗向港务局党委提交了《关于转变工作作风的四点建议》，该建议在班子会议上得到与会者的一致赞同。

林继宗建议：一要严格考核，公平用人。下属各个部门单位，要根据自身的实际情况，制订各项工作任务分工明细表。阶段性工作随时细化分解，落实到人。对所有单位干部职工，要制订严格的考核机制，将工作任务、完成时限、领导责任、主要责任等细化到每一个人头上，真正做到"人人肩上有担子，个个心中有压力"，避免"无事可做"、"吃大锅饭"的现象发生。要在人员考核过程中做到公平公正、择优用人，提高公信度，形成充满活力的机制。

二要建章立制，长效管理。所谓"没有规矩，不成方圆"，要在规章制度方面下功夫，做到标本兼治；要针对各类、各种现象，对号入座，对症下药，制订措施。要填补制度空白，尽量使管理工作有法可依、公开透明。要建立长效机制，防止清理规范工作出现反弹。

三是加强监督，自查自纠。有监督才能有约束，执行规定不能仅依靠个人自觉，外部监督是关键。要从严监督，整合有效力量，定期督促检查，对落实不力者严厉查处，决不护短，对不良风气敢于动真碰硬，出重拳、下猛药，在严肃纪律中增强作风建设的实效性和长效性。坚持日常监督不能放松。切实做到早发现、早纠正，讲求事前防范。要把领导监督与群众监督、职能部门监督与舆论监督、经常性监督与阶段性监督结合起来，让单位职工自查及时，社会监督有的放矢，提高监督的整体效应。

四是精兵简政，改革体制。要按照中央和上级部门的安排部署，逐步推进单位体制改革，要严格按照单位职责划分，对照每个人应该完成的工作任务量，以提高工作效率为准绳进行。因此要适当削减单位人员数量，让臃肿的机构"瘦身"，各级各部门各单位要因事设岗，减少人员编制，使得人人都有事做，也就杜绝了"吃大锅饭"现象的出现。

一系列政策的推行，初步改变了码头工作效率低、工作质量差的局面，使得汕头港的面貌焕然一新。

12

随着改革开放，大量潮籍海外华侨回家乡办实业、做生意、探亲访友、旅游观光，大大促进了港口客运事业的发展。1980年4月，交通部批准汕头港在海滨路建设一座5000吨级泊位客运码头及相配套的客运站大楼，建筑面积达到8929平方米，以提升汕头港客运能力，为海外侨胞及国内旅客提供优良服务。

客运站选址位于汕头市海滨路与利安路交界，当时考虑到建在陆地势必占用路面，所以因地制宜选择建在水面上。由于开通去东南亚的航线，因此，码头还配套了海关、银行、税局、边检等口岸单位，还有免税商场，便于旅客购买用品，比较人性化。因此，华侨对这个码头还是非常满意的。

为了新建客运站和码头，当年汕头港务局的科室干部每周轮流两三个班次参加挑沙、运石、扎钢筋、现浇混凝土等劳动，不少职工家庭响应局党委的号召，动员老婆孩子齐上阵，形成了群众性建港热潮。"那时物资供应紧张，每人每月就二十斤米，少鱼少肉，饿着肚子照样义务劳动；夜以继日，手上磨出水泡、水泡磨破流血，简单包扎继续干，除非住院，感冒头疼也不请假；中间休息十分钟，有根冰棍或一碗菜汤，就已觉得是种难得的享受。"林继宗回忆这段辉煌的往事，充满感情。众人拾柴火焰高，客运站和新码头于1986年元旦落成投产。

客运站启用后，客运量逐年上升，1992年达到最高峰47万人次，大大超过39.68万人次的设计能力。客运站大楼在当时还创下了三个全国"第一"：第一座建在海上平台的大型港口客运大楼，水上平台面积全国第一，接待海外侨胞人次全国第一。大楼分三层，层距高，面积大，尤其是1、2号候船厅的面积达到1560平方米，中间没有立柱，屋架采用新型的球网结构，施工难度大，工艺要求高，最后专门从山西请来专业队伍进行施工，确保安装质量。

1984年10月，中共十二届三中全会作出《关于城市经济体制改革的决定》，总结历史经验教训，明确指出：由于我们党对于如何进行社会主义建设毕竟经验不足，由于长期以来在对社会主义的理解上形成了若干不适合实际情况的固定观念，特别是由于1957年以后党在指导思想上的"左"倾错误的影响，把搞活企业和发展社会主义商品经济的种种正确措施当成"资本主义"，结果使经济体制上过度集中统一的问题不仅长期得不到解决，而且发展得越来越突出。如果全民所有制的各种企业都由国家机构直接经营和管理，那就不可避免地会产生严重的主观主义和官僚主义，压抑企业的生机和活力。

《决定》同时指出：社会主义企业之间的关系，首先是互相协作、互相支援的关系，但这种关系并不排斥竞争。长期以来，人们往往把竞争看成是资本主义特有的现象，其实，只要有商品生产，就必然有竞争，只不过在不同的社会制度下竞争的目的、性质、范围和手段不同。社会主义企业之间的竞争，同资本主义条件下的弱肉强食根本不同，它是在公有制基础上，在国家计划和法令的管理下，在为社会主义现代化建设服务的前提下，让企业在市场上直接接受广大消费者的评判和检验，优胜劣汰。这样做，有利于打破阻碍生产发展的封锁和垄断，及时暴露企业的缺点，促使企业改进生产技术和经营管理，推动整个国民经济和社会主义事业的发展。

在新的改革发展思想的指导下，各行各业的垄断纷纷被打破，各种民营企业、混合所有制企业如雨后春笋般出现，为经济的发展注入了新的活力。但是，随着垄断打破，作为百年老港的汕头港，却面临着"无米下锅"的生死存亡局面。

1989年7月，林继宗调任汕头港务局工会主席，正式成为领导班子成员。这一日，林继宗正在港务局林祖安书记的办公室里汇报工作，突然一阵急促的敲门声。

"进来。"林书记应声。

一群穿着工装、戴着塑料安全帽的装卸工人走来。林继宗认得，这是装卸大队几个班的班长。

"林书记，林主席，我们又待工了。"走在前面的一个班长说。

"没船没货，没米下锅！"其他工人们都附和起来。

为缓解紧张的局面，林祖安书记捏起拳头，轻轻敲击着班长那肌群隆起、粗壮过人的臂膀，诙谐地说："这些情况我们都清楚。几个月来，工人们平均每三天就要待工一天。大伙这回有力可没处使了。"

绰号"小马头"的三班班长无奈地伸出空空的双手，"我们这大码头空了，我这小马头还有什么用呀？"

"小码头才厉害呢，"林继宗插嘴，"近一段时间以来，在我们周围，无论海岸线还是河岸线，都陆陆续续建起了许多小码头，和我们争货源哪！"

林书记慨叹着："过去，货主都说我们港口离不开、惹不起，现在看来，离得开也惹得起啰。"

林继宗点点头，深沉地说："码头——皇家生意的时代过去了。潮汐起伏，昼夜不息；潮流纵横，春秋不断。只有弄潮儿，才能跟上时代的秋汐春潮！"

林书记望着这一班工人，安慰说："大家放心吧。局党委一定会设法改变这种局面，大家先回各自的岗位待命吧。"

工人们散去了，深深的阴影却留在张书记和林继宗的心头。

透过办公室的玻璃窗，可以远眺整个汕头港的全貌。他们发现，偌大的汕头港，从未如此寂静，寂静得让人感到寒战。

八点多钟的太阳，挂在港池出海口的上空，阳光下的港池，汐涛掀动，闪着无数的金波。潮头，一个接一个地冲击着码头前沿的桩柱，溅起一簇簇雪白的浪花。但是，宽敞的堆场和仓库，只有寥寥的货堆。空阔的港池里，没有一艘货轮，锚地的浮筒，静静地浮在流水中。

林书记锁着双眉，从抽屉里拿出一沓资料数据，"去年通过我们港口码头运输的货物减少了8万吨，使我们少获了40万元的利润。今年一季度又比去年同期减少货物14300吨。前几天，我登门拜访食品公司，好说歹说，才多要了1万吨。估计今天就会来托运的……"

突然，商务科科长慌乱地推门进来："1万吨出口物资跑掉了，书记！"

"怎么回事？"林书记很吃惊，一旁的林继宗也感到意外，两双眼睛不解地望着商务科长。

商务科长避开射来的目光："嫌我们货运质量、服务态度都不够好……"

林书记："是谁来托运的？"

商务科长颓丧地说："不认识，听说是一个姓李的。"

林继宗追问："是不是高个子，长脸，平头？"

商务科长眼珠子一转，右拳头向左手心一捶："对，就是他，就是他！"

林书记满脸愠怒："难怪！难怪！现在我们机关还有一些人存在老爷

作风，高高在上，目中无人，把'财神爷'都赶跑了。"他想了想，拿起电话，"喂，食品公司魏经理吗？我是港务局老林啊。你们派来的小李同志他……我们失迎了。他现在回去了吗？……你知道这事了。他往其他港口跑了？哎呀，那就糟啦！……什么？'萧何月下追韩信'？好，好！改日再去拜访。"

挂了电话，林书记盯着商务科长，严肃地说："还不赶快去把人家请回来。要是这笔生意让东河港抢了，我们的处境就更加困难了。"

商务科长连连点头，转身欲走，林书记又补上一句："请不回来，处分你。"

宽敞明亮的会客室里，头发掺白的林书记和食品公司的代表小李隔着茶几并坐在豪华的软体沙发上。林书记身旁坐着林继宗和商务科长。

林继宗热情地泡着工夫茶，满面笑容地递茶、递烟，谈笑风生。

商务科长的脸上，多层次的表情：惊愕、懊丧、内疚、渴求……

"对不起，李同志。你来联系业务，我们下属一些工作人员却很傲慢。我代表单位向你道歉。"林书记诚恳地说。

"书记这么说，我可就坐不住啦。"小李呵呵朗笑。

"谁叫我们得罪了上帝呢。"林书记笑说，"人类的始祖亚当就因为得罪了上帝，才吃了苦果并降到人间来的。"

"林书记礼贤下士，反躬自省，让人敬佩！"

"小李同志，汕头港和食品公司是多年合作的好伙伴。请你就今天的见闻，给出宝贵的意见，以便我们改进工作！"

"好。我就不客气向书记汇报了。"小李开始了叙述。

今天一早，小李就来到商务科，在大门口踟蹰，见有一个人走过来，便凑上去问："同志，请问托运货物在哪间办公室？"来人往旁边一指，不搭话，匆匆走了。

他朝所指的那间办公室走进去。

办公室，只有商务科长一个人在得意忘形地打电话。小李微笑着打招呼，商务科长一瞥，显出不屑一顾的神情，继续他的电话，好像眼前没有客人似的："无事不登三宝殿？呵呵……"

小李奔波而来，感到口渴，自己动手倒开水喝。商务科长中断了电话，对着李新华："你是谁？干什么的？"很不友好的口气。

小李摇摇头，离开商务科，独自向港区走去。

港区里作业不多，只有两条作业线：一条在进口大米，一条在出口药酒和其他杂货。

一辆铲车载着一码大米向6号仓库大门开去，由于有破包，漏下的大米在铲车开过的道路上画了一道白线。铲车开进了仓库，向三米半高的堆头升高。两名装卸工人图快，胡乱地把铲盘上的大米卸在堆头上，杂乱无章，只是在堆边才按规格堆叠。这显然是违章"包饺子"。

他离开了6号仓库，向码头走去。

一辆载着药酒的铲车从他身边开过去。因为打码不牢，一箱药酒从铲车盘上倾倒下来，栗色的药酒从摔破的瓶子里流了出来，注在地上，铲车停了下来。司机下车看了看，不做任何处理，直接把车开走了。

小李叹了口气，回转身，走向港区大门，准备离开。

这时，他看见商务科长手忙脚乱地撞进港区大门，东张西望。忽然，像发现新大陆似的，气喘吁吁地朝他跑去，讷讷地说："李同志，我是目不识丁哪，请多多包涵！请多多包涵……"

小李抽回右手，不冷不热地说："对不起，贵港的服务态度和货运质量使我感到意外。我们的一万吨货物，不得不另找出路了，再见！"不待回答，便扬长而去。

商务科长无奈，只好跑来向书记汇报此事。于是便有了早前的一幕。

听完小李的讲述，林书记和林继宗满脸怒气，商务科长则呆若木鸡。

林书记："李同志，谢谢你反映的情况，我们一定尽快改进！"

"谢谢书记。"小李含蓄地笑着说："前些日子，附近几个小港的领导来找我们食品公司的领导，请领导前往他们港口参观，如果对他们的工作满意的话，希望能到他们那里托运货物。我们单位党委研究后，作了决定：不论哪个港口，谁的货运质量和服务态度最好，我们的货物就向谁托运。魏经理提出不同意见说：我们局和贵港是老关系了，应当继续发展传统的友谊。经过一番激烈的争论，他的意见被否决了。"

林书记严肃地说："你们党委的决定是正确的。这将给我们提供新的改革和发展的动力。"

小李流露出敬佩的神色："书记，谢谢您宽了我的心。我出来的时候，魏经理告诉我，先到汕头港，再到其他港。如果各方面不相上下，还是要首先考虑老关系。可惜事与愿违……不过，我们仍然很希望，货物能够在贵港托运——只要贵港提高质量，改进服务。"

林继宗趁热打铁，"我们一定马上拿出措施，进行整改，保证让货主放心、满意。"

小李点点头，起身："那我就先行告辞了。我还要去其他几个码头考察，过几天再过来拜访。只要各方面不相上下，我们还是首先考虑老关系。"

林书记起身，跟客人握手。"再次感谢你的宝贵意见，我们过几天再见。"

送走客人，林祖安书记对林继宗说："通知党委所有成员，明天召开临时党委扩大会，就今天的事件及汕头港一直以来存在的'官老爷'作风，研讨对策。你准备一下，作主题发言，提出对策建议。"他又回头望了商务科长："这次暂时不处分你，回去好好反思，拿出切实可行的整改意见。"

港务局会议室。

党委成员们都准时出席会议。大家都已经听说了相关事件，三三两两在窃窃私语。

年近六旬的一个副局长首先发言："我在汕头港干了几十年，从来都是货主求上门来；如今，反要我们求上门去，少见就要多怪啰。其实，我们汕头港，自从明朝永乐年间开港以来，近点说，自从1980年成为对外开放口岸以来，哪朝哪代不是货主求上门？皇帝做的生意还要求爹爹拜奶奶吗？！"

他的发言得到了几个与会老干部的支持和应和。另一个副局长从公文袋里抽出一封信，说："这封信是自称'文成公主的随从'寄给局领导的信。我把其中一些话念一念。"

于是，他念了起来——

"尊敬的领导：最近，你们总是口不离竞争，不错，对于其他许多行业来说，确实面临着越来越激烈的竞争。可是对于我们港口来说，私人谁能建码头来竞争？小小东河港想同我们竞争？小胳膊能扭得过大腿？……唐太宗无疑是中国历史上一位杰出的皇帝，可是，他却办了一桩蠢事：把文成公主嫁给了远在拉萨的吐蕃王松赞干布。何苦呢？皇帝的女儿愁什么？我们真是不理解！如今，我们港某些领导也在无病呻吟地苦发愁，怕汕头港'嫁'不出去，怕在竞争中倒下去，因此拼命抓安全质量呀，服务态度呀，这种神经过敏可害苦了我们工人和我们管理人员……"

林书记把手一拍："我们国有企业的一些员工，长期以来形成了高高在上，工作浮夸的机关老爷作风。一些人脱离实际，一叶遮目，对现实情况不进行深入了解，不做调查研究，只顾自己的方便，用旧的思想来分析看待新的局面和问题。"

一时间整个会场鸦雀无声。

林书记把犀利深邃的目光收回来，发出庄严峻冷的音调："这个'文成公主的随从'，在炫耀鸡零狗碎的历史知识的同时，提出了一个十分危险的思想，在他们看来，汕头港永远是一只打不破、吃不穷的铁饭锅。同志们，大家自己看一看，想一想，近几年来，在我们身边，新建并投入使用的码头就有十几个，它们都是汕头港的直接的强有力的竞争对手。我们汕头港历来一靠地利，二靠天时，三靠人和，第四才靠安全质量和服务态度，可是现在必须倒过来了，要一靠安全，二靠质量，三靠态度，四靠速度。否则，就会有越来越多的货主和客户，不再依赖我们，甚至无情地抛弃我们，委托别的港口运输货物！"

"我想说几句话，"港务局长点燃了香烟，"也许很多同志都跟我一样疑惑，我们港口吃不饱，不是因为安全质量和服务态度不够好，老实说，我们对货主够客气了，我斗胆说，吃不饱的主要原因，是港口的计划经济受到了竞争的破坏。港口，历来是国家的门户和咽喉，是国家的经济命脉。别的部门竞争我不反对，港口怎么能竞争呢？这无异于在国家经济要害中打内战！我始终不明白，同在一个城市里，东河港的开发有什么必要？特区近在咫尺，我们港完全能够包下它的吞吐量，为什么特区还要自建码头？如何理解'计划经济为主，市场经济为辅'的原则？唉，'既生瑜，何生亮'？"

全场又一次寂静无声。

林继宗接过话头，说："我个人觉得，竞争并不可怕。可怕的是面对竞争却无视竞争，树立不起竞争的思想。许多人在没有竞争的旧轨道上生活惯了，多年的铁饭碗养出了与世无争的懒汉，培养了、形成了可怕的习惯势力！"

"我也觉得，改革开放，市场竞争，是党中央确立的大政方针。作为汕头港，一个大型国有企业，我们应该和中央的指导思想保持一致，迎难而上，积极面对竞争，谋求发展，而不是'鸵鸟'政策，又是埋怨，又是躲避。"林继宗的话得到很多与会同志的支持。

经过一番激烈的讨论，最后，港务局党委做出决定，从下个月起，邀请汕头港127家主要的货主单位，选派出他们的全权代表，进驻港口，监督港口的全面质量管理工作。货主将根据监督的结果，决定货物是否继续在汕头港吞吐、堆存以及流量的多少和流向的选择。对提出批评整改意见建议的货主，将给予奖励或减免各种费用。

13

随着改革开放事业的深入，党中央和国务院提出：国有大中型企业要打破原有模式，适应市场的要求，增强企业活力，提高企业经济效益，主动参与市场竞争，使企业成为依法自主经营、自负盈亏、自我发展、自我约束的商品生产和经营单位，成为独立享有民事权利和承担民事义务的企业法人。

在这种大背景下，汕头港务局就企业组织机构、干部制度、奖金分配等制度进行改革，打破了多年一贯制传统的管理体制和经营机制。林继宗与领导班子其他成员一起努力，将局机关24个处室精简为13个，机关干部由286人压缩到108人，将富余人员充实到生产第一线。将原属机关编制的引航站、货运公司等单位改为二级生产经营单位，增强了企业生产经营活力和市场竞争能力，产业升级有了前所未有的新突破。

改革并非从头到尾都是一帆风顺的。一日傍晚，林继宗忙完手头的工作，一个人悄悄地到汕头港大堤上走一走，舒活舒活筋骨，放松紧张的精神。

此时已是黄昏，大部分工人们已经下班，四周都很安静。

林继宗一个人轻轻地走着，边走边思考问题。

突然，他听见大堤内侧传来说话的声音。好奇心驱使下，他停下脚步，驻足侧耳倾听。

原来是码头上两个搬运工人在边喝啤酒边聊天。

"听说没有，这次上面是下决心要压缩机构，精减人员。不知道哪些人会被分流啊！现在大家都很担心。"一个人说。

"唉，我还是那首打油诗：'借酒浇愁愁更愁，五十未到先白头，人生总是不如意，梦去醒来泪空流。'"另一个人无奈地说。

"人生总是不如意，梦去醒来泪空流。"第一个人重复念了这句，想了想，说："你怎么不找个机会到领导家里坐一坐，请他们高抬贵手。"

对方不满地说："这个不是没想过，但是，第一，去走后门的人肯定不少，领导都能一一照顾到吗？再说，咱本来就命不好，哪有钱去烧香拜老爷？我想，定员定编时，也许就把我给精简了。企业整顿的'伟大成就'嘛！"

第一个人似醉非醉地说："算了，不说了，先干了这杯。人生在世，愁是多余的，死是必然的。做一天和尚撞一天钟吧。"

两个人继续喝啤酒，浑然不知林继宗站在大堤上听了许久，心里五味杂陈。他想了想。强行压制自己的情感，转身悄悄走了。

回到家里，林继宗依旧心潮澎湃，久久难平。所谓"天下大势，浩浩荡荡，顺之者昌，逆之者亡"。随着企业改革的深化，对单位进行改组升级，扶优淘劣，减员增效，这是所有企业发展的必由之路。但是，改革毕竟会付出巨大的成本，遇到巨大的困难和阻力，这也是可想而知的。特别是对于汕头港这样一个大型国有企业，改革涉及几千名员工的分流安置问题，牵一发而动全身，稍微不慎就会影响稳定大局。以往，很多国企都直接让职工下岗，自谋职业；企业自身卸下了包裹，却把问题抛给了职工、抛给政府、抛给社会。所以，对于汕头港这次改革，很多港口人都忧心忡忡，这点林继宗也是深深理解的。作为这一轮改革的主要设计者和推动者之一，他要设法保护工人的利益，维护企业和社会的稳定。

经过连续几天的思考研究之后，林继宗在党委会上提出，本轮改革不裁减员工，而是将富余的两千多人，全部内部消化，进行合理地压缩分流，安排他们到集团下属的二级生产经营单位工作，到新的经济增长点去发挥作用。同时，安排党委领导班子成员亲自到基层去做思想政治工作，避免谣言的流传，争取广大港口员工的理解和支持。

回忆当时的改革，林继宗先生给我讲了一个"笑话"：那一次，汕头港下属某机关召开职工大会，先请林继宗同志作情况说明和思想动员报告，然后由每个职工亲自抽签，按抽到的签号安排到相对应的单位再就业。这叫自抽工作变动通知书。这种做法是最公正、透明的。当主持人宣布抽签开始的时候，突然间，台下上百个工人一窝蜂冲出会场。林继宗当时心里一沉——难道是职工们不满这次的改革安置办法，离场抵制，以示抗议？正在沉思间，忽然看见工人们又一窝蜂地涌入会场，有序地排队抽签。事后了解才知道，原来工人们离场，是为了去卫生间洗手。潮汕地区有个风俗，洗手可以洗去污垢和厄运。工人们都希望抽个"上上签"，到好的单位去再就业，所以才出现一窝蜂上卫生间洗手的"喜剧"。

那一轮改革，为国企改革发展开辟了新路子，整个过程坚持公开、公平、公正的原则，整个过程没有产生罢工或上访等事件，企业切实维护了员工的基本利益和社会的稳定发展，得到了省市各级领导的肯定和赞赏。

分流富余人员，企业减负增效，这一改革取得成功之后，林继宗又乘胜追击，经过上级部门及局党委的批准，在港务局下属的二级单位中，试行业务承包制和干部公推公选的措施制度，让所有一线工人真正当家做主，选择他们心目中的领导。

第一个实行改革的是航修站。

汕头港航修站始建于1973年。建立之初（1973年至1975年），幸运地碰上了毛主席"三项指示"发表，根据中央的精神"以三项指示为纲"、"抓革命促生产"，使新建的航修站不亏损，而且略有盈余。后来，中央对"右倾翻案风"进行"反击"，局势又开始混乱，航修站也开始了亏损的历史。改革开放之后，各种思想与体制的限制逐渐减轻，之后在短短的十年里，航修站走马灯似的换了四任负责人，都无法扭转亏损的局面。最后一任站长，为了表明自己的决心、毅力和身有余热，一气之下，从航修站出发，四小时跑步六十三华里，到局里向党委请求继续留任，得到的明确答复却是：担任调研员，弄清航修站多年亏损的原因，为新班子提供反面的经验。

基于修船厂多年亏损的现实情况，1989年，局党委决定将航修站转为私人承包，选拔一名年轻有为的新站长，承担扭转亏损的重担。为了提高决策的民主性与科学性。由航修站所有的工人，一人一票，公推公选，选出最合适的人选，报局党委任命。

那天下午三点钟，像考生进入考场一样，航修站所有干部职工两百多人，便齐刷刷地坐满了厂部会议室，一个不缺。大家七嘴八舌，议论纷纷。

"我们航修站常年亏损，扭亏任务繁重，情况特殊嘛。"有人说。

"谁当站长都行，只要工人奖金多。"几个青年工人叫嚷起来。

"我的意见——谁能扭亏，谁当站长。"

局党委派出时任工会主席的林继宗同志主持会议。工作人员郑重其事地把选票发到每一个人手里，上面只有一道问题：你认为哪组同志适合承包航修站？

这是一道民意测验，同时也是一场"官"意测验。

拿到选票，"考场"安静下来了，没有人交头接耳，气氛变得严肃，只有纸笔沙沙的声响……很快，大家都起身排队，将选票折叠后投入票箱。

会后，投票结果很快就出来了。得票数前两位，分别是施胜带领的团队和李南辉带领的团队。两组得票数非常接近，但谁也没有获得50%以上的票数。林继宗将情况通报局党委，并建议：谁当厂长，必须通过实践，进一步加以考察。党委讨论后决定：让两组人马分别抓二车间和三车间，一个季度（三个月）的对手赛，看谁能扭亏。谁扭亏谁就有资格承包当站长。两人都扭不了亏，就另选高明！

党委文件下发之后，施胜和李南辉的"对手大赛"即开幕。根据多数职工的提议，在党委会上，林继宗建议举行答辩式演说会，让施胜和李南辉演说自己扭亏为盈的"施政纲领",同时,回答职工们的提问,这将作为对手赛别开生面的"序幕"。

厂部小礼堂里,坐满了人。许多人是来看新鲜、看热闹的,因为答辩式演说会对于修船厂甚至汕头港来说,还是有史以来的创举。

人头攒动。人们叽叽喳喳,兴致勃勃地议论着。会场像千支焊枪同时开动,发出乱哄哄的噪音。

台上,坐着三个人:林继宗端坐正中主持会议,他不露声色地环视着会场的每一个角落。赵景新含笑望着台下,林凡却埋头于桌子上的什么文件或材料,面色像往日一样,严肃里含着点刻板。

林继宗准时宣布演说会开始,会场立刻肃静了下来,像千支焊枪一齐断了电源。

按照事先抽签的顺序,李南辉首先微笑着走向讲台,站定,右手撑着讲台,彬彬有礼地发出悦耳的声音:"同志们,让我先来说几句。"他没有讲稿。

会场寂静了,人们竖起了耳朵。

"大家知道,航修站多年来一直被扣上亏损的帽子,我将以人为中心加强管理,从而达到扭亏的目的。我的措施是:一、预测并激发职工的动机,包括持久的和短期的;二、引导职工的行为,使他们为大公而得小利;三、相信群众、发扬民主;四、赏罚分明,鼓励上进;五、人员全面调整,使多数职工愿干本职工作,获得直接的满足;六、关心职工生活,组建八个'牛郎织女班'。具体嘛,以后大家看吧。总之一句话,要在生产中搞好人与人之间的关系,激励人的积极性……"

会场响起一片不很热烈但却持久的掌声。

李南辉结束了他的演讲,大步流星地走下讲台。

林继宗大步走向讲台,环视了整个会场。他那洪亮的声音又响起,"同志们!刚才,李南辉同志大胆地发表了自己的想法,值得我们今后继续思考和讨论。现在,我们欢迎施胜同志发表演说!"

会场又响起掌声。

施胜步履铿锵地登上讲台,刚刚站定,便抽出一支烟,点上,然后吐出长长的烟雾,吹熄了火柴——

"同志们！"他的音量很大，带点沙哑："大家都说我是算账派，是的。我现在就来算一笔账。"他不带片纸只字，全靠大脑的储存："全航修站的且不算，就算算二车间的账吧——去年，车间总产值122万元，除去材料费78万元，净得工值44万元。但是，成本支出却达到94万元，包括全年工资总额31万元，设备折旧及大修理费45万元，此外，车间设备维修费、燃料费、水电费、工具费、办公费、差旅费、劳保费等等，共18万元，成本支出94万元减去净得工值即净收入44万元，等于50万元——这就是去年全年车间的亏损金额！为什么亏损这么多呢？主要原因有两条：外在原因是任务不足，而内在原因则是'大锅饭'造成工时利用率太低！二车间的同志心里有数，去年全年车间每天平均实际利用的工时只有两个小时，当然包括台风季节和大雨天。如果说，在任务充足的前提下，把两个小时提高为四个半小时，那么，车间全年净收入就将达到99万元，我们的二车间，就能够从去年亏损50万元变成今年盈利5万元！"

爆起的掌声打断了演说。可是，也有人当场叫骂起来。

"我的措施很简单，五条——"施胜不假思索而又胸有成竹，像数家珍似的说道："第一，坚决实行班组和个人的承包责任制。第二，严格劳动定额，以三级工为基准，每人每月定额为165个工时，二级工为155个工时，四级工为175个工时，以此类推。以后逐渐提高定额，努力达到平均先进的水平。第三，贯彻按劳取酬的分配原则，实行浮动工资制，浮动工资额为平均工资额的百分之七十至百分之一百三十。第四，重新组建新班组，调整班组长，实行班组长津贴制度。欢迎毛遂自荐当班组长。第五，实行弹性时间制度。具体我不多说了，看实际的吧！"

掌声又一次震撼了会场。

"同志们！"林继宗满脸笑容地站起来，"刚才，施胜和李南辉两位同志各抒己见，有些看法很有见地，还提出了不少建设性措施。当然，有些措施涉及政策和制度，要请示上级批准后才能实行。但总的来看，这些措施是积极的，也是切实可行的。我代表航修站全体干部职工，衷心祝愿你们两位在对手赛中双双扭亏为盈！"

雷鸣般的掌声，淹没了振奋人心的结束语。

时间如白驹过隙，转瞬即逝。施胜和李南辉两个团队在竞赛的实践中充分发扬各人的管理风格，各显神通，奋勇争先。当一个季度结束时，他俩一齐向厂党委报喜——两个车间双双扭亏为盈！二车间盈利27万元，三车间盈利24万元。

航修站的"命运"，也再一次成了职工茶余饭后的谈资。

最后，在干部大会上，林继宗代表局党委宣布结果：

"施胜和李南辉两位同志在对手赛中都取得优良的成绩，十几年来航修站车间第一次实现了扭亏为盈，这是全体职工共同努力的结果，也有赖于两位领头人的努力和贡献。经请示上级党委，决定由施胜同志承包航修站并担任负责人。同时，根据施胜的请求，同意任命李南辉工程师为航修站副站长。希望你们强强联手，互相配合，通力合作，实现修船厂的良性发展，不辜负上级和广大职工的托付。"

林继宗的讲话赢得全场长时间热烈的掌声。

14

港务工作，整个都跟浩瀚的大海、巨大的船舶打交道。但是，大海神秘莫测，时而风平浪静，时而惊涛骇浪。因此，港务工作有时也充满了危险性。

1991年7月19日，9107号台风在广东汕头登陆，登陆时中心附近最大风速达40米/秒（风力超过12级），阵风达52.9米/秒，这是新中国成立以来登陆汕头市最强的台风。受台风影响，广东东部和福建沿海出现8～10级大风，部分地区风力达11～12级，其中广东有8个县区风力超过12级。与此同时，广东、广西、福建南部还普降大雨到暴雨，局部降特大暴雨。其中，19日下午至20日上午，汕头市区降雨量就达276毫米，顿成泽国，低洼处水深2米。

由于台风来势猛，风雨强度大，台风所经之处，房毁屋塌，损失严重。市区很多株两人合抱不拢的百年木棉古树，被强风连根拔起。行驶在马路上的多辆大型集装车被大风吹翻。揭阳至汕头的220千伏输电线65号基塔被刮倒。汕头机场一度关闭，航班被取消。据不完全统计，全市有多个乡镇受灾。

林继宗还清楚地记得，台风登陆那天，局党委班子全员上班，在调度室密切关注、指挥汕头港各个单位做好抗台风工作。时间紧任务重，大家表情严肃。

突然间，电话铃响了起来。

调度员接听电话："哪里？……是吗？待命！"眉端竖起，嘴角拉下。

"发生什么事？"林祖安书记预感到不测的风云。

"电台接到了呼救信号，"调度员说，"从香港开来的海力号外轮，载重五千吨美国杉木，因为船比较破旧，在海中又遭遇风浪的冲击，船体已向左倾斜25度角。现在，该船还在出海口外迎着风浪挣扎。船长已命令全体船员，随时准备弃船跳海。它的目的港是东河港，可是东河港已经无能为力，急盼我们火速救援，将该船引入我港卸空！"

林书记站起身："情况紧迫，准备救援。"

一个副局长提醒："台风还没登陆，现在海面风大浪急。此时出海救援，是否过于危险？"

"时间就是生命，灾情就是命令。等台风登陆，那条船估计也沉入海底了。必须马上准备救援。"林书记斩钉截铁地说。

经过短暂的协商，决定由时任工会主席的林继宗率队出海救援，林书记等领导留守大本营，随时准备接应。

港湾口外。

狂风，呼呼叫着，惊心动魄。

巨浪，汹涌澎湃，山崩海啸。

整个大海，在发抖，在震动！

海力号已经失去了它的力量。它像个严重跛足和佝偻的老人，面对风浪，半倾身子，艰难地挣扎着。

港监8号电船开足马力，剪风切流，直向海力号驰去。

林继宗站在港监船驾驶室里，眼睛紧紧地盯在海力号浓黑的巨影上。

又是一个大浪打过来，满天的浪沫中，港监船剧烈地翻滚着。冰冷的风呼啸着从船板的缝隙、从船舷口钻进来，丝丝缕缕，发出鬼怪怒吼一样的声音。

几个浪头连续猛烈地撞击着船板。偌大的一条电船，此刻简直成了一片树叶，又像是一只秋千，随风浪"起舞"。

海涛如山，咆哮如雷。风浪越来越大，红头船已经从颠簸状态变成了在海浪里翻滚，犹如一艘过山车。每一次震荡起伏，都有冰冷刺骨的海水透过舱门灌进舱内。

林继宗一脸坚毅的神情。这个在海边出生海里长大的男人，见惯了各种惊涛骇浪。此刻，他将生死置之度外，心里只有一个信念，一定要成功救助失事的海力号。

终于。港监8号靠近了海力号轮壁。可是，一艘像秋千，一艘像摇篮，动荡不已。舷梯怎么也放不下来，电船怎么也靠不上去。

淡黑皮肤、满头卷发的海力号船长和一名船员趴在舷边大喊大叫，可是，他们的声音顷刻被风浪撕碎。

"没有别的办法，只能靠绳梯登轮了。"林继宗交代。

长长的尼龙绳梯从舷边吊了下来。

尼龙绳梯在风浪中剧烈地飘荡。攀登它，比攀登古代的云梯还困难十倍。

林继宗身先士卒，他双手一攀，双足一蹬，第一个攀上了绳梯，敏捷得像只猴子；他朝着乌蓝乌蓝的天穹爬去，上衣兜满了海风，又像只展翅的海鸥。

其他救助人员也先后登上了海力号。

海力号上，粗大的杉木装满了船舱和甲板。其中左舷的钢栅板已经崩倒下来，钢丝绳松的松，断的断。

风呼叫得更急，浪扑腾得更猛。船身忽然摆动了一下，七八根大木"轰"的一声掉进了海里。

船尾，舷边，二十几个船员忽又骚动起来。他们都身穿救生衣，随身携带着最简单而又最要紧的行李。二十几个大小皮箱紧挨在他们的身边。

船身一摆动，他们便一齐神经质地站起来，紧紧身上的救生衣，有的还提起了皮箱。

林继宗看见船员们各种各样的眼神：惶恐、焦急、阴冷、超然、侥幸、绝望；那些眼睛，有凝固的，有搐动的，有翻转的，有盯大的，有微闭的，有紧闭的……

在船长阿达的带领下，大家来到海力号的驾驶台里，寻求救助的具体办法。

"很不幸，"阿达眨着眼睛，比画着，"海力号在航行途中遇上了风浪，头舱破了，海水涌了进来，于是，船身开始倾斜，栅板和钢丝绳也遭受了破坏，大木向一侧滚动，加剧了船身的倾斜。早上8点钟的倾斜度才11度，现在已达到了27度！东河港是束手无策了……"船长把灼灼的眼光射向林继宗的脸上："在海力号17年的航行史上，这是倾斜度最大的一次，也是最危险的一次。如果你们不能把它引进汕头港，那我们就只好弃船了。"

"我们的决心下定了。就是倾斜到30度，也要引进汕头港！"林继宗的话掷地有声。

他打开了高频对话器："喂，零八吗？我是零二，拖船和护航船出发了吗？听见请回答！"

"我是零八，听清楚了。二十分钟前，拖船和护航船已经出发。刚才，全国海上安全指挥部和交通部港务监督局来电，询问救助海力号情况，批示我们全力以赴，大胆小心。"对方操着高频器说话。

林继宗满意地点点头，"零二明白了。请即电告北京：我们正在全力救助，海力号一定能够安全引进汕头港，请领导们放心！"

狂风与巨浪间，九百八十匹马力的大拖船，通过一条特别粗大的尼龙绳缆，拖引着巨鲸似的海力号。尼龙绳被拉成了几何学上的直线。大拖船的船机隆隆地吼叫着，像一头负重的小水牛。

海力号一侧，一只护航船在同步航行。

猛然，海力号激烈地晃荡了起来，十一根大木直落大海……

驾驶台上，船长阿达狠握着舵轮，迅速而准确地重复着引水员的引航令。舵轮忽左忽右地转动着。他的额头沁满了簇簇汗珠……

林继宗用他锐利的眼睛，极其敏捷地搜捕着瞬息万变的海情和风情，并立即做出反应，不断发出严峻的、准确无误的航令："左满舵！……左十度！……右二十度！……进一！……进二……"

终于，他望见了港区，望见了陆地。他深深地吁了口气。

暴风雨中的生死时速，紧急驰援，林继宗带领勇士们，以大无畏的勇气，赢得最后的胜利！

除了台风暴雨等恶劣的气象条件外，平时的船只货物装卸，也可能会出现意外的险情，需要第一时间稳妥地处理。

一日，林继宗正在办公室里忙碌，突然，装卸大队的大队长冲了进来，对他说："林副书记，'海城'号出了海损大事故——货码打得不稳，八大箱瓷器掉下了海！"

林继宗立马起身，拉着蟹叔，大步流星地向四号码头赶去。"我们上'海城'号看看。"

"海城"号是万吨级远洋巨轮。五个大舱，开着四个舱口。船机"开双弓"，码头和驳船的货物正在同时装舱。

林继宗上了"海城"号，一边观察事故现场，一边听取现场指导员汇报。

"这应该是一桩严重的责任事故，要坚决按'三不放过'的原则处理。现在应马上组织人力，打捞落海的瓷器！你们快去联系潜水员。"

"大家来帮忙吧。"谁大喊一声，人们循声一齐转过身来，寻觅着。

原来是码头工人杨应木。这时，他已脱光上衣，下身只穿着蓝色运动短裤，像举重运动员一样粗壮。

杨应木来到船舷边。

"能行吗？"林继宗担心地问，"小心点！"

话还没说完，"噗"的一声，杨应木像海鸥俯冲海面捕食小鱼一般，迅速地跃进海里，转眼，黑色的脑袋就浮出海面来。

在他的带头下，又有几个熟悉水性的工人跳下水，协助打捞。

过了一会儿，两个脑袋浮在海面上，仰着脸，挥着手。岸上的人见状，马上将加长绳子的尼龙索帕坠下来。

他们高高地举起手，抓着了索帕。于是，人和索帕没入了海里。

林继宗内心着急，目不转睛地注意着海面。

杨应木的脑袋再次冒出水面，他口里喷出一个水花，手往脸上一抹，睁开眼睛，食指指向天空，晃动着。于是，船机开动，索帕慢慢上升。

索帕露出了海面。"一、二、三……六件，还差两件。"有人数着。

"快卸！"杨应木对驳船"船大"喊道。

六件水淋淋的瓷器卸在驳船上。

几个"水鬼"拉着空索帕，又潜入海底。

三分钟过去了，杨应木浮上来换气。

"找到了没有？"林继宗站在船上关切地问。

"找到了一件。"杨应木喘着气回答。

"找不到就算了，安全第一，快上来吧！"

"一件几千块钱，捞不到太可惜。书记，我们要捞回来补奖金……"

这时，又有人冒上来了，大声报告："捞到了。"

"好呵！"船舷上飞出一片喝彩声，大家都为这几个勇士鼓掌。

15

位于汕头市海滨路中段，从西堤到广场轮渡码头，这一段海岸线，就是汕头港的原点，也就是汕头港老港区的主要码头所在地。改革开放之初，这里曾是汕头港作业最繁忙的港区，是接待海外华侨回乡探亲的国际客运码头。

林继宗先生几次亲自带领我参观这个他曾经挥洒青春汗水的地方。走进汕头港客运站大楼，面向码头的首层，是港务集团航修部门的配件仓库，然而，目光所及之处，"入境厅"、"检验检疫"、"海关行邮处"、"外国人签证"等等指引牌仍悬挂在上。林继宗告诉我："这个1986年1月1日建成投入运营的汕头港客运码头及联检大楼，在华侨以及国内旅客眼中，是'名声大噪'的。"

据林继宗回忆，1979年以后，随着改革开放的深入，比本土人数还多的潮籍海外华侨回家乡办实业、做生意、探亲访友、旅游观光日渐增多，大大促进了港口客运事业的发展。1980年4月，交通部批准汕头港在海滨路建设一座5000吨级泊位客运码头及相配套的客运站大楼，建筑面积达到8929平方米，并于1986年元旦落成投产，再次提升汕头港客运能力，为海外侨胞及国内旅客提供优良服务。这座客运站大楼在当时创下了三个全国"第一"：第一座建在海上平台的大型港口客运大楼，水上平台面积全国第一，接待海外侨胞人次全国第一。大楼分三层，层距高，面积大，尤其是1、2号候船厅的面积达到1560平方米，中间没有立柱，屋架采用新型的球网结构，施工难度大，工艺要求高，最后专门从山西请来专业队伍进行施工，确保安装质量。

对于"码头为什么建在水面上"的问题，林继宗介绍，客运站位于海滨路与利安路交界，当时考虑到建在陆地势必占用路面，所以因地制宜选择建在水面上。由于开通去东南亚的航线，因此，码头还配套了海关、银行、税局、边检等口岸单位，还有免税商场，便于旅客购买用品，比较人性化。总之，潮汕华侨对这个码头还是非常满意的。自1986年启用后，客运站的客运量逐年上升，1992年达到最高峰47万人次，大大超过39.68万人次的设计能力。1993年后，客运量逐年萎缩，至2000年，汕头港客运班轮航线全部停开。之后，偶有豪华游轮来汕观光旅游。

关于这座客运码头，林继宗还跟我讲述了一段"趣事"。中国改革开放的大门向外打开时，广大思乡侨眷纷纷回到故土探亲寻根。汕头作为著名的侨乡，也迎来了一批批归国的游子。当年，乐于助人、"为人民服务"等思想蔚然成风，在绝大多数人看来，收小费属于"不义"行为，所以根本没有国外那种为别人服务理应收小费的概念。而华侨们受西方观念影响，对他们来说，付小费是一种"国际惯例"，认为回到汕头了，"家乡人"给帮了不少忙，感激之余给点小费天经地义。没想到，刚下客轮，他们的"小费观"即碰了"软钉子"。那时候，汕头港客运站员工根本不懂什么叫小费，认为侨胞们回乡一次不容易，大包小包一大堆，帮忙提提行李，扶扶老人，指指路都是理所当然的，体现了家乡人对归家游子的热情。而且在当时，如果收小费被发现了，是要被单位除名的。1987年的一天，一个陈姓小姑娘热心帮助一个刚回国的老华侨，老华侨硬要塞钱给小姑娘，最后把小姑娘"吓"哭了。尽管被"婉拒"，但侨胞们还是相当感动，都说还是家乡的民风淳朴，人情味浓，大家都认人不认钱。"小费吓哭小姑娘"的故事被电视、报纸等媒体广泛报道之后，一时在国内外传为佳话。

16

在林继宗等港务局领导的领导下，汕头港一步一个脚印，以坚定的步伐，取得自身的发展。二三十年间，汕头港发生着翻天覆地的变化。

1985年2月，汕头港务局正式成立了汕头港集装箱公司，专门经营集装箱装卸储运业务。该公司成立后，集装箱吞吐量逐年增长，职工队伍不断壮大，机械设备不断增加完善。至2008年，拥有6个专用集装箱作业泊位，前沿水深-11米，可停靠2万吨级集装箱船作业，各类港作机械设备140多台，其中41吨桥吊2台，堆场面积1.6万TEU以上。

改革开放吸引了外商来汕合作合资经营运输贸易。1992年，汕头港务局与香港首邦船务有限公司达成合作经营香港至汕头集装箱运输意向。1993年3月13日新成立的"汕头经济特区华港集装箱有限公司"挂牌营业。双方本着互利、互惠、互补原则合作经营，港务局提供码头泊位、库场、劳力、机械设备和陆上运输，香港首邦船务公司负责招揽货源。该公司营运后，集装箱吞吐量逐年增长，经济效益可观。1994年4月，由汕头港务局与香港和记黄埔集团国际货柜码头有限公司合资（和记黄埔集团70%，港务局30%）兴建两个2.5万吨级泊位集装箱码头，并配套集装箱桥吊3台，第8号泊位于1997年7月18日投产，第7号泊位于同年11月18日投产。

改革开放，促进了汕头港贸易运输生产的发展。30年间，港口生产不断刷新纪录，1982年货物吞吐量突破200万吨大关；1993年突破1000万吨大关。2006年突破2000万吨大关。2010年，完成货物吞吐量3500万吨，其中集装箱吞吐量94万标箱，两项增长速度高于全国港口的平均水平。

在改革开放之前，汕头港的货物装卸全靠人力。80年代后，汕头港装卸作为机械化出现突破性发展，采用大型化、专业化的装卸机械5吨、10吨、40吨门机吊、集装箱吊，装卸效率提高几倍。20世纪90年代初，汕头港装卸作业采用更先进的装卸设备，到2000年以后，港口码头轮船装卸机械化达到90%以上。

其中，汕头港务局第四港务公司有3部专用卸煤机，每部16吨带斗门机；汕头国际集装箱码头有限公司有3部集装箱装卸桥吊，每部负荷可吊41吨，技术达到国际现代化水平。不论是带斗门机还是集装箱装卸桥吊，这些装卸机械的控制系统均采用当时世界先进的可编程序控制器（PLC），采用高新技术的梯形图、逻辑电路，大大减少控制线路和连接线，减少了大量的继电器、接触器。装卸机械电器化程度大大提高。

汕头港行政管理体制不断变化，但港口生产单位和生产管理部门经常保持的有：调度室、指导班、仓库、装卸队、船队、机械队、外轮服务公司。其中：调度室、指导班、仓库是管理部门；装卸队、船队、机械队、外轮服务公司是生产单位。以上管理部门和生产单位，构成港口生产作业的有机整体。调度室，是港务局组织、指挥生产的职能部门。指导班是调度室的附属部门，指导员是现场生产指挥者，对轮船、码头装卸作业进行具体指导、检查、督促。装卸队是装卸货物作业单位，担负对轮船、码头的货物装卸搬运。船队分为驳船队和电船队，驳船队担负岸至轮、轮至岸的货物驳运；电船队担负拖带驳船由"岸至轮"、"轮至岸"的作业任务。机械队担负货物的装卸起重运输，仓库担负对港口货物收、发、保管工作。外轮服务公司担负中外轮的收舱扫舱和装卸辅助作业。

从1984年1月1日起，汕头港务局改为交通部直属一级企业。1985年交通部批准港务管理局升格为地市级（副厅级）单位。1987年11月28日，根据国务院《港口体制改革座谈会纪要》精神，汕头港务监督从港务局分出，组建交通部汕头海上安全监督局。

根据国务院港口管理体制改革的决定，1987年12月6日交通部同汕头市人民政府签订了关于改变汕头港管理体制的交接协议书。1988年1月，交通部汕头港务管理局改称汕头港务局，实行汕头市人民政府、交通部双重领导，以市为主的管理体制。汕头港管理体制改变后，汕头市人民政府把港务局作为直属机构，实行直接管理和领导。汕头港务局行使所辖港区的港口管理当局职责，领导港口的生产和建设。

1994年，汕头港获国务院发展研究中心等部门颁发的"中华人民共和国最大服务业企业港口第11位"。同年10月，汕头港获国家交通部、人事部颁发的"全国交通系统先进单位"荣誉称号。

1998年11月，港口管理体制实行"政企分开"的改革，将港务局中的企业经营职能剥离出来，组建汕头港务集团有限公司。政企分开后，汕头港务局继续实行汕头市政府和交通部双重领导，以汕头市为主的管理体制；作为市政府管理全市港口行政工作的职能部门，行使港口管理当局的职责，负责港口规划、建设、管理等组织协调工作，领导港口的生产和建设；市交通委、航务管理处原行使的部分港口行政管理职能移交给汕头港务局；撤销市港口建设指挥部和广澳港区建设指挥部及其办公室，其职能移交汕头港务局。1999年4月26日，汕头港务局正式实行政企分设。局机关设一室四处。

1999年11月19日，由汕头商检局、汕头动植物检疫局、汕头卫生检疫局合并组建成立"汕头出入境检验检疫局"。2007年7月，原交通部汕头海上安全监督局改称为"中华人民共和国汕头海事局"。以上涉外单位体制的改革，改善了汕头港的通关环境，加强了汕头港的安全管理。

2005年3月28日，汕头港务局改称为"汕头市港口管理局"，由原来交通部和汕头市政府双重领导，改为由汕头市政府直接领导。

2003年5月，汕头市第85次市政府常务会议和5月9日市委常委、副市长联席会议讨论通过做出《汕头港口管理体制改革方案》，港务集团公司实施授权经营，由市财政局、港务局、港务集团按2000年财务决算数确认后，将港口财产划归市国有资产管理部门管理，公共设施、港政管理的资产授权汕头市港口管理局管理，经营性资产授权港务集团经营。

改革开放促进了汕头港生产建设蓬勃发展。到2010年，汕头港已与世界68个国家和地区的289个港口有客货运往来。拥有生产泊位86个，其中1万至5万吨泊位18个，年综合通过能力3244万吨。集装箱通过能力58万标箱，旅客通过能力（汕头港客运码头）40万人次。生产能力的提高，促进了港口生产的发展。1993年，汕头港的吞吐量首次突破1000万吨大关。2005年以来，汕头市委市政府和港口管理当局落实广东省粤东工作会议精神，加快实施"以港兴市"的发展战略，货物吞吐量和集装箱吞吐量年均增长15%和25%，连续多年保持较快增长的势头。继2006年突破2000万吨大关之后，2009年全港货物吞吐量突破3000万吨，集装箱突破80万标箱，初步打下规模发展的基础。

改革开放，促进了汕头港海运贸易事业的发展。1981年汕头经济特区创办之后，港埠企业应运而生，至2010年，全市拥有港务、航运、船务、船舶代理和境外航运商常驻机构105家，对汕头港海运贸易发挥了应有的作用。

汕头港东北距厦门130海里，西南距香港187海里，东距台湾省高雄214海里。汕头市大陆海岸线长263.28公里；另有大小岛屿84个，海岛岸线167.37公里，沿海有广澳、海门等深水岸线资源。榕江航道是潮汕大地上的"黄金水道"，目前可通航3000吨级海轮，5000吨级船舶可乘潮到达揭阳市。汕头港通过206国道、324国道、深汕高速、广梅汕铁路、厦深铁路等与全国集疏运网络相连。

汕头港是一个天然河口港，三面环陆，一面连海，为韩江、榕江、练江出海的总汇，港湾宽阔绵长。北岸是汕头市区中心城区，南岸是濠江区。

广澳港区位于汕头市达濠岛南部的广澳湾内，湾口开阔，水深10米以上，是我国东南沿海难得的优良深水港区，也是汕头港今后发展建设的重点港区。汕头港的海门港区和田心港区位于企望湾西部。莱芜港区位于莱芜岛南侧，三面临海，东与南澳岛隔海相望，西面经莱芜旅游度假区与大陆相连。南澳港区位于闽粤交界处的南海北部海面上的南澳岛。榕江港区位于榕江下游潮阳关埠镇，是汕头港内河运输的枢纽。

内河主要有韩江、榕江、练江等可通航汕头港。韩江历史上可通航梅州地区和福建龙岩地区，对粤东、闽西南、赣南物资交流曾经起到重要作用。

海上运输国际港口航线主要有：汕头至欧洲、美洲、澳洲、中东、地中海、西非等远洋航线；汕头到韩国、日本、朝鲜、泰国、印度尼西亚、菲律宾、越南等近洋航线。国内港口航线主要有：汕头至锦州、大连、营口、天津、秦皇岛、青岛、烟台、日照、连云港、上海、宁波、温州、福州、泉州、厦门、香港、蛇口、黄埔、广州、湛江、海口、北海等24条；2009年1月18日，汕头至台湾高雄及台中航线成功开通，成为广东省对台货运直航第一家，结束了"汕—台"海运中断60年的历史。

公路运输——汕头公路网由3条国道、9条省道、16条县道及众多乡村公路组成。

铁路运输——"广梅汕铁路"于1995年年底建成通车。该线西起广深铁路线东莞境内常平站，东到汕头站，全长474公里。北与京九铁路干线在龙川交汇，与全国铁路相通。厦深铁路已经开通。

经历一次又一次的改革，汕头港迎来一个又一个发展的"黄金时期"。历史悠长的汕头港，从没有哪一个时代，像这个时代奇迹般脱胎换骨、翻天覆地。经过半个多世纪的沧桑浮沉，当历史的车轮驶入21世纪时，它已由一座破旧的小码头，再次发展成一个综合性现代化的活力新港，1995年综合实力跃居全国第11位，步入了既有速度又有质量、规模效益凸现的快车道，成为我国沿海五大港口群中的主要港口之一，与世界57个国家和地区的268个港口有货运往来。两代人殚精竭虑，曾被甩在全球现代化进程之外的汕头港，浴火重生，又一次真正实现了"港通天下"的愿景。

2007年，因年龄原因，林继宗从港务集团公司领导岗位上退休，但他和港口的缘分并没有因工作的变迁而停止。退休前后，他为创办和发展汕头市港口行业协会花费了大量心血，先后担任了协会名誉会长与会长，为汕头市港口行业做了许多有益的工作，受到大家的尊敬。文学深深植根于社会的土壤，从时代的风云中汲取精神能量。伟大的时代、伟大的事业召唤着伟大的文学作品。伴随着中国经济的发展，汕头港建设事业蒸蒸日上。港口广大干部职工筚路蓝缕、艰苦奋斗，涌现了无数可歌可泣的感人先进事迹，感染着作家、启迪着作家、教育着作家、激励着作家、召唤着作家，为文学创作搭建了广阔的舞台，提供了生动深刻的生活素材。作为汕头港改革发展的一名实践者和见证者,他把自己三十多年来的港口生活经历和研究思考,经过酝酿,创作成诗化散文式长篇小说《汕头港》,献给中国共产党建党九十周年和汕头经济特区创办三十周年,自有其意蕴。这本书多线索全景式地回忆、记述、再现了改革开放之初至2010年年底这一历史时期,汕头港口发展、建设、改革的重大事件和重要活动,有很丰富的经济、历史和文学含义。它真实地反映了港口发展波澜壮阔的现实,深刻生动地表现了新老两代港口人的伟大实践和丰富的精神世界,讴歌了港口人们惊天地、泣鬼神的创业精神,表现了"港口振兴城市,发展改变生活"这一历史趋势所蕴含的人文意识和时代精神。

在《汕头港》一书中,作者创造了"中国汕头港"这样一个文学地理世界,类似于莫言的"高密东北乡"和福克纳的"约克纳帕塔法镇"。经由他的特异文字,读者可以进入一个五彩缤纷的世界。小说记录了港口建设中各种残酷的伤痛记忆,并在超越中升华为一种充满了民间性的"欢乐文学"。穿过伤痛的记忆,从作品的宏伟叙事的间隙,在人物故事描写的空间地带,作者阅尽细腻描写的美的春色——或者景物,或者心理,或者大自然的神秘,都通过美的韵致,直透阅读者的心灵。

这部书受到了文艺界广泛的好评。汕头大学文学院燕世超教授认为,一个作家只有与时代同步伐,踏准时代前进的鼓点,回应时代风云的激荡,领会时代精神的本质,才能创作出具有蓬勃的生命力、产生巨大的感召力的优秀作品。

《港湾》一书,作者以地方性的中国式叙事,透过小小港湾,见证了当代中国社会的巨大变化,对当代中国经验做了有力的表述,也传达了古老中国的内在精神和声音。

海外华人文学界对这部书也给予高度的评价。美籍著名经济学家、诗人郑竹园先生说:"作者驾驭语言文字的能力非常强,在他的作品中既显示了浓厚的地方色彩,又巧妙地借鉴外国文学的叙述技巧,这是一个奇妙的结合。作者笔下的港湾,是一个苦难与欢乐交织在一起的密林,一个充满生命活力和欢乐的世界。它已然成为中国社会的一个清晰而又精确的缩影,是一部充满中国特色、中国风格、中国气派的优秀作品。"

一部优秀的文学作品,应该能敏锐地发现时代变革的风气之先,自觉响应社会发展的客观要求，以充沛的激情、生动的笔触、优美的旋律、感人的形象，为读者激励更加坚定的奋进信心，为社会描绘更加美好的生活蓝图，为未来升起更加昂扬的理想风帆。

透过《汕头港》，我们看到港口人在实现中国梦的实践中勇做奋进者、开拓者、奉献者。他们服从大局，不计得失，破除转型阻力，激发创新活力。他们无私的奉献精神，铸就了港口之魂。

透过《汕头港》，我们看到古老而年轻的港湾，走出了寒冬，洗刷了冰霜，挺直了脊梁，跨进了春天。在春风吹拂、春雨滋润、春雷响亮中，谱写大地创新的诗行，奏响人间辉煌的乐章。

岁月的年轮见证了奋斗的足迹，也蕴含了未来的启示。放眼明日，汕头港将向着现代化国际大港口的目标奋进！这是五百万汕头市民的共同期盼，是一千多万潮汕人民的美好梦想，也是历史交给港口人的光荣使命。

明日的汕头港，将是一个区域大港——以港口辐射的粤东经济区域和海峡西岸经济带为依托，与周边的潮州港、揭阳港、汕尾港和漳州港形成战略联盟，并沿京九铁路、厦深铁路、广梅汕铁路向纵深扩展，服务粤东区域，辐射东南沿海和台湾地区。

明日的汕头港，将是一个综合大港——以外贸港口物流为主、内贸港口物流为辅，以集装箱物流为主、兼顾散杂货物流的综合性港口物流；大力吸引国际知名的船公司、集装箱公司和大型相关物流企业在港口建立粤东地区的分拨中心。

明日的汕头港，将是一个科技大港——通过完善物流信息系统，提高码头的现代化、信息化、一体化作业水平，优化码头业务作业流程，与海关、船公司等外部系统的自动接口，实现物流全过程的可视化、自动化、无纸化和智能化。

"我们与时代同行，以竞相迸发的创造力，推动港口建设在世界瞩目下大踏步前进，让时代在事业中辉煌，让事业在时代中不朽。"这是《汕头港》一书的主旨，也是所有港口人共同的目标、共同的誓言、共同的方向、共同的责任。

走向
寰宇

第四章

17

1984年10月，中共十二届三中全会在北京举行，会议通过《中共中央关于经济体制改革的决定》。《决定》明确指出：建立起具有中国特色的社会主义经济体制，既要吸收和借鉴其他社会主义国家经济建设成功和失败的经验，也要吸收和有分析地借鉴资本主义国家的经营管理方法。资本主义已有几百年的历史，它们在组织社会化大生产和在经营管理方面有一套经验。马克思主义认为，资本主义企业管理具有二重性：一方面，它是一种监督劳动，它体现一定的生产关系；另一方面，它是对生产力的合理组织。我们吸收和借鉴的是反映现代化生产规律的经验，它本身没有阶级性，利用它也绝不会导致资本主义。我们在社会主义条件下认真学习外国的先进科学技术和经营管理经验，对于我们进行社会主义现代化建设是有益的。

在中央精神的指引下，林继宗多次参与或带队，赴欧洲、美国、大洋洲等发达资本主义国家考察，有的放矢地参观各国的港口企业和文化设施，学习人家先进的管理方法和模式，对比差距，寻找迎头追赶的办法。每次考察归来，除了向港务局的干部畅谈出访的收获，还会以考察组的名义向上级主管部门呈报了一份考察报告，建议要贯彻好党的侨务政策，切实保护侨胞、侨眷的正当权益；维持政策的稳定性和连续性，大胆采取更加开放灵活的措施以增强对维持外资的吸引力等。他还结合考察心得，就特区如何有效地引进资金、技术和管理，如何营造良好的投资环境，如何按照市场经济规律建立起与国际惯例接轨的运行机制，如何处理好建设过程中规划、速度与效益的关系等方面写了大量的论文和报告，为国家、省、市各级政府的决策提供参考。

1994年11月，林继宗带队赴美国考察、访问，这是他第一次出访外国。

当时，受制于航空技术条件，华南地区到美国东海岸之间并没有直达航班。林继宗一行人，先从汕头坐车，颠簸六七个小时，到达香港启德机场，搭乘国际民航机，七十分钟后，抵达台北中正国际机场。在机场内候机一小时，再转机向东北方向飞去。飞越冲绳群岛、日本列岛，飞越浩瀚的太平洋，穿过白令海峡的上空，进入美国的阿拉斯加州，在海边的安克拉治国际机场徐徐降落。

阿拉斯加位于北纬62度的高寒地带；十一月份又是北半球的冬季。从飞机的舷窗看出去，白皑皑的群山起伏绵延，蜿蜒的河流早已封冻，山林、道路、城郭、机场，到处是一片银白色的世界。虽然候机室内暖烘烘的，但一开门走出阳台，便是刺骨的寒风和飘飞的雪花。

从安克拉治国际机场起飞，朝东南方向斜穿北美大陆上空，又经过八小时的颠簸，才抵达此行的第一站，位于北美大陆东部、大西洋西海岸的纽约市。

对于第一次出国的人，一切都是那么的新奇。

纽约是美国最大的现代化城市。夜间从飞机上俯视，一片灯海，几无尽头，气势非凡。当大家在电梯里经过32秒钟而登上110层楼高的世界贸易中心大厦的天台时，不禁被那恢宏辽阔、雄伟壮丽的现代化气派深深地吸引住了。那数以千计的高楼群拔地而起，摩天耸立。蚂蚁似的小汽车在纵横交错的街河里流淌。宽阔的哈得逊河波光闪烁，傍市而过，河面横跨三座大桥。市区向无际的天边延伸，泛着楼海的波浪。花圃、草地、树木点缀其间。当夜幕降临时，灿烂的灯海胜似银河繁星，向天际四面流泻，心旷神怡、羽化登仙之感油然而生。纽约市南北12条大道，东西220条街，笔直纵横，织成棋盘，即使第一次到纽约，一个人上街，也不迷路。

林继宗一行人还考察了坐落于纽约市区的联合国会址和办公大楼。一百多个国家的国旗飘扬在会址周边，注视着五星红旗，大家骄傲自豪与肃然起敬之情油然而生。她是那么鲜艳，那么庄重，那么出类拔萃！壮怀激烈，热血沸腾。四万里路云和月，大家终于昂首跨进了联合国大楼。会堂、大厅、休息室，这里的一切，堂皇、豪华、宽敞自不必说，单说寄明信片就颇有乐趣。只要花四十美分便可购得一张明信片，将自己的心愿和思念寄回遥远的祖国、可爱的家乡。即将离开联合国总部时，林继宗回眸发现在那空旷的广场上，有个台子架着一杆奇怪的长枪——枪筒打成一个结，意为"永不再战"。据说这是卢森堡送给联合国的礼物。

离开纽约之后，汽车在宽阔笔直的高速公路上疾驰，以每小时一百多公里的速度，奔向相距大约600公里的华盛顿。途经美国独立战争时期的首都费城，访问团参观了独立宫，美国著名的《独立宣言》便是在那里向世界宣告的；又参观了已经破裂的自由钟，它象征着挣脱殖民宗主国而获得自由；还参观了美国四大造币厂中最大的费城造币厂。它是1792年美国通过关于国家货币制度的法令之后而建立的第一家造币厂演变而来的。大家在那里观看了造币的整个流程。造币厂不仅造货币，还造各种奖章和纪念章。

东抵华盛顿。在林继宗的眼里，虽为首都，却比纽约小得多。也完全比不上纽约的繁华，但却显得整洁、清净、井然有序。街道宽敞，绿意盎然。美国原首都是费城。为了纪念华盛顿的功绩，美国国会于1791年决定，在大西洋岸的波托马克河畔建立一个新的首都，取名"华盛顿"。1800年，新都建成，并建造了一座华盛顿纪念塔，以缅怀这位开国元勋。这座白色大理石方尖碑简洁大方，朴实无华。它建于1833年，高169米，是世界上最高的石结构建筑，内墙的185块石头是国内外的团体和个人捐赠的，其中还有中国清政府赠送的一块。历史的风云在它的尖顶不息地翻滚与流逝。

在杰斐逊纪念堂，林继宗昂首久久地瞻仰着杰斐逊的立像。这位美国《独立宣言》的起草者和第三任总统，在美国人的心目中是勇敢、智慧、独立和自由的象征，是了不起的英雄。

在林肯纪念堂，面对林肯的大理石坐像，景仰之情汩汩而生。林肯年轻时便以诚实与公正闻名于美国。他担任过律师，专为人打抱不平，后来任美国第十六届总统。他领导并取得了南北战争的胜利，统一了美国，并且废除了农奴制度。奴隶主恨他，指使歹徒将他杀害。为了纪念林肯，美国人民修建了纪念堂，坐落于高台广地之上，纪念堂四周的36根廊柱，代表林肯逝世时美国的36个州。整体构图气宇轩昂。毛主席纪念堂在结构上和林肯纪念堂非常相似。

访问团还参观了越战纪念碑和航空博物馆。那地墙式的"纪念碑"刻着五万多死掉的侵略者的名字。航空博物馆的模型、实物和图像展示美国发达的航天航空事业的历史与现状，让人感觉到现代科技日新月异的气息。

离开华盛顿，汽车在高速公路上奔驰，直指西北方向的美加边境。举世闻名的五大湖，位于美国东北部与加拿大的交界处。伊利湖与安大略湖水位高低之差竟达数十米，由于巨大的落差和特殊的地形，形成了尼亚拉瓜大瀑布、美国瀑布、马蹄瀑布和"新娘面纱"等四处气势磅礴、雷霆万钧的大瀑布。其中三处位于美国国境，一处与加拿大共有。广阔的伊利湖与安大略湖在狭窄的山林乱石处相接，石激水进，创生出多姿多彩的风光。斑驳的山林、浩荡的湖面、奔腾的激流、奇崛的乱石，岛屿、石桥、小径、陡坡，水鸭、松鼠、江鸥成群结队，乐于与人为伴。然而在林继宗看来，令人惊心动魄的还是瀑布的飞泻与跌落，轰响的水声播向远方，激进的水雾弥漫天空，仿佛细雨霏霏。但最精彩的镜头，还是坐在船上或站在低谷看瀑布。大瀑布横跨突起的山岩奇石，似天上之水，横空狂流，直跌谷底。雨雾迷漫，白烟升腾，珠玑万斛，披霞飞溅。到了夜间，对岸加拿大边境明亮的强光灯照射过来，则异彩纷呈，且更添神秘色彩。以瀑布为中心的多元化自然风光，再配以人类高大的建筑群、奇特的半边桥、轮船和汽车流，构成了生动美好的人间仙境。

离开了大湖区，考察团乘机从大西洋西岸的美国东北部到太平洋东岸的美国西部，飞到旧金山，横越美国上空，花了5个小时，但却跨过了四个时区。

闻名已久的旧金山是一座典型的山城，城区不够大，但别具一格。坐落在山丘上的高大建筑群孔武剽悍，雄姿勃发，仿佛骑在骏马上的西部牛仔。1906年的大地震，几乎把这座城市夷为平地。居民区分布在周围43个丘陵地带，南北大道皆逐级爬高，但因顺地势而修，所以高而不陡。城区处处点缀着树木、草地和花丛，最著名的要称九曲花街了。花街坡度足有40度，从低向高绕了九道弯，像几个连叠的S形。弯道套在植满鲜花的大街里，像半坡花园里清幽的曲径。车在弯道里蛇似的爬行。大街两旁绿树成荫，奇花成丛，衬托着一幢幢华宅，异彩纷呈。俯视花街直落海边，同碧海雪浪相连缀。楼宇层层叠叠，旅人熙熙攘攘，花里人群涌，树中车流穿。着实令人赏心悦目，倍觉新颖。

如果说，九曲花街给旧金山带来了清香鲜丽，那么，屹立在金门海峡上的金门大桥，便使旧金山倍添英气雄风。旧金山包括奥克兰和圣弗兰西斯科两部分，其间隔着宽阔的海湾，由两座长虹似的大桥联结在一起。一座叫海湾大桥，长达13公里，左近有座死岛，因设囚死犯的监狱而扬名。流连于桥畔海边，风景迷人。另一座叫金门大桥，兴建于1933年至1937年，大桥两边的桥墩几乎如球场般粗大，桥墩之间的跨度达2.5公里，桥面两侧各竖一座巨型钢塔，并各用四条粗大的钢筒悬吊，钢绳直径约一米，各由一万多条小钢绳绞成。这座桥共用钢材2400万吨。两钢塔之间的桥面可并行六辆汽车。桥身距海面70米，10万吨巨轮也可畅行无阻。气势浩荡的金门大桥充分显示了经济与技术的力量，令人击节。

美国之行，给了林继宗很多的感触。印象最为深刻的一点，是旧金山一家银行的大门前，屹立着一座巨塑，塑的竟是一颗黑心肺，公然向世人宣告：在你死我活的竞争中，银行家不黑心，就难以取胜。

在林继宗看来，美国是典型的市场经济。近几年不很景气，破产企业很多，每年约有5万多家，尽管如此，从市面上看，经济仍然繁荣。税收是美国政府的经济支柱。美国是法制化了的国家。参众两院的议员常常争得面红耳赤，是非的准绳就在于法。而税法更是神圣的法律。不管是谁，都要纳税。购物付款时，必须加税，交款后即输入电脑，纳税款额，自动入库，消费越多，纳税越重。据说，个人所得税均由自己申报。凡过期不报、弄虚作假者，加收滞纳金或绳之以法，这条规定，就连总统也不敢违犯。但社会复杂，总统不敢违犯的，也有人敢违犯，每年偷漏税的仍不少。

在美国，同样的商品，在不同的地方、不同的商店，价格各异。犹太人、印度人、孟加拉人和南美洲人等做买卖，似有诈价诈质诈量之虞，而美国人开的商店则给人印象较好。一般不能讨价还价，但保证质量。如向他们购买电器，30天内允许退还，问你退还的理由，只要说"不喜欢它"，便算正当理由了。

林继宗一直赞赏美国的交通非常发达。高速公路多，且笔直而宽敞，一般为八车道，宽的达十六车道。从纽约往西北方向开，到美加边境七百多公里，仅花五小时。尽管高速公路汽车如潮，但交通秩序很好，美国人说，他们开车时可以打盹。路上，行人少，摩托车少，单车更少，常常是整条路见不到一辆摩托、一架单车，只见车流滚滚似江河，高峰期那"游车河"的景象极为壮观，尤其是夜晚，满路车灯，似银河璀璨夺目。那随处可见的宽阔的停车场上，经常密密麻麻，满是小车。在路上，访问团见到一种专载小汽车的特制运输车，一次可载十部小汽车。车辆若发生故障而又无法抢修，或者违犯交通规则，便有警车迅速出现，立时处理。一旦车辆违章停泊被警车套上，很快就被拉走了。司机到警察局领车，非被罚款不可。

在林继宗看来，美国一些交通规则和做法，值得国内借鉴。如车里必须连司机两人以上，才能在快车道上行驶。因为美国的小汽车里，多数情况只有一人，连夫妻也往往各自开车。这条规定照顾了车里人多的车辆。访问团经过马里兰州的富兰克林桥时，领队告诉大家，桥上有八车道，但并非规定四来四往，而是根据每天不同时段车辆流向流量的变化情况，及时调整各车道的红绿灯以适应车流，从而充分发挥大桥的通过能力。在前往旧金山机场的高速公路上，访问团碰到了一件难以忘怀的事情。那天，访问团13人分乘两部汽车，驰向机场，林继宗乘后一部。可是，到了机场，却到处找不到乘前一部车的同伴。起飞的时间快到了，大家心急如焚。领队向机场一打听，才知道前部车在高速公路上出事了，机场已为访问团安排换乘下一班飞机，推迟一小时。这时，领队一面安慰大家，一面迅速跃上中巴，开车重返来路。半小时后，领队终于将同伴们拉到了机场。原来，前部车在高速公路上爆了后轮胎，急得众人满头大汗，谁知两分钟后，不见首尾的高速公路上却突然飞来一辆警车，并在爆胎车的后头作"之"字形的缓慢行驶，告示滚滚的车流降低速度。爆胎车借机挪泊路边。于是，警察即与修车部门联系。据警察说，是直升机在高速公路上空监控，发现了故障车，立即报告他们而赶来的。最终，大家按计划坐上了飞机，心中的感慨良多。

美国之行，让林继宗看到一个既开放包容、又有所限制的社会。国家机构的建筑物，几乎都开放，允许参观。参、众两院，每星期二到星期五免费开放。若逢国会开会，还允许游客在听众席上旁听。即使总统的官邸白宫，也对外开放，部分允许参观。开放与包容，更重要的是表现在对各国移民的接纳上，这几乎历来如此。不过，近些年来，面对世界汹涌的移民大潮的冲击，美国也拢了拢国门，通过绿卡限制入境，然而仍难以抵挡移民浪潮。绿卡，数万美元即可暗中购得，至于非法入境者，更不在少数。

在访问中，林继宗了解到，在美国的大量移民中，华人无疑是重要的一族。据不完全统计，全美约有200多万华人。仅在洛杉矶市就有80万华人，旧金山市的华人也占了该市人口的22%。许多大城市，如华盛顿、纽约、费城、洛杉矶、旧金山等，都有唐人街或中国城。在异域，看到唐人街或中国城，便热血沸腾，竟似魂归故里。考察团参观的旧金山的唐人街，街口竖起一座中国式的大牌楼，横匾上书有孙中山的手笔"天下为公"四个大字。门侧，一对雄卧的石狮倍添威武之英气。街很长、很长，还有小街纵横交错，中国的饭馆、酒楼、旅馆和各式商店鳞次栉比，商品琳琅满目。两排中国清代古典式的街灯，使整条街弥漫着黄色的温和的柔光。大街上，楼店里，尽管混杂着白人、黑人和棕色种人，但黄皮肤的中国人始终是主流和主角，普通话和广东话喁喁于街头，目睹那番繁荣景象，顿生民族自豪感。美国各地的唐人街都自成一体，保留着中国的国风。纽约的唐人街还有一座孔夫子的塑像耸立街心。华人继承了中国优良的传统思想文化，兼受西方思想文化的熏陶。他们多数从事经商和打工，如开饭店、旅馆、制衣厂、商店等，但也有许多人受过高等教育，跨进了美国上层社会，对美国的经济、科技和文化做出了重要贡献，如杨振宁、陈省身、贝聿铭等。

林继宗也了解到，华人在美国还是受到了某些限制。美国各大公司招人，很少招华人，参政和有地位的华人还不多。美国规定，总统候选人一定要在美国本土出生。基辛格出生于德国，因此他永远丧失候选人资格。采访中，林继宗还给笔者讲了一个笑话，与美国交界的墨西哥边境的妇女生孩子，好多是千方百计越境生在美国国土上，尽管美国警察竭力驱赶，但漫长的国界线又怎能站满警察呢？母亲们倒不是希望孩子长大去竞争总统，而是要让孩子成为美国公民，享受高福利的好生活。

　　林继宗一行也仔细考察了美国的教育制度。美国各州的教育制度有所不同，大多数实行九年义务教育制，少数的实行11年或12年义务教育制，这就需要雄厚的教育经费。来自政府方面的教育经费占国民生产总值的6%以上，人均教育经费居世界各国之首。此外，还有来自非政府方面的经费，主要是学校的经营性收入、学生学费和社会捐赠等。美国教师待遇很高，但对师资的要求也很严。一些州要求大学五年并取得硕士学位，才算达到小学、初中的师资标准；大学师资更严格，达不到要求的教师，自动解除聘任合同。

　　在林继宗看来，美国社会高度重视教育，尊重知识和人才。除了发达的基础教育和专业教育，各种职业教育和岗位培训也蓬蓬勃勃。政府办学，社会办学，企业也办学。无论就业或转业，都注重岗前培训。在人才市场上，充分运用竞争机制，择优录用。录用之后，注重实绩，优胜劣汰。待遇和实绩紧紧联系在一起。

　　顺着话题，林继宗和笔者聊起他对美国文化的理解。"有人概括地说：'既神奇，也荒谬；既发达，也腐朽。'这话有一定道理。美国文化鱼龙混杂，健康高雅的文化也还是有的。洛杉矶就有世界著名的奥斯卡音乐中心，高品位的奥斯卡音乐奖便在这里颁发。波士顿乐团的演奏也不乏高雅的艺术。但是美国的电影电视和书报刊物，追求新奇、惊险、怪诞、色情和刺激。我观看过的美国电影、电视和表演，或是天宇探险，或是地震火灾，或是斗打搏杀，或是人兽争雄。电视节目，并不怎么吸引人。住在旧金山的旅馆里，电视还看不清，内容也一般，商业广告频频出现，令人生厌。至于黄色电影和录像，到处充斥。美其名曰'西方性文化'，实际宣扬了许多'性野蛮'。大街上，凡霓虹灯广告牌上亮着'25￠（美分）'字样的，便是性商业场所，每个房位不足两平方米，关起门来，每投入一枚25美分的硬币，便可观看一分钟的黄色录像。此外，还有观看各种赤裸裸性表演的场所。在美元面前，那些金发女郎实在并不高贵。至于酒吧，我特意观察了几间，并不像电影里描绘的那样乌烟瘴气。热闹、喧哗、拥挤、复杂，却还不甚混乱。人们自由散漫，各顾各地享乐而已。"

　　相对于文化，在林继宗看来，美国的环境保护便应该说使人赏心悦目了。无论城市、郊外还是道路、原野，都是那样洁净而清新。街道或公路，每天车流滚滚，却不见尘土飞扬，路边的树叶和草地总是像被水洗过似的。纽约市区下雨的时候，街边流泻的雨水异常清澈。访问团在美国生活多日，又常常奔波于旅途，然而白衣领子却意外的干净，擦皮鞋的油丝纸也擦不出多少灰尘。林继宗注意到，不管是城市还是农村，是小镇还是原野，处处绿化，几乎见不到赤地，垃圾和废土、废水、废气随时清理。美国人环保意识普遍强烈。果皮、废纸、饮料罐等物决不随手乱扔。带狗上街，必拉绳子，狗若拉屎，必用纸包后扔进垃圾箱。他在费城，眼见警察骑马过街，马屙粪便，警察立时下马处理马粪。

在美国，林继宗注意到到处有花、草、树，有美丽的植被，道路两旁的树林，绿的、黄的、棕的，还有红的，五彩缤纷，鲜艳动人，在内华达州广阔的沙漠带上，还有可贵的大片人造植被。不仅植物，动物也保护得法，随处可见。捕杀、卖吃受保护的野生动物是违法的。在旅游区和风景区，到处竖挂着关于保护动物的广告牌。海鸥、水鸭、松鼠和鸽子，成群结队，或翱翔于蓝天，或游弋于江海，或穿行于草地，或跳跃于树林，自由自在，并与人为伍，近邻相亲。

总结美国之行，林继宗从衣食住行四个方面来谈：

美国人穿衣服，有些人讲究，有些人却好随便，特别是工余或放假的时候，尽量穿些轻松方便的衣服，不像上班那样西装革履。他住纽约时，有一晚要上街，询问旅馆工作人员应注意什么？对方告诉林继宗，领带可以解掉，不要穿得太正统，否则一看就知道是中国大陆来的。

美国人自己在家做饭不多，常到饭店吃，成家后也如此，因而开支较大。他们吃得比较简单，面包、牛排、鸡肉、蔬菜、牛奶、咖啡和甜食是家常便饭。也常吃自助餐、汉堡包和麦当劳，因为克林顿喜爱麦当劳，因此有人戏称麦当劳为"总统餐"。美国人吃饭不浪费，盘碗里的食物都吃光，林继宗看到有的人还伸出舌头舔光手上的食物残渣或食油。吃剩的打包。自助餐如吃剩，有些饭店要按吃剩食物的价值罚款。

美国人喝酒较普遍，但喝的多为啤酒和葡萄酒，很少喝含酒精度高的酒。酒吧间里，总是熙熙攘攘，热气腾腾，喝酒如喝饮料的豪饮者有之，但那酒，或葡萄酒，或香槟，或低度白兰地，极少烈性酒。美国人抽烟者不多，尤其是男人，比女人还少。大约每百个男人，只有六七个抽烟者。

而女人中抽烟者却相对较多。林继宗曾在纽约街头碰到一对美国夫妇。女的用手搜索着衣袋，脸上流露出失望的神情，忽然，她眼睛一亮，笑吟吟地向林继宗走来。原来，女郎发现他手中拿着一盒"红塔山"香烟。在他面前站定后，很有礼貌而又有些不好意思地告诉比画着：现在很想抽烟，可惜衣袋里已经没烟了。林继宗明白她的意思，立即把烟递过去。她欣喜地接过烟，看看牌子，又嗅了嗅，便含在嘴上。她的丈夫马上用简便火柴为她点着了烟。她深深地吸了一口，认真地品味着，发出满意的微笑，连声说："Thank you very much！（非常感谢你！）"林继宗含笑挥手道别，心想：美国女人的地位还真不低呀。

美国人购买住房，一般采取分期付款的方式。许多人宁愿租房而不愿购房，因为购房对于工薪族来说，意味着他将在半生以至更长的岁月里过着紧日子，必须有长期固定而且较高的收入，才能在十几年、20年甚至更加漫长的日子里坚持供房，而一旦失业或收入太少，供房的人生大业便被迫半途而废。

供车就不一样了，一部新车，从两万美元至十几万、数十万美元不等，如果财力有限，两三年也就可以供下一部低档小车；至于肯买二手车，那就更易办到。一部二手旧车，少的才几千美元，连捡破烂的也能买得起，林继宗就见过开小车捡破烂的美国人。

在美国，林继宗接触不少美籍华人、旅美华侨、港澳台同胞和留学生，在交谈中，他们多数人对美国有比较客观的看法。美国是一个开放、容纳、竞争、搏斗的社会，经济发达，生活水平高，个人的发展有机遇。但美国终究是美国人的美国。看似平等自由，其实并不尽然。中国人在美国求职，特别是较高等的职位，比美国人困难得多。就是求得，也还有难处。一位女留学生告诉林继宗，她读研究生班，快毕业了，按她的水平，有希望在美国人开办的大公司谋职，但是，作为女职员，都应像其他美国女职员一样，每天上班换一套新衣服，否则便有失体面，让同仁看不起。而仅仅这一点，便是中国女留学生难以承受的经济负担。于是，她只好打算到小企业去应聘。

"美国人的生活，表面看来美好，但真正生活下去不容易。"不仅中国留学生这样说，连许多美国人自己也这样看。他们说，虽然有了工作，收入较高，但求职困难，失业频繁，且工作辛苦，雇主要求很高。美国每年都有几万家企业破产，加上原有的劳力"蓄水池"，造成为数众多的失业大军。几乎每个城市都有贫民窟，贫民们蜗居破屋，箪食瓢饮，草绳瓦灶，儿女缠膝，杂物满间，老鼠成群。一些无家可归者则或者流浪街头，或者捡些废料盖小屋，赖以苟活。林继宗在美国好多城市的街头都看到要钱要饭的，即使在象征着美国繁华社会的纽约华尔街头，他照样看见乞丐和睡街头的流浪汉，他们或手托盘碗，或蜷缩在破被子以至杂物堆里，可怜兮兮地向路人伸手讨钱。在洛杉矶和旧金山等城市，他也看到一些流浪汉和乞丐，甚至还有令人厌恶的地痞和无赖。讨不到钱物，竟打人骂人或放狗咬人。

18

2005年夏季，林继宗带队赴欧洲考察，走访了荷兰、德国、法国等欧洲主要国家，其中最重要的一站就是德国。在德国繁忙的行程之间，他还特意抽出半天的时间，带队到世界文坛巨匠歌德的故居参观。

从酒店出发，他们走了很长的一段路，一路用英语问路，终于找到了歌德的故居。事后，林继宗称赞，德国人的英语水平还是较高的，普遍都能听懂英语。

歌德故居位于法兰克福市老城区，在一条大街的拐弯处，是一幢四层高米黄色的建筑，和不远处的现代化高楼大厦形成鲜明的对比。去故居的路是由小石头铺成的路，据林继宗介绍，通常只是在欧洲的广场看到这样的地面。然而在法兰克福市老城区，不仅广场是这样的，路也是这样的，保留了历史的原貌。

在法兰克福市老城区，均是三层楼左右的小楼房，色彩鲜明，造型精美，以黄色居多，温馨，爽目。几乎触目之处皆是景观，让游人的照相机倒是不知如何拍了。

众所周知欧洲名人故居大都保存得很好,尽管经历过无数次战争的破坏,不仅故居,就连出生地,甚至曾经住过的地方,都能完整地保存下来或花重金重建,实在不容易。当地市民们以这些名人曾在这个城市留下的痕迹为荣,今天更证明了他们的眼光。面对来此参观的人,这里已经是久远的历史了,但似乎又近在咫尺,眼能看到,手能触摸到,就连呼吸也能嗅到。油亮斑驳的木地板,发出吱吱的声响,仿佛跟随主人的脚步从一个房间走到另一个房间。

歌德是德国和欧洲文学史上最重要的作家、诗人,他一生跨越两个世纪,正当欧洲社会大动荡大变革的年代。封建制度的日趋崩溃,革命力量的不断高涨,促使歌德不断接受先进思潮的影响,从而加深自己对于社会的认识,创作出当代最优秀的作品。他早在青年时期就创作了多少代人非常熟悉的小说《少年维特之烦恼》,终年时,歌德写出了《浮士德》。他在一生中创作了150部文学作品,留下大量的诗歌。

在林继宗看来,歌德故居的16个房间分为两部分,一部分装饰考究,富丽堂皇,是歌德接待达官显贵的地方,如黄色接待室,用来接待、宴请显贵,应酬交际;朱诺室曾接待过黑格尔、海涅和门德尔松等人,这些房间现在都按歌德生前的原样陈列。而另一部分用于家庭生活的房间,则陈设非常简朴,有小客厅、藏书室、卧室和工作室等。歌德一生中还热衷于研究自然科学,包括地质、矿物、光、生物和解剖学等,他写过《颜色学》一书。是他第一个发现了人的颚间骨,他还在光学上提出过新的理论。在故居里陈列着许多歌德亲手制作的动植物和矿物标本。

歌德说过:"一切涉及舒适的事宜都与我的天性相违背。您在我的房间里找不到沙发,我总是爱坐那张老式木椅。舒适豪华的陈设会扰乱我的思维,使我陷入一种迟钝怠惰的状态。"他的工作室里只有书桌、椅子和几件家具。据说歌德有个特点,从来都是站着写作,他写作用的一张斜面的桌子仍然摆放在故居中,八十三岁的歌德就坐在旁边的椅子上停止了呼吸。

故居里收藏了他的手稿、书信、图书等,每年近百万的游客慕名而来。每个参观者可以手持语音器,完整地了解歌德的生平及相关情况介绍。据说，欧洲许多博物馆都配有语音器，但有中文讲解的不多，好在歌德故居纪念馆这里有中文讲解，这对参观者有极大的帮助。这说明来歌德故居参观的华人不少，也间接说明了歌德在华人作家与读者心目中的重要地位。

怀着朝圣般的心情，林继宗踩着嘎吱作响的木台阶上楼，走进歌德的会客室、起居室和工作间。会客室很宽敞，一台光亮如新的三角钢琴十分醒目。据故居工作人员说，当年来自德国以及欧洲各国的作家、诗人以及戏剧家等不断慕名来访，这架钢琴是主宾一起举行"音乐沙龙"用的。"谈笑有鸿儒"的情景不禁历历在目。

朝东的一间房子不很宽敞却很明亮，是歌德的工作间。房间正中摆放着一张深色的木制书桌，歌德用过的羽毛笔自然地斜插在笔筒里。在墙壁的书架上，整齐地排放着当时出版的歌德的作品。这是一间简朴却让人神清气爽的屋子。透过窗户向外看，是一个不大的花园。虽然是深秋，园中却充满了绿色。

像世界上所有伟大的人物一样，歌德有着世界眼光和谦虚的胸怀。他在自己房子里也设有图书馆，藏书达到6000册。这些书籍都完好地保存着，只是都已经发黄了。让林继宗感动的是，歌德十分推崇来自中国的文化。在那栋房子里，他读了许多有关中国的书，学写汉字，还按照中国诗歌和戏剧的风格和思想进行创作。在歌德的藏书里，就包括由当时的教会翻译过来的中国的小说等书籍。他在1827年与助手的一次谈话中，这样评价心目中的中国人："那些人几乎和我们有着同样的思想、行为和感情，我们不久就觉得和他们是同类人，只不过在他们那里，一切都来得更加明朗、纯洁，也更符合道德。"

参观歌德故居，林继宗了解到，在"二战"中法兰克福受到了重创，几乎被夷为平地，歌德故居也未能幸免于难。战火尚未完全停息，歌德故乡的人们就着手重建，前后花了近7年的时间，于1951年修复，并且完全按照歌德1749年出生时房屋的原貌修复。其实，修复的不光是歌德的故居，还是德国人心目中的精神支柱。

这就是德意志民族，他们是从文化中寻求战后的出路和新的方向。欲兴一国必先兴其文化。在歌德故居，林继宗还听说，1945年5月14日，即第二次世界大战在德国结束仅一个星期，当整个国家和人民还一穷二白的时候，全德国的电影院和剧院就全部开门营业；1945年6月3日，柏林大剧院上演贝多芬交响音乐会……对此，林继宗陷入了深深的思考：假如德国人没能够在1945年战争结束后的几个星期内在音乐中找回自我，重修歌德故居等一批历史文化名胜，重新成为"诗人与思想者的民族"，那么，今天的德国会是什么样子？

带着这个问题，林继宗跟随考察团一行人来到了德国之行的下一站——柏林洪堡大学。

洪堡大学的建校历史颇为曲折。18世纪末到19世纪初，拿破仑五次率军击败反法同盟，建立了法兰西帝国，实际上控制了整个西欧和中欧。战败的普鲁士割地求和，还要支付巨额的战争赔款。此时，普鲁士国王威廉三世拿出了最后一点家底，在柏林建立了洪堡大学，并把豪华的王子宫捐献出来作为大学校舍。他说："这个国家必须以精神文化的力量来弥补躯体的损失。正是由于穷困，所以要办教育。我从未听过一个国家办教育办穷了，办亡国了。"于是，一所教学与科研并重的现代大学诞生了。国王还接受了大学提出的一个要求，那就是：国家必须对教学和科研活动给予物质支持，但是不得干涉教育和学术活动。

同时拥有国家的保障和充分的自由，成就了德意志的科学家。在洪堡大学主楼的长廊里，林继宗看到墙上挂着29张黑白照片，他们都是在各个领域里取得了重要成就的本校教授。同时，他们还拥有另外一个共同的身份：诺贝尔奖得主。

这是世界科技文化史上的一个奇迹。当一个国家为出一个诺贝尔奖得主举国欢庆的时候，一座小小的大学，出了29位诺贝尔奖得主。这奇迹是如何创造的呢？

"几十年来，中国的经济飞速发展，为什么中国的文化公益事业却举步维艰，甚至逐渐荒漠化？"站在洪堡大学校园里，林继宗喃喃自语。

那时候。林继宗并不知道，在遥远的东方，在北京，也有一个人跟他提出类似的疑问。

2005年，温家宝总理去看望著名物理学家钱学森，钱老感慨地说，"这么多年培养的学生，还没有哪一个的学术成就，能够跟民国时期培养的大师相比。"钱老又发问："现在的经济发展水平，远远超过历史上任何一个时期。为什么我们的学校反而培养不出杰出的人才？"

这就是著名的"钱学森之问"。

回忆起当年的"德国之惑"，以及对德国考察的收获，林继宗用这样的语言来形容德国：这是一个奇妙的国家，它要么考问世界，要么拷打世界。当它用思想来考问世界时，它是伟大的。康德的《纯理性的批判》、马克思的《资本论》、黑格尔的《法哲学原理》、叔本华的《世界即意志和观念》，还有143卷的《歌德全集》和30卷的《尼采全集》等等，无论从政治史、思想史、文化史考量，它们都堪称人类文明的巅峰之作。当它用战争来拷打世界时，便有了20世纪的两次世界大战。马恩河战役，有51万名士兵伤亡；凡尔登战役，交战双方伤亡近100万人；索姆河战役，双方阵亡共130万人；斯大林格勒保卫战，双方伤亡估计约200万人。这都是人类历史上最为黑暗和惨痛的时刻。

对于德国人守时守信的性格，林继宗留下深刻印象。他回忆起那一次，考察团约定上午十点正拜会法兰克福市政府某部门。为表示友好，一行人早到了一刻钟抵达政府大楼。九点五十五分，翻译引大家到了该部门领导人办公室外，请秘书通报。意外的是，那位金发碧眼的秘书一点通报的意思都没有，只告诉大家十点钟还没有到，请坐下来稍等。

十点钟到了。没有等秘书通报，办公室的门自己打开，那位部门领导人将一位客人送至门口，然后示意秘书引进去，考察团开始了约定的会谈。

很快到了约定的一小时，大家感到意犹未尽，于是请翻译提出延时请求。但得到的答复是：约定的时间已经到了，还有其他客人正在等待；如果认为需要继续谈，请再约时间。大家只好起身告别出了他的办公室门，看到沙发上果真还有人在坐等。

事后，大家跟德国翻译人员谈起此事，翻译却反问了一句："如果多给了你们一点时间，对后面的访问者来说，不就是失约吗？"

现在回想起来，林继宗觉得这件小事给自己很大震撼：德国人的守时自始至终，既是效率的要求，也是信誉的标志，而且不因对象身份的差异而有所区别。有句常说的话，叫作"细节决定成败"。德国人乃至德国产品的信誉就是在这样的涓涓细节中建立起来的。

德国之行，林继宗还着重考察了德国的企业文化。考察团参观了多家德国大型汽车企业，并与企业负责人座谈。在座谈交流中。林继宗还自告奋勇，临时担任起翻译的角色。很多团友此时才知道，原来林继宗在平时私下也苦练英语，他在青年时期就打下了坚实的英语基础。

据林继宗总结，德国的企业文化主要包括五个方面：

（一）德国企业文化强调以人为本

德国企业之中人与人之间那种十分和谐的关系和老板对员工人格的那种尊重不得不让人佩服。在德国企业，上级给下属布置工作，通常是首先问："你现在有时间吗？如果有时间可不可以帮我一个忙？"然后再交代工作，没有命令，也没有强迫。员工和领导说话是不称呼其职务的，直接叫其领导的名字，这在中国的企业如果出现员工称呼领导的名字，是不尊重领导的表现，是无法接受的。中国企业虽然也强调人与人之间的和谐，但是，过多强调的是上下级关系，等级观念非常强，无论在国企还是私企，下级只有无条件服从，没有别的选择。这与两国的民族文化背景有关系。

德国的企业家们认为，在和谐的气氛中，能激发人的潜能，从而最大限度地发挥员工的创造性。反之如果气氛不和谐，员工不会乐于做贡献，生产将受到影响。因此，德国企业管理者普遍注重与员工的沟通，采取种种措施来解决人际关系上的问题。

（二）德国企业注重提高员工素质，开发人力资源

德国企业文化十分强调以人为本，提高员工素质，这主要体现在注重员工教育，大力开发人力资源上。德国企业普遍十分重视员工的培训。例如，大众公司，在世界各地建立起许多培训点，他们主要进行两方面的培训：一是使新进公司的人员成为熟练技工；二是使在岗熟练技工紧跟世界先进技术，不断提高知识技能。例如，西门子公司，在提高人的素质方面更为细致，他们一贯奉行的是"人的能力是可以通过教育和不断培训而提高的"，因此他们坚持"自己培养和造就人才"。

德国企业培训工作还有一个十分重要的任务是，让员工认同企业的价值观。不管是什么项目的培训，都要向参训的员工宣传企业的价值观，难

能可贵。所以不得不说，德国企业有着和谐的人际关系。

（三）德国企业有牢固的质量意识

德国企业对产品质量的重视，举世闻名，可以说是世界之最。他们认为没有物美价廉的产品，只有精品和次品之分。他们的许多产品都是以精取胜，成了世界知名的品牌。大部分的德国企业，都认为树立质量意识是最重要的。

强烈的质量意识已成为企业文化的核心内容，深深植根于广大员工心目之中，质量问题能在德国企业的员工中达成共识，这是最可贵的。例如，大众公司在职工中树立了严格的质量意识，强调对职工进行职业道德熏陶，在企业中树立精益求精的质量理念。西门子公司以"以新取胜，以质取胜"为理念，以新取胜在这里是另外的一个话题，西门子立于不败之地，就是因为注重产品质量。

（四）德国企业有优秀的服务品质

德国企业非常重视客户，注重诚信合作，创一流服务的品质。例如林继宗一行考察的西门子公司，西门子公司提出的经营理念是"我们希望顾客回来，不希望产品回来"。因此，他们努力满足客户的每一个要求。另外，大众汽车公司的服务更有代表性。首先，大众汽车公司服务客户的基础是产品质量，以好的质量来体现好的服务。其次，注重在营销中，尽可能为客户提供准确的产品信息，获得顾客的信赖，让顾客放心。再次是服务的快捷。这也是大众企业的成功原因之一。

德国企业普遍注重以诚信服务客户、塑造品牌、树立企业形象。高德霍夫公司从铁匠铺起家到成为世界一流的拖车跨国公司就是德国企业发展的一个缩影。他们迅速发展壮大的很重要的原因是，按照客户的要求研发产品。对客户提出的合理要求，他们没有说"不行"的，产品的加工制造几乎没有缺陷。就这样，在和客户的合作过程中，逐渐树立了自己的品牌，增强了企业的核心竞争力，使企业不断发展壮大。

（五）德国企业有超强的责任心

林继宗认为：德国工人的责任心非常强，如果操作规程上要求一个螺丝要拧12圈，他绝对不会只拧11圈。例如德国大众汽车公司，其核心价值观，竟然就是"责任"两个字，但是这个"责任"是广义的。责任是公司企业文化的核心价值观，它包括对自己对企业的责任、健康和家庭承担的责任；对自己身处的环境、社会以及世界都要承担责任。为实现责任目标，大众公司提倡的企业哲学是，在世界上，我们生产、出售的高质量产品，使大众走向成功，大众人希望通过稳定的工作、学习、生活条件，来固定自己的生活环境，并保护好这个世界，让子孙后代更好地生存下去。

从德国回来后，林继宗为港务集团全体干部员工做了专题报告，汇报此行的收获，主题是《德国的企业文化给我们的启示》。林继宗总结了四点：

一、中国的企业为了适应市场，为了在市场中有很强的竞争力，无论国企还是民企，都会进行资源整合，把几个或多个公司组合在一起，形成集团公司，以便适应市场发展的需要和应对市场的变化，形成一定的竞争力。然而，大多数的这种组合，仅仅是机构的简单结合，没有形成自己独特的企业文化，各个分公司或者是子公司，都有自己的企业文化，而这些企业文化与集团企业文化互相影响，没有真正形成自己共同的核心价值观，没有形成一个真正意义上的整合体。因此，这样的整合是缺乏强大竞争力的。反观德国，奔驰公司与克莱斯勒公司合并后，成立了专门委员会，制订了3年的文化整合工作计划，以解决两国企业在文化上的差异和冲突，更主要的是解决了共同的价值观问题。中国的企业要做强做大，在市场上形成强打的竞争力，林继宗认为，首先要注重企业的文化整合，要像德国企业那样，形成自己独特的企业核心文化，在企业内部形成共同的价值观，形成一种根深蒂固的信念，一旦形成，其作用是距大的，力量是无穷的，无论企业发生什么变化，更换多少任领导，不会因为领导的变化而使企业文化发生改变，企业的共同价值观不会动摇，德国的许多百年知名企业长盛不衰就是因为有不可动摇的价值观造就的。

二、企业要实行科学管理，最重要的是责任和效率，而责任尤为重要。德国企业的人力资源管理开发在世界上有着自己显著的特色。如西门子公司是世界知名的跨国公司，在190个国家和地区有企业，员工达到44万人。管理这样宏大而遍布世界各地的企业的人事部最高管理委员会只有15人，具体从事一线管理的人事部只有7人，分别来自7个不同的州和地区，每人分管一个州和地区。林继宗认为，如果再过十年二十年，中国的企业能达到德国目前企业的管理水平，就是很大的进步了。不过，企业应该把这好的管理经验吸取过来，洋为中用，逐步提高自身企业的管理水平。

三、诚信是企业的生命，反过来说，企业的生命长短和企业的诚信有着很大的关系。诚信在德国企业随处可见，德国的恪守诚信是企业必须遵守的原则。西门子公司提出的经营理念是"我们希望顾客回来，不希望产品回来"。这就是企业的诚信，并把这理念深深印在每一个员工的脑子里，落实在行动上。林继宗以考察的德国阿尔迪公司为例，阿尔迪同顾客及供货商公平无私的关系上，首先是保证商品宁缺毋滥。阿尔迪选择供货商的标准是既看价格，更重质量。凡厂商的供货阿尔迪均定期提交给德国质量监督权威机构"商品检验基金会"检测，除得分良好的予以认可外，其余即使得分合格也不会得到订单。新产品接受订货后，首先要在部分商店进行至少3个月的试销，得不到顾客赏识，同样会被除名。其次是质量控制十分严格。商店平日注重对商品的抽样检查，经常让品尝师蒙上眼睛品尝出售的食品，发现问题立即对厂商提出警告。久而久之，在阿尔迪购物没人会考虑质量和价格问题，与阿尔迪交易同样不用担心违约，公众对阿尔迪的普遍印象自然是诚实公道、可信度高。

四、企业的员工培训是提高素质的重要因素。德国的企业培训特点就是完善的职业培训机制和职工广泛参与管理。德国是世界上进行职业培训教育最好的国家之一，德国企业职业教育是举世瞩目的，并始终处于世界领先地位。德国制造是个在世界市场上让人产生信赖感的标签，上百年以来，德国产品以其过硬的质量在世界市场上创立了良好的声誉，德国之所以能够生产出高质量的产品，除了德国企业培训有着完善的质量控制体系和德国工程师对完美的追求外，一个重要的因素是德国拥有由一套完善的职业培训体系培养出来的世界上最好的技术工人队伍。如果说德国经济腾飞的秘密武器是德国双元制职业教育，那么制造这些秘密武器的是德国高水平的职业教育师资队伍，还有一个重要原因，就是德国非常重视人才的培养。

19

考察德国之后，林继宗一行人又赴法国参观访问。

法国之行，考察团走访了巴黎等几座大城市，参观了港口建设，访问了雪铁龙、米其林、欧莱雅、阿尔卡特等跨国大企业的总部，拜会法国华侨华人商会、法国潮州会馆等华人团体，会见侨领，敦睦乡谊。考察团还应邀参观了罗浮宫、凡尔赛宫和埃菲尔铁塔，收获颇丰。

回忆罗浮宫之行，林继宗感叹："那是一次很美的艺术享受！"

罗浮宫是世界上最古老、最大、最著名的博物馆之一，位于法国巴黎市中心的塞纳河右岸，始建于1204年，历经800多年扩建、重修。1793年8月10日，罗浮宫艺术馆正式对外开放。如今博物馆收藏40多万件来自世界各国的艺术珍品，法国人将这些艺术珍品根据其来源地和种类分别在六大展馆中展出，即东方艺术馆、古希腊及古罗马艺术馆、古埃及艺术馆、珍宝馆、绘画馆及雕塑馆。

林继宗惊叹于卢浮宫里美轮美奂的绘画作品。那里有人类绘画艺术产生过的最美的作品，意大利、西班牙、弗兰德斯、荷兰、德国、法国，两千多幅绘画展现了所有时代、所有国家、所有画派的杰作，其神奇的构思和完美的艺术令人陶醉。

在罗浮宫，林继宗还特意去中国厅参观。中国厅里收藏着来自遥远的东方古国的艺术珍品。站在中国厅内，仿佛又回到了故土，回到了祖国。林继宗满怀深情地看着这些展品，它们似乎在深情地说："中央之国的同胞！我们在法国的土地上问候你！"

法国之行，让林继宗记忆和感触更为深刻的，是他抽空参观了巴黎先贤祠。

认识巴黎先贤祠，始于2002年年底在报纸上无意间看到的一则新闻：

本报讯今年（2002年——笔者注）是法国大文豪大仲马诞辰200周年纪念，其骨灰上月30日被迁往法国巴黎的先贤祠，和雨果与左拉左右相伴。

大仲马是法国十九世纪著名浪漫主义作家，曾创作《三个火枪手》、《基度山伯爵》。此次法国总统希拉克颁布法令，将其骨灰从1802年他出生的离巴黎东北的小镇维莱科特雷运出，下葬在法国国家陵墓先贤祠，与他的生前好友雨果以及卢梭、伏尔泰等60余名法国的艺术、政治、科学的杰出人物共享荣誉。

法国总统希拉克主持了典礼，有四名剑客护送大仲马遗骸进入国家陵墓。希拉克在仪式上说："今天，亚历山大·仲马不再孤独了。同他一起，法国人民共同的记忆和想象力进入了先贤祠。"装有大仲马骨灰的棺木由一块蓝色丝绒旗覆盖，上面绣上他小说中闻名于世的台词："All for one and one for all.（人人为我，我为人人。）"

法国先贤祠就像英国的西敏寺一样，只有最杰出人物才能安眠于此。大仲马是第六位安葬在先贤祠的法国作家。早在今年3月，希拉克就试图颁布法令，将大仲马移灵至先贤祠。但他的计划遭到了来自知识分子、女权主义者和历史学家的反对。最后，经国民议会讨论通过，总统签署法令，才得以移灵。

这则新闻引起了林继宗的注意，因为大仲马是他最为敬佩的法国作家之一。读初中的时候，他从图书馆借到《基度山伯爵》《三个火枪手》等几部长篇小说，如饥似渴地阅读，爱不释手。"文革"和知青生涯，导致他几乎无缘阅读外国作品。改革开放之后，外国优秀文学作品被允许出版，林继宗又第一时间托人买到了《双雄记》《侠盗罗宾汉》等小说，认真学习。可以说，大仲马的作品是林继宗走上文学之路的启蒙老师之一。

林继宗敬佩大仲马，主要是两个方面，一"多"一"少"。"多"是数量多，大仲马是高产作家，在他四十多年的文学创作生涯中，纯文学作品小说有150部，戏剧90部，总计近500本书。"少"是惜墨如金，大仲马在作品中很少对他的人物做长篇的描述，人物的性格多是通过一两句话甚至一两个字显示出来的。

近半个世纪过去了，林继宗还记得，《基度山伯爵》全书一开始，邓蒂斯回到了马赛，很悲痛地向船主人老摩莱尔报告："我们失去了勇敢的船长黎克勒。"接下来一句是："货呢？"船主焦急地问。

大仲马只用一句话两个字，就把摩莱尔关心货物钱财胜于关心人命的性格本质准确地表现出来。虽然在小说中，老摩莱尔多处表现得像个正面人物，但他本质上毕竟是唯利是图的资本家。这种创作手法和技巧，林继宗在自己的多部作品中均有所借鉴。

所谓"爱屋及乌"，出于对大仲马及雨果等大文豪的敬佩，林继宗一直希望找机会拜谒巴黎先贤祠。恰巧这次跟随访问团造访巴黎，他千方百计争取到傍晚一个半小时的空余时间，圆了自己多年的梦想。

在下榻的酒店前台，林继宗用不熟练的英语与服务员交流，得知先贤祠距离酒店不远，转过两个街道即到，于是林继宗决定散步前往，顺便观看巴黎沿街的风土人情。

那天，林继宗从酒店出来时间已快17:00，没走几步，刚才还是晴朗的天空突然下起了小雨，细雨如丝。呼吸着被雨水打湿的湿润的空气，感觉通畅无比，周身的每一处细胞都兴奋畅快地跳跃着。路上的行人也很少有撑伞的，大家都在享受着细雨滑落的感觉。可是，没有多久，雨逐渐变大变密，幸好林继宗随身带着雨伞。由于担心闭馆的时间，林继宗不由加快了脚步。

转过两条街，一个小广场豁然呈现在他的眼前，广场上矗立的那宏伟壮观的建筑就是先贤祠（Pantheon）。

也许是上天或先贤祠里的圣贤被他的执着所打动，这时候，雨也突然歇息了。雨后初晴的天空，一道美丽的彩虹挂在先贤祠的穹顶上，美丽而动人。优雅的弧线、落日的余晖、高耸的十字架，圣洁的画面凸显出先贤祠的神圣！

先贤祠始建于1744年，原是法国国王路易十五为巴黎保护神圣·热纳维耶芙修建的一座教堂，由建筑师苏夫洛（1713—1780）负责建造，工程从1758年开始，于1789年竣工。1780年苏夫洛去世前穹顶尚未建造，由他的学生隆德莱完成。也许是上苍冥冥之中的注定，建成之日教堂恰逢如火如荼的法兰西大革命，教堂的功能被停止。1791年，法国制宪议会通过决议，把这座教堂改建成一座殿宇，安葬法兰西共和新时代的伟大人物。从此，圣·热纳维耶芙大教堂便易名为先贤祠，后又两度恢复为宗教圣堂，一波三折，直到1885年雨果的遗骨移入其间之后，一百多年以来先贤祠再也没有改换过名称，它最终成了法兰西共和国伟大人物安息的地方。

先贤祠正面的三角形山墙上刻有非常精美的浮雕，它是著名雕刻家大卫·当杰斯的作品《在自由和历史之间的祖国》：中央台上站着代表"祖国"的女神，正把花冠分赠给左右的伟人；"自由"和"历史"分坐两边。这件作于1831年的浮雕是大卫最重要的作品之一。一排精美的科林斯巨型石柱之上镌刻着一行铭文："Aux grands hommes, la Patrie reconnaissante"（伟大人物，祖国感念）。雨后初晴，落日的余晖映照在建筑物上，柔顺的光线，使得细腻精致的塑像一下变得圣洁而神圣。

沿着正面的台阶，林继宗步入这座圣殿的门廊。由22根华丽的科林斯式柱子组成的巨大柱廊耸峙在台阶上，庄严而肃穆。宽广开阔的正殿，耸立着一组由著名雕塑家卡西创作的"国民议会"大型群雕，展现着1793年法国大革命期间，法国人为追求民主自由而英勇抗争的情景。

雕像的对面是高及穹顶的傅科摆。它是法国著名物理学家傅科（1819—1868）于1851年为证明地球自转而设计安装的一套简易装置，至今仍在地球自转的作用下有规律地无声地摆动着。拿破仑第三为恢复先贤祠的宗教性质，曾将其拆除，到1905年在反对教权主义的政治浪潮中才又重新装上。这样的经历使傅科摆具有了更为广阔的科学意义和政治意义。

大革命雕塑和傅科摆体现和代表着作为近现代人类精神的两大脊柱——民主与科学。在那里，林继宗不由自主地想到，震撼中华大地、对中国近现代历史和文化影响极其深远的"五四运动"，高举的两面旗帜不正就是"民主与科学"吗？中法两国虽远隔万里，在精神与文化上却有着相似的源流关系。

走过正殿，沿着长长的楼梯盘旋而下，就进入到先贤祠安放先贤棺木和灵寝的"地下墓室"。整个墓区很深很大，由甬道与许多隔间组成。与正厅辉煌气势形成鲜明对比，顿时就有一种肃穆的感觉，这里是众多伟人长眠之地啊！

迎面而来的是伏尔泰和卢梭的陵墓。伏尔泰陵墓上，左侧镌刻着金字："诗人、历史学家、哲学家，他拓展了人类精神，他使人类懂得精神应该是自由的。"右侧镌刻着："他与无神论者和盲信者做斗争，他鼓励宽容，他寻求人权反对封建主义的束缚。"陵墓前耸立着伏尔泰右手握笔、左手携纸、正在凝神沉思的巨大雕像。卢梭的陵墓隔一条走廊与伏尔泰陵墓相望，呈象征其"自然"理念的乡村教堂形状，从教堂门缝里伸出一只握着火炬的手，象征着卢梭的"社会契约"和"主权在民"的思想即将点燃法国大革命燎原烈火的态势。

早在青年时代，林继宗就拜读过伏尔泰的剧本《俄狄浦斯王》《恺撒之死》和卢梭的《论人类不平等的起源和基础》《社会契约论》等光耀史册的巨作，对两位伟人非常敬佩。站在两大伟人隔廊相望、形状各异的陵墓前，他对这两位各具特色、功彪史册的启蒙思想家和大文豪的敬仰和崇拜更加升华和具体化了。法国大革命、世界各国处在专制重压下的人民正在追求的自由、平等、民主、博爱的理想和目标，追根溯源都是来自这两位思想巨人的光辉思想。他们开创了人类历史的一个新纪元，为封建专制制度的动摇直至覆灭、为自由民主的共和制度最终确立铺平了道路，奠定了基石。

在法国大文豪雨果的墓前，林继宗长久伫立，缅怀他们以文艺为武器争取自由、拥护共和的战斗一生。

雨果是第一个以国葬形式正式安置到先贤祠的伟人。由于反对帝制复辟和屠杀，雨果被迫长期流亡国外，生活动荡不安，最后潦倒凄凉而死。他去世之后，新生的共和国政府感念他为民主共和做出的巨大贡献与牺牲，为他举行了国葬。他的灵柩先置放在凯旋门之下，巴黎人几乎倾城而出，涌往凯旋门去瞻仰这位天才作家的遗容。十二位青年诗人组成的仪仗队在他的遗体旁边守灵一日后，雨果的灵柩从凯旋门移往先贤祠安葬，送殡的队伍长达数公里，人数多达两百万。这在法国的历史上称得上空前，也许是绝后的——至少到目前为止可以这么说。

对于雨果，林继宗最敬佩的，首先是他的良知，其次才是他的作品。

1860年10月，英法联军入侵北京城，掠夺并焚烧圆明园。联军巴特勒上尉本想利用雨果的显赫声望，让他为远征中国所谓的胜利捧场，但雨果，这位正直的作家，没有狭隘的民族主义情绪，而是站在群众的角度，世界的角度，人类良知的角度，仗义执言，强烈地谴责了英法联军火烧圆明园的强盗行径，斥责政府如强盗一般，颠倒黑白，不以此为耻，反以此为荣。他珍视人类文明成果，尊重人类文明的创造者。《就英法联军远征中国给巴特勒上尉的信》中，他指出"岁月创造的一切都是属于人类的"这种见解，是非常透彻的。他的这种大无畏精神正是法国大革命所追求的自由、平等、民主、博爱理想闪烁出来的光芒的体现。林继宗至今对此文的精华片段还记忆犹新：

过去的艺术家、诗人、哲学家都知道圆明园，伏尔泰就谈起过圆明园。人们常说：希腊有巴特农神庙，埃及有金字塔，罗马有斗兽场，巴黎有圣母院，而东方有圆明园。要是说，大家没有看见过它，但大家梦见过它。这是某种令人惊骇而不知名的杰作，在不可名状的晨曦中依稀可见，宛如在欧洲文明的地平线上瞥见的亚洲文明的剪影。

我们欧洲人是文明人，中国人在我们眼中是野蛮人。这就是文明对野蛮所干的事情。将受到历史制裁的这两个强盗，一个叫法兰西，另一个叫英吉利。不过，我要抗议，感谢您给了我这样一个抗议的机会。治人者的罪行不是治于人者的过错；政府有时会是强盗，而人民永远也不会是强盗。

对于雨果在文学上的成就，林继宗也是肃然起敬的。作为法国浪漫主义文学运动的领袖，他的文学生涯达60年之久，创作力经久不衰。贯穿他一生活动和创作的主导思想是人道主义、反对暴力、以爱制"恶"。他的作品包括26卷诗歌、20卷小说、12卷剧本、21卷哲理论著，合计79卷之多，给法国文学和人类文化宝库增添了一份十分辉煌的文化遗产。其代表作《巴黎圣母院》《悲惨世界》等长篇小说，雄浑有力，对读者具有永久的魅力。林继宗认为，雨果是一位技巧高超的运用象征手法和诗歌形式的大师，他能够准确地借助文字喊出那个变化无常的时代声音；他把艺术真实和自然真实严格划分，强调作家的主观思想在创作中的作用。在创作长篇诗化散文式小说《魂系潮人》四部曲时，林继宗就无形间受到十卷本《悲惨世界》的影响。

和雨果为邻的是著名作家大仲马和左拉。

来到倾慕已久的作家的墓前，林继宗心潮澎湃。作为一位通俗作家，大仲马的小说被译成100多种语言，被拍摄成200多部电影，他使法国的思想与精神、历史和文化在全球各地广为传播，在这方面的功劳可能是其他人所无法比拟的。

左拉也是林继宗熟悉的法国作家。他是19世纪后半期法国重要的批判现实主义作家，自然主义文学理论的主要倡导者。他创作一套长达600万字、由20部长篇小说构成的巨著《鲁贡—玛卡尔家族》，反映了法国第二帝国时期社会各方面的情况。

对于左拉，林继宗敬佩他一生致力于自然主义文学理论研究，为自然主义文学鸣锣开道，提出了"实验小说论"等自然主义理论主张。左拉说过，"文学自然主义就是返回自然，返回生活，返回人本身，即在对现实的接受中，经由直接的观察和精确的剖析达成对人世真相的描写"。他不但在理论上独树一帜，而且在小说的作品内容与创作手法上也有一系列的革新。林继宗的短篇小说集《魂系海角》、中篇小说集《魂系人生》，我们都可以看见文学自然主义的影子和影响。

在先贤祠，林继宗还特意瞻仰了居里夫人的陵墓。

迄今为止，长眠于先贤祠的72位伟人中，只有玛丽·居里和苏菲·贝特洛两名女性，而且他们都是夫妇合葬于先贤祠。

居里夫人从青年时代起就远离波兰，到法国求学。但她时刻不忘自己的祖国，当他们夫妇从矿物中分离出新元素以后，她把新元素命名为钋，因为钋的词根与波兰国名的词根一样。她以此表示对惨遭沙俄奴役的祖国的深切怀念。她因发现钋获得诺贝尔奖。之后，居里夫人继续研究镭在化学和医学上的应用，并且因分离出纯的金属镭而又获得1911年诺贝尔化学奖，成为唯一的一位在两个不同学科领域、两次获得诺贝尔奖的著名科学家。

居里夫人的大半生都是清贫的，提取镭的艰苦过程是在简陋的条件下完成的。居里夫妇拒绝为他们的任何发现申请专利，为的是让每个人都能自由地利用他们的发现。他们把诺贝尔奖奖金都用到了以后的研究中。1923年，法国政府为表彰其巨大贡献，赠给居里夫人4万法郎作为"国家酬劳"，并规定她的两个女儿可享有继承权。居里夫人把这笔属于个人的赠款毅然赠送给祖国波兰，用于创建一个镭研究院，这件事在波兰传为美谈。伟大的爱因斯坦评价说："在我认识的所有著名人物里面，居里夫人是唯一不为盛名所累的人。"

林继宗与爱因斯坦的观点是一致的。他敬佩居里夫人，在于她对自己的祖国深深的热爱与眷恋之情，更在于她无私的科学献身精神。在居里夫人的墓前，他深深地鞠了一躬。

采访中，林继宗还跟我讲了一个小故事。他的儿子林瀚年幼时，他几次跟儿子讲了居里夫人和她女儿的故事。有一天，居里夫人的一个朋友来她家做客，突然看到她的小女儿正在玩英国皇家学会刚刚颁发给她的金质奖章，惊讶地说："英国皇家学会的奖章是极高的荣誉，你怎么随便能给孩子当玩具呢？"在当时人们的观念中，一个人一辈子如果能拿到一枚英国皇家学会的奖章，是无上的荣耀，应该摆在玻璃柜里展示的。但是居里夫人笑了笑，对朋友说："我是想让孩子从小就知道，荣誉就像玩具，绝不能看得太重，否则将一事无成。"林继宗从小就让自己的儿子明白，人活着，应该为社会做点好事，不能只为了追逐名利。

那一日，当林继宗还沉浸在对居里夫人的缅怀之中时，一阵铃声响起，先贤祠关闭的时间到了。怀着敬畏和依依不舍的心情，他跟随人流步出了这座伟大的殿堂。

当他从先贤祠走出来时，心情久久不能平静。伫立在广场上，回头凝视着那22根依据罗马万神庙造型的气势磅礴的高大门廊圆柱和门正上方"三角楣"上"祖国女神颁奖"的浮雕，暮色下的先贤祠淡灰色的身躯仍是那样的庄严肃穆，空气中弥漫着一缕静穆的气氛。那里不是烈士陵园，没有永垂不朽，但是它是巴黎乃至整个法国的灵魂。了解先贤祠，了解它的历史和文化，才会真正触摸到法兰西的民族性，它的气质，它的根本，以及它内在的美。先贤祠就是一本书，透过它可以读到法兰西的历史和文化艺术，也能从中领会法兰西民族精神的精髓。在那里，林继宗仿佛触摸到了法兰西民族最深处矛盾而又谐和的灵魂。

回到酒店，他怀着朝圣归来的激动心情，将一段中文留在了欧洲：他们是文学的火枪手，用笔谱写了法兰西的历史，并为它打上了印记。他们以激情和天才，捍卫了自由、平等、博爱的人类良知。一个懂得尊重思想与文艺的民族，才能诞生伟大的思想和文艺。一个拥有伟大思想与文艺的国家，才能拥有不断前行的力量。自由、平等、博爱，也许这是人类社会永远无法完全实现的愿望，但是人们可以在无尽的岁月中无限地接近它。正是在追寻理想的过程中，人类文明得以进步发展，人类灵魂得以净化升华。

多年以后，回忆参观先贤祠的这段经历，林继宗依然感到震撼。"法兰西建立伟人集中长眠的墓地的做法是一种高扬伟大思想旗帜、弘扬民族精神的又一惊人之举。看到那么多伟人的棺枢和事迹的珍贵资料，使我对伟人倍感崇敬、感激和亲近。伟人们的光辉思想与日月同辉，他们为法国、欧洲乃至全人类的自由、平等、博爱理想的形成和实现的伟绩丰功彪炳史册。我想，伟人们的光芒也是全人类的共同财富，过去、现在、将来都会感召着无数的参观者和世人为真理、为自由不懈地追求和奋斗。能来先贤祠瞻仰伟人先贤的安息之地，是我的欧洲之行的最为弥足珍贵的记忆。"

小会

第五章

大业

20

文学是生活的反映，是时代的号角，是人民的心声。我们处于一个伟大的时代，伟大的事业需要崇高的精神来支撑和推动，崇高的精神需要杰出的文学作品来激励和讴歌。

随着改革开放，经济发展，文学事业又迎来了一个百花齐放的春天。1981年，汕头市总工会为适应形势需要，决定在原汕头市工人业余文学创作组的基础上，扩展组建汕头市工人文学社，并面向全市各行各业招收优秀文学人才加入。首任社长刘锦庭。文学社全盛时期有成员近百人，分为小说、散文、诗歌、戏曲曲艺等组进行活动。林继宗以文学爱好者的身份加入该社，多次参加该社组织的交流、采风活动。1989年，工人文学社进行换届改选，林继宗当选为第二任社长。在刘、林两任社长的带领下，文学社的成员们，创作了大量讴歌新时代、新生活的作品，成为工人文化宫主办的《文苑》刊物的主要稿源支柱。这些作品，大部分收录在陈永钦、林道青主编的《韩江潮——汕头市工人文学社社员作品选》一书中。

1985年8月14日，在各方的努力下，汕头市作家协会成立，粤东的诗文雅士，终于有了一个盼望已久的属于自己的"家"。

当年，选举作协主席团成员是没有预先提出候选人的大民主"海选"——完全依选票多少定乾坤。在海选中，陈焕展同志票数最高，从"大汕头"两百多名作家中脱颖而出，当选为主席，林文烈、杨昭科、黄廷杰和林继宗得票数量次之，当选为副主席。由于林继宗当时年仅39岁，在领导班子成员中最为年轻，便由他兼任秘书长，负责处理作协的日常事务。从此，他和陈焕展主席两人开始了长达18年的友好合作的工作关系，也开始了他人生的"第四次创业"。

谈起任职作协的经历，林继宗喝着香茗，深有感慨地说："这对于我来说，完全是个意外的事情。当时，中国社会刚经历十年动荡，百废待兴，思想上、制度上的雷区还很多。和所有的单位一样，刚成立的作协，事情多，人手少；问题多，经费少。面对这样一个'三无'单位——无专职人员，无经费，无办公场所，想展开工作，困难重重。这就像片沼泽地，陷进去就难以拔出腿来，很多人都选择回避。何况港口的事业刚有起色，面临的问题也还很多。陈焕展主席时任《汕头日报》文艺副刊'韩江水'主编，日常工作繁忙，常常无暇顾及作协的工作，于是将大量的任务都交付给我，要我负担起作协发展的重担，要'两手抓，两手都要硬'，难度可想而知。'林继宗能做好作协的工作吗？'在当时这既是他人的期待，也是我的自问。"但是，知青生活锻炼出他吃苦耐劳、敢为人先的精神和坚决服从组织安排的党员觉悟。他极为珍惜作家们的信任与重托，在粤东文坛期待的目光中，他走马上任。这一干就是27年，历任作协副主席兼秘书长、主席，做了大量有益的工作，广受赞誉。直到2011年，65岁的他才离开作协一线岗位，转为名誉主席。

林继宗是个敢于直面问题的人，"既然大家把我推举到这个位置，我就必须认真负责，必须把事情干好，干出个样子来。"他用搞创作的激情和认真踏实的作风去谋划工作。思路决定出路。在一个在别人看来问题成堆的地方，他抓住了制约发展的症结，找到了妥善解决问题的途径，很快开创出团结干事的良好局面，使协会走上了逐步发展的道路。

陈焕展同志担任市作家协会主席长达18年，林继宗当了18年的副主席，尽心尽力辅助陈主席。这18年的成绩是卓著的、有目共睹。18年的共事与相处，使他俩结下了非同一般的深厚友谊。在他们的共同努力下，1992年8月，《汕头作家报》创刊，并坚持了十年之久，至2000年年底共出版50期。办报经费基本都是他们费心费力筹集的。为了筹集经费，作协积极组织一些重点作家为企业撰写报告文学，陈焕展和林继宗自己也带头撰写，终于争取到企业家对《汕头作家报》的赞助，为作家们提供了发表文学作品的宝贵园地。

作协领导班子还积极组织举办各类作家、各种体裁的文学评论会，评析、推介各种文学作品，为扩大作家作品的影响力摇旗呐喊，擂鼓助威。多次组织"文学进校园"活动，在广大青少年中间培养热爱文学、热爱写作的兴趣。20世纪90年代中，汕头大学邀请陈焕展主席讲学，陈主席因为太忙，问林继宗能不能替他去讲？林继宗说试一试吧。于是在繁忙中积极备课，准备成熟了，他便在汕头大学开讲关于文学创作的讲座。大会堂里学生坐得满满的，讲座过程中，多次爆发热烈的掌声，最后半小时的问答互动，气氛更加活跃。事后，陈主席欣喜地告诉林继宗：汕头大学打来电话，说老师和同学们对讲座的反映都很好，谢谢您！

1990年，翁小庆、张颜烈、黄育新等文友发起、成立汕头经济特区作家协会。张颜烈为首任会长，翁小庆为秘书长。林继宗多次应邀参加该会的活动，吸收特区青年作协的优秀青年人才进入市作协，还多次在《汕头作家报》上安排专门的版面，刊登特区青年作协会员的文章。

2002年，钟咏天、张颜烈、郑仰鸿（白梦）等诗人发起"诗言志"沙龙活动，吸引、聚集汕头市一批比较活跃的诗友。沙龙每月活动一次，其宗旨是吟诗论艺、沟通诗心、交流信息、促进创作。林继宗在百忙之中，多次抽空参加沙龙活动，献诗诵诗。

2003年，汕头市作家协会换届的时候，陈焕展主席因年事已高，多次向市委宣传部和市文联提出辞去市作协主席的请求，并坚决推荐林继宗接班，而林继宗始终认为陈焕展主席是汕头市文学界的一面旗帜，希望陈主席继续留任。在林继宗接任主席之后，作为名誉主席的陈焕展同志，继续真诚地、热情地、无私地支持作协新班子特别是林继宗主席的工作与创作。一旦发现他在省级以上报刊发表文学作品，便来电祝贺。当林继宗的多篇系列散文和系列文集获得全国征文大赛一等奖、特等奖和全国第二届散文精英奖时，陈主席很快写出很有分量的文学评论给予充分的肯定。其在《体物入微成佳构——读林继宗系列散文〈梦中慈母泪〉》一文中写道："我一口气读完了林继宗同志的系列散文《梦中慈母泪》。卒读这洋洋洒洒两万余言的长散文，倒不是因为它在全国《永恒的母爱》征文比赛中获一等奖，而是因为它亲切平易引起了我深深的共鸣。"他接着说，《梦中慈母泪》写母亲达到"体物入微，微中有味"的境界，"作家以自身的经验、感情乃至个性去咀嚼生活、体味母爱，使'这一个'母爱如皎月照临，深深地打动人心。""《梦中慈母泪》的另一个特点是'体物入微，微中寓情。''体物入微，表之以诗'，是《梦中慈母泪》的又一个特点。"最后,陈主席给予鼓励:"总之,《梦中慈母泪》是一篇美文,可供学习借鉴之处颇多。"

林继宗继任作协主席之后,顺应形势发展,加快作协的改革发展步伐。机制建起来,协会动起来;活动做出来,人才带出来。这几句话可以简单概括林继宗在汕头市作协主席任上结出的丰硕成果。人们评价一个组织,关键看它能不能做事,能不能成事。经过作协多年的努力,汕头的文学创作队伍不断壮大,会员人数由创立之初的几十人增加到现在近500人。先后有47人213次获得省级以上奖项,荣获的奖项包括秦牧散文奖、中国散文精英奖、新人新作奖等。每月一次的诗沙龙活动,每年4~6次的文艺采风,复刊出版了74期《汕头作家报》,都是作家们切磋文艺,交流经验,建立沟通、拓宽视野的园地。

1998年,由时任广东省文联主席刘斯奋倡导,在汕头市委统战部大力支持下,市作协开始设立了"桑梓文学奖",目的在于鼓励创作,奖掖汕头文学精品,激发广大作家的创作激情,活跃文坛,催生了一批文学新人和一批文学佳作。"桑梓文学奖"活动得到海内外爱国侨领和企业家的支持。首次桑梓文学奖由香港潮籍乡亲陈伟南先生捐助,命名为"伟南桑梓文学奖",于1999年颁发,由杨方笙等10位潮汕本地作者的10部作品获得。据时任市委宣传部副部长、市文联主席林小斌回忆,每届的桑梓文学奖都将冠上捐助者的名字,是市第八次党代会提出的"集侨资侨力促进汕头发展"这一思想的具体体现,以告诉更多的海外侨胞和热心人士,汕头建设文化大市,推动文化事业的发展仍然需要海内外潮人予以大力支持。

2001至2002年,第二届桑梓文学奖由香港潮籍乡亲张恭荣先生捐助,于2002年12月揭晓,谢惠鹏散文集《品涛集》等10位作者的10部体现潮汕地方特色的本土文学作品获奖。中国作家协会副主席陈建功、广东省作家协会等还专门发来贺电、贺信,希望汕头的文学创作获得重大突破,出现一批无愧于时代的、具有较大影响的精品佳作,为建设社会主义先进文化做出贡献。

2003年,林继宗跟随市委、市政府组织的代表团访问香港,拜会潮籍乡亲侨领。香港知名潮籍实业家、香港金源米业国际集团执行董事总经理林炯伟先生得知汕头有这么一项有益于文化事业发展的活动时,立刻表示要捐资，以表自己希望家乡涌现出更多文坛才俊的心愿。于是第三届"林炯伟汕头桑梓文学奖"便应运而生了。2004年8月，林炯伟桑梓文学奖颁奖大会在市政协多功能厅举行。本届文学奖评出了一批有代表性的优秀作品，蔡洪声创作的小说《潮汕恋人》获特别奖；陈焕展等创作的《粤海散文集》获一等奖，同时，还评出二等奖2名、三等奖5名。

2004年，由香港著名潮籍实业家、慈善家陈彦灿先生捐资5万元赞助的第四届"陈彦灿桑梓文学奖"启动。2005年5月，陈彦灿先生伉俪莅汕，并出席了在汕头帝豪酒店举行的"陈彦灿桑梓文学奖"颁奖大会。本届文学奖，林伟光创作的散文集《书边散墨》、张颜烈等创作的诗歌集《诗沙龙》获二等奖，王少辉创作的散文集《渐行渐远》等8部作品获三等奖。

2007年1月，市委统战部、市文联、汕头海外联谊会和市作家协会在龙湖宾馆举行"陈伟桑梓文学奖"颁奖活动。汕头海外联谊会名誉会长、香港知名潮籍人士陈伟偕夫人和市第十届政协副主席谢惠鹏、市作协主席林继宗等参加活动。陈伟先生及夫人为获奖作品的作者颁奖。经过评委们的精心评选，张泽华的报告文学《大潮的呼唤》和吴民耀的诗歌集《秋之光》获得特别奖，黄育新的文学评论《文化宽容与文学成功》和孙树源的长篇小说《白的世界》获得一等奖。

2010年1月，第六届"安福杯桑梓文学奖"颁奖，市政协副主席、文联主席谢铿和市作协主席林继宗等出席颁奖仪式并为获奖者颁奖。本届文学奖活动得到安福文化艺术有限公司的支持。安福文化艺术有限公司（安福楼）致力弘扬传统书画艺术，推动书画艺术交流与研究，展示中华传统绘画艺术的魅力。自2008年成立以来，多次成功举办中国近现代名家、当代著名画家精品展及个展，获得广泛好评。董事长程炳烨先生一向关心、支持文化事业的发展，受到文艺界的广泛赞扬。本届文学奖以弘扬主旋律、讴歌新汕头为主题，经无记名投票方式对参评的作品进行认真评比，评出《黄昏的鸟影》《迷失在城市边缘》《红月亮》《非人间》等10部佳作。

在作协主席任上，林继宗除了费心费力，设法筹款办好"桑梓文学奖"，还与市文联、中国联通汕头分公司、汕头广播电视台联合举办的"联通杯"汕头市首届文学创作大赛等多项活动。这些实实在在的实事好事，推动了汕头文艺界的空前繁荣。而这无一不凝聚他的心血与智慧。

　　林继宗认为，作协主席应该具有高度的社会责任感，不仅要不断拓展自己的创作领域，还要搭建平台，为其他作家，特别是青年作家提供良好的创作环境。作协就是要给作家以平台，让每一个个体都发挥自己的专长。他非常注重人才的培养，发扬了巴金倡导的"木柴精神"，燃烧自己，照亮他人。他奖掖后生，甘为人梯，为青年作者牵线搭桥，尽力当好文化义工的角色，乐意办文化公益事业，为推动潮人文学事业的发展做贡献。作为汕头作协主席，他除了推动本协会的发展，还积极向中国作协和广东省作协推荐优秀人才。在他的任上，汕头籍的中国作协会员由原来6人增加到15人，广东省作协会员人数由原来的13人增加到110人。借助这些作家，将潮汕文学向全国推广。

　　此外，林继宗还主动利用汕头作协人才资源的优势，帮助其他兄弟协会，共同推动文化艺术的繁荣发展。1991年，潮汕历史文化研究中心成立，林继宗在作协会员中组织了一批文化评论员，专门研究潮汕文化发展的规律和主导潮流，总结潮汕历史文化的优秀成果和成功经验，推动了潮学研究的发展。

　　2004年和2007年，著名作家丛维熙伉俪两次莅临汕头参观考察，林继宗以作协主席的身份全程陪同考察，与丛维熙伉俪一同参观了潮阳文光塔、海门莲花峰、澄海樟林港、汕头港区、汕头大学、潮州古城等历史文化古迹，向来宾介绍了潮汕独特的民风民俗和辉煌的文学成就，给远方的客人留下了深刻的印象。2006年2月，丛维熙致函林继宗，深情地回忆了两年前的潮汕之旅。"记得，几年前我做客汕头大学顺访沿海港湾时，是林继宗曾陪同我去参观的。我喜欢潮州汕头，在我的认知里，潮汕人有一种迎难而上的进击精神。这种精神既展示在前人远渡重洋的'红头船'上，更标写在当代潮汕人在家乡的土地上，建立起了中国第一个'文革'博物馆'。昔日潮汕人，乘'红头船'出海，挣脱了封建经济的窒息，去苦苦寻觅资本经济的积累，是个了不起的创举；今天潮汕的民间人士，以博物馆的形式，反思血腥'文革'给中华民族带来的灾难，又演绎了一曲令人肃然起敬的开拓者之歌。"

　　2009年6月，市作协举行第五届第一次会员代表大会，完成换届选举各项工作。林继宗得到全体作家的一致支持，顺利连任市作协主席。会上还举行了《风之原——汕头市改革开放三十周年文学作品选》一书的首发仪式，与会领导向辛镛等6位本市年轻作家赠书，以示鼓励。

2010年6月，由市作家协会主办、明园山庄协办的第三届中国诗人节"诗润岭东——庚寅诗人节·明园山庄踏青吟"在明园山庄举行。潮汕三市的作家、诗人、朋友和领导、嘉宾等近百人欢聚一堂。

在作协主席这个岗位上，虽然被大量复杂的事务缠身，但林老师能合理地安排自己的时间，取得了工作、学习和创作的三丰收。先后出版了中篇小说集《魂系人生》、诗集《魂系天涯》、散文集《魂系真诚》、评论集《魂系求索》和散文集《魂系神州》、长篇生态系列散文《魂系苍凉》、系列长篇小说《魂系潮人》等多部著作，均取得巨大的成功。他的作品先后获得中国散文精英奖、中国作家协会创作年会一等奖、庆祝建国六十周年中国当代诗词精品特等奖、首届中华之魂优秀文学作品征文一等奖、首届"星光杯"感动中华·全国大型征文活动优秀文学作品一等奖、全国征文大赛金奖、特等奖、一等奖，全国交通系统优秀小说奖、优秀诗歌奖、全国海洋文学优秀奖、全国水运系统优秀散文奖、秦牧散文奖、广东优秀报告文学奖、伟南文学奖、桑梓文学奖、汕头文艺奖等全国、部、省、市级文学奖65项。林继宗传略被多部中、外文学家传集。经世界杰出华人联合协会、世界教科文卫组织联合评定，荣获"世界孔子文学艺术奖金奖"，并被授予"世界孔子文学艺术和平大使"荣誉称号；荣获中国国际文艺家协会、世界华人文艺家联合会、国际知名文艺家联合会、中国当代文学研究会、中国传统文化研究会、中国国际国学院等授予的"中国杰出文化名人"、"国际知名文艺家"、"世界华人文艺先锋人物"、"中国当代文学之星"、"中华传统文化研究会高级艺术顾问"、"中国国际国学院名誉院长、终身高级院士"等荣誉称号。

21

俄国著名诗人、文豪普希金说过，"读书是最好的学习，追随伟大人物的思想，在别人思想和知识的帮助下，建立起自己的思想和知识。"几十年来，无论身处遍地腥云的艰难环境，还是面对席不暇暖的繁杂工作，林继宗先生总要想出办法，抽出时间，读书学习。他主动申请，先后到中国作家协会鲁迅文学院，中央、省委党校，北京经济管理学院，西南财经大学，交通部交通管理干部学院等学府进修。由于学习认真刻苦，多次被评为优秀学员。

20世纪70年代，随着改革开放，各种学术的限制和禁锢被打破，国民的视野和思想也从封闭走向开放。一次偶然的机会，林老师在汕头市图书馆借到几本关于心理学的书，仔细阅读学习。由此，也开始了他与社会心理学结缘的一生。

社会心理学是一种研究人类行为和心理过程的科学。它是涵盖多种专业领域的科学，既是一门理论学科，也是应用学科。社会心理学研究涉及认知、情绪、意志、气质、性格、能力、兴趣、人格、行为和人际关系、制度管理等许多领域，尤其是一般心理过程和个性心理特征。她对于研究人们的心理与行为都具有现实的指导意义。

但是在70年代，社会心理学的研究远没有现在这样广泛和深入，各种相关的书籍资料也非常难找，更没有相关的网络资源和搜索功能协助。林老师只能通过信函等古老的方式，托各地的亲戚好友帮忙寻找购买各种书籍。功夫不负有心人，经过多年多番的努力，他在社会心理学领域颇有建树，结合工作，认真钻研撰写各类论文180多篇，其中120多篇获全国、部、省、市级奖励等。

1982年，林继宗和蔡雁生发起、创办了汕头市社会心理学会。这又是一次艰苦的"创业"。30年来，他历任学会的副会长、会长，推动社会心理学为建设和谐社会做贡献。现在，社会心理学会有会员300多人，以教育界人士为主体，兼纳法律界、医学界等人士，其中中高职称占90%以上。协会的宗旨是开展社会心理研究和社会心理学常识的普及，服务全民教育，特别是青少年教育，为构建和谐社会，促进青少年身心健康，建设社会主义精神文明做出应有贡献。

20世纪80年代，林继宗从中央党校和中央团校学习回来后，多次深入潮汕四市的工厂、车间、高校，到生产和学习的第一线去开讲座、做报告、办咨询，帮助工人和学生自我调节，实现心理健康。讲座深受欢迎，事隔二十多年后，还有些听讲者记忆犹新。在他的领导下，社会心理学会每年都组织专题研讨，针对青少年自我意识发展的研究、企业竞争与合作问题、婚恋家庭中的各种社会心理问题、消费与广告心理、犯罪与执法过程中的社会心理问题、心理保健与医疗中的社会心理问题、人的社会心理因素与劳动安全、人才测评与干部选拔等社会热点问题进行心理研究，做了深入浅出的报告，为政府和广大的人民群众服务。他多次进行了专题演讲，深受欢迎和好评。他还把社会心理学理论和企业管理结合起来，协调好"人"与"制度"的关系，使汕头港实现行为科学、管理科学。

1995年，社会心理学会换届，蔡雁生会长卸任，林继宗在众人的一致推举下接任会长一职。这一干就是20年。

2008年11月，市社会心理学会在粤东高级技工学校会议厅举行换届大会，林继宗以年事已高、事务繁杂为由，希望能辞去会长一职。但理事会的所有成员纷纷挽留。最后，大会选举产生了新一届理事会，林继宗同志连任会长，陈瑞和同志当选为常务副会长、陈耀城同志当选为副会长兼秘书长。会上，举行了2007汕头市社会心理学会学术研讨会优秀论文颁奖仪式。市社会心理学会名誉会长、市司法局局长陈锡镇同志出席会议并讲了话，市社科联秘书长陈安裕同志出席了会议。

林继宗和陈瑞和是多年的老朋友，他们之间至少有三条纽带联结着——其一是汕头市社会心理学会，林继宗任会长，陈瑞和任法人代表与常务副会长，他俩优势互补，长年和谐相处，配合默契；二是两人同为老三届知识青年，同龄人，经历相似，对社会、对历史、对人生有许多相同的感受甚至于共鸣；三是两人都爱好学问，知书识礼，尤其热爱文史科学，都有专心向学向文的情结。由是，多年来两人友好共事，相敬如宾。

2010年12月，市社会心理学会在粤东高级技工学校会议厅举行"2010

年度学术研讨会"。会议通报学会工作情况，总结工作经验，开展学术交流，与会同志纷纷结合自己的工作实际，运用社会心理学、社会学、心理学的原理进行分析、研讨，以促进教育教学的改革与发展，促进青少年的身心健康。汕头大学赖小林教授作了赴四川汶川开展灾民心理咨询辅导的报告。会上，为2009年度学术研讨会38篇优秀论文颁发了证书。市社科联秘书长陈安裕出席了会议。

2012年12月，市社会心理学会2012年学术年会在粤东高级技工学校召开。会上表彰社会心理学普及先进单位11个，先进个人7人，表彰优秀论文47篇。林继宗会长作《领略苏东坡心境》的辅导报告。市社科联副主席郑依娜出席会议。

除组织专题研讨外，近年来，汕头市社会心理学会活动还积极参加市社科联举办的"社科普及周"等大型社科咨询活动；配合市教育部门开展心理健康教育骨干教师的培训，帮助学校应对较大突发事故，做好师生的心理健康疏导工作。会员们不仅积极做好社会心理学研究，开展心理健康教育实践，还积极参加汕头市政府和《汕头日报》合办的"我为市长献一计"征文活动、参加"汕头人精神大讨论"、参与向市人大送有关提案、赴四川地震灾区开展灾民的心理救助活动，协办《创意公益，暖心感觉——2011少儿公益明灯计划》活动，为构建和谐校园、和谐社会，促进青少年的身心健康，为建设社会主义精神文明，建设幸福汕头做出应有贡献。

谈及把社会心理学理论与企业管理的结合，林继宗深有体会地说："企业的发展，最重要也是最困难的是人的思想的发展和才智的发挥。因为落后的企业管理制度可以通过一次会议修改变革，但人的思想革新却是水滴石穿的漫长过程。员工盼望企业发展壮大，崇高的理想和美好的蓝图固然令人向往，但必须找到符合市场现状、符合企业和广大职工利益的正确道路。只有理顺好这些关系，才能使得企业和谐顺利地发展。"在企业实践中，他力主以人为本和以制度为基础相结合，取得了显著的效果。在繁忙的工作之余，他还将成功经验进行总结，撰写了《从系统论看港口工作格局》《试论构筑适合港口行业特点的管理人员素质层系》《从管理心理学看国有大中型企业的激励机制》《试论港口企业精神的层次及其培养》等数十篇论文。这些论文理论结合实践，具有很高的学术价值和现实指导意义，在学界和企业界引起广泛关注和学习。如他在《从管理心理学看国有大中型企业的激励机制》一文中明确指出：

由于大锅饭和铁饭碗的机制的存在，国有大中型企业对职工的激励过程在一定程度上受到了压制，蕴藏在职工群众中巨大潜力得不到充分的发挥，为了有效地调动广大职工的积极性和创造性，激发职工内在的驱动力，进而激活企业，我们必须从剖析激励对象入手，研究激励的基本思路，建立健全激励的综合机制。

接着运用学术理论进行分析：

管理心理学告诉我们：激励，指的是激发人的动机的心理过程，就是利用某种外部诱因调动人的积极性和创造性，也就是使外部的刺激内化为个人的自觉的行动过程。外部的、适当的、健康的刺激可以使个人完成目标的行为总是处于高度的激活状态，从而最大限度地发挥人的潜能。激发人的动机的心理过程的模式可以表示为：需要引起动机，动机引起行为，行为又指向一定的目标。当目标达到后，需要即得到满足，激励状态解除，随后又会产生新的需要。周而复始，直至人的生命终结。这个过程就是激励过程。

最后林继宗指出问题的解决办法：

激励目标的设置与管理应该是：第一，设置切实、具体的激励目标系列。企业除了总的激励目标（包括未来发展规划、整体经济效益、企业集体荣誉等）之外，对职工具有各个系列的激励目标，如工资奖金系列、评比荣誉系列、各种组织参与系列、行政职务级别系列、专业技术职务系列以及各种激励性的津贴补贴系列。这些系列必须形成系统，并注意具体落实。第二，激励目标的设置必须合情合理，行之有效。其合理性包括两方面：一是具有一定的难度，实现目标绝不是轻而易举的，职工必须努力发挥积极性、创造精神和业务能力；二是具有实现的可能，即明显的现实性。经过努力可以达到目标，取得成效。第三，让职工能动地参与目标设置，甚至自己确立目标。这有利于增强职工实现目标的信心。如有的职工自己设计通过培训或自学，几年后达到中级或高级专业技术职务水平，正当有益的目标应予支持。第四，注意激励目标设置的阶梯性。激励目标不仅要覆盖面广，而且应当是阶梯式的，以激励职工不断努力，分步实现。如对于25岁以下的青工来说，要入党，一般先争取入团。又如应引导和激励职工逐级晋升，力争实现高级专业技术职务的目标。阶梯式激励目标的设置，能使职工处于持续的激活状态之中，不断奋斗进取，并实现较高层次的目标。

《试析在商品经济条件下企业职工的几种心态及其对策》也是林继宗撰写的一篇重要的论文，文章运用当时心理学前沿的理论，对如何激发企业职工的积极性进行分析：

针对职工的心态，采取相应的对策，目的在于调动职工积极性，实现企业的目标。那么，什么动力才能使职工们朝着目标前进呢？这就是：内在动力，外界压力和吸引力。内在动力是指在社会主义制度下，职工具有正确的世界观、人生观和主人翁精神。这是职工积极性的决定因素。外界压力是指有形或无形地施加于职工身上的一种力量，它迫使人们不得不前进，管理中的许多措施，如批评、惩罚，竞赛都是一种压力，用它可以推动人们向目标前进。吸引力是指职工对目标或可能得到的东西有相当的兴趣和爱好时，这就对他产生了一定的吸引力，从而吸引他不断地向目标推进。管理中的表扬、奖励、奖金、荣誉都是这种吸引力。上述三种动力同时或交互发生作用，就能激励职工发挥自己的积极性和创造性，并努力实现企业制定的目标。

在论文中，林继宗还集合自己的工作实践，提出具体的建议：

为了鼓励员工的积极性，企业必须掌握以下原则：1. 以党的十三届四中全会精神和邓小平同志的重要讲话为指针，切实加强"一个中心，两个基本点"基本路线的教育；2. 坚持思想教育与物质利益相结合的原则；3. 责任制原则；4. 按劳分配原则；5. 认真加强社会主义精神文明建设的原则；6. 知人善任，起用人才的原则。在贯彻这些原则的基础上，采取如下措施：1. 经常掌握和分析职工的思想动态；2. 有的放矢地开展宣传教育和思想政治的工作；3. 充分发挥工资和奖金的激励作用；4. 关心职工生活，努力增加福利；5. 落实岗位责任制和其他规章制度；6. 爱才用才，把职工们尽可能安排到合适的岗位职务上去。

林继宗还把心理学研究和文学创作结合在一起，运用心理学的相关原理和理论，写出了中篇小说《对峙》《晚春》和大量的短篇小说、诗歌与散文。他后来创作的几部长篇小说也吸纳了大量的心理学元素。由于成绩显著，1988年，他被吸纳为中国社会心理学会会员，这在当时是很不容易的。他的传略还被收入《世界名人录》等多部中、外文传集中。

关于文学的心理学的关系，林继宗指出：文学是人学，心理学是心学。人学与心学的是"天赐良缘"人与心，即是"人心"。文学研究和表现人性，心理学研究和表现人的心灵。人性是心灵的标志和体现，心灵是人性的根本和核心。不懂心理学的作家不是高档次的作家。不擅长心理描写的作品是不够动人、不够深刻的。

为了说明这个问题，林继宗给我举了一个例子：在莫言的小说《人与兽》中，抗日英雄爷爷被日本军抓到北海道当劳工，一去茫茫，苦海无边。因为不堪折磨而逃入深山老林，靠捡拾野果和偷农民的农作物而艰难地维持生命。在茫茫无边的深山老林里，饥饿而孤独，罕见人迹。有一天，爷爷在玉米地里发现了一个农妇，便悄悄地接近她。猛然扑上去剖她的衣服。顿时，他那一串串复仇的肮脏的语言在耳朵里轰响：你们日本人奸杀了我的女人，挑杀了我的闺女，抓我当劳工，打散了我的队伍。我和你们日本人有不共戴天的血海深仇！哈哈，人算不如天算，今天你们日本的女人也落到我们中国人手中了！接下来，是淫秽的语言，爷爷满嘴的脏话。但是再接下来，爷爷钢枪一样的身体却突然疲软下来了。为什么？因为他看见了日本农妇内裤上缝着"一个令人心酸的黑布补丁"，击垮爷爷身体和心理的是那不堪回首的往事和令人心酸的力量，更是人类的良心与人性的力量。

林继宗分析："爷爷"那一刻是否产生了"己所不欲，勿施于人"的心理状态，读者不得而知，但我们可以猜出来，他的天性与人性并没有泯灭，相反，他始终保持着人性的良知。他不可能知道雨果这位法国大作家，但他同样具备了"个人之上是群体，群体之上是民族，民族之上是人类"的人道主义情怀。至于女人内裤上的黑补丁，它是世界上所有穷人家终生操劳的妻子们的共有之物，是至死方休乃至至死不休的女人爱心的象征，当然，它也是所有的军国主义者、野蛮的侵略者、贪腐权贵和为富不仁的歹恶之徒的罪恶证据。像这样的作品，我们能不为之震撼吗？我拜读之后，久久而不能平静下来，至今其深刻印象仍然难以淡化，难以磨灭。在莫言的大量文学作品中，他讲述了许许多多动人的故事，把人性写到人物的内心深处。他就是使心理学与文学共舞的大师。

艺苑
春秋

第六章

22

2008年夏，烈日炎炎，心绪切切。林继宗跟随广东省潮剧发展与改革基金会艺术委员会管善裕主任等专家，满怀景仰与诚挚之情，从汕头出发，专程驱车前往广州拜访慕名已久的吴南生先生。

穿过湖边翠绿的垂柳，叩开一所平常居屋的门扉，迎接他们的是满头银丝的南公！时隔三年，再见南公，86岁的老人家，还是那样硬朗健旺，神采奕奕。林继宗不禁心中暗暗敬佩，他的脑海里又浮现出印在潮剧基金会会刊《潮韵》第二期封面上的彩照：满树灿烂的红棉，映衬着银发童颜的南公。此时此刻，他正从封面上走出来，伫立门边迎接家乡的来客，满脸是祥和的微笑。

南公把宾客们迎进挂满字画的客厅。他的客厅面积不大，摆着简陋的使用多年的木沙发和竹藤椅，但那苍劲、豪雄、深沉而壮阔的书法分明在提示客人：这里的主人有着独特的风骨。

南公非常好客，拉着老朋友林继宗的手，带他到竹藤椅前，让他坐下。南公坐在旁边，高兴地告诉老朋友，前几年江泽民总书记来广东视察，到家里看望他，就是坐在这种竹藤椅上。这张椅子非常有纪念意义。

林继宗和吴南生先生第一次见面，是在2005年。南公莅临汕头视察工作，林继宗陪同市领导前往宾馆拜会南公。林继宗至今仍然记忆很深，在两个多小时的交流中，南公讲述了他当年创办特区的艰苦经历，讲述了他与地方戏剧——潮剧半个多世纪的情缘，让人始终深深地感受到他那求实的作风和超前的思维。

南公籍贯汕头市潮阳区，是林继宗的老乡。他1936年参加革命工作，1937年加入中国共产党。1944年赴延安中共中央党校学习。解放战争时期，跟随大部队南下，在广东省政府任职。1975年"文革"结束后，任中共广东省委常委、省委书记。1979年初，负责筹办广东省三个经济特区，兼任省特区管理委员会主任。他敢为人先，大胆探索，呕心沥血，为中国的改革开放事业做出了突出的贡献。

吴南生既是一位思路敏捷，富有远见的党政领导人；又是一位富有才华的作家、书法家、书画鉴赏家。他熟悉家乡潮汕的历史文化，对地方戏剧——潮剧尤有感情。在潮剧近40年的发展中，他是一位做过重要贡献的人。半个多世纪以来，南公就一直关注潮剧。他关心着体制的运作，队伍的建设，人才的培养，剧目的创作，内外的交流，一句话，关心潮剧文化的发展与繁荣。20世纪50年代初期，他担任中共汕头市市委副书记兼军管会副主任期间，便积极倡导潮剧改革。他关心潮剧艺人的政治地位和生活，与潮剧艺人交朋友，深受艺人爱戴。他倡议并参与编写的《潮州农民百年斗争史》，推动潮剧反映现实生活。20世纪50年代中期，他担任中共华南分局宣传部和中共广东省委宣传部长期间，积极组织潮剧两次到北京及上海等地演出。之后，又到香港及柬埔寨演出。这几次演出，由于准备充分，剧目精彩，队伍精神面貌好；加上宣传工作做得细致辞，使潮剧在京沪及海外的观众中，留下极好的印象。从20世纪50年代末至60年代中期，在短短的六七年间，他又组织并参与选定剧目，修改剧本，把《苏六娘》《荔镜记》《告亲夫》《闹开封》《王茂生进酒》《刘明珠》等剧目，拍成电影，发行海内外，使潮剧在国内外的观众面更广，影响更大，从粤东的一个地方剧种，成为全国知名的大剧种。

林继宗也因戏剧而与南公结缘。早年在海南生产建设兵团十师报道组兼任文工团编剧的时候，他就创作了大量的剧本，以反映知青积极向上的精神面貌和兵团热火朝天的建筑激情，主要作品有《半个馒头》《三爷俩》《大会战》《母亲》等。1974年出版的戏剧集《魂系椰风》，收录了他创作的20部剧本，包括独幕和多幕的话剧、歌剧剧本。因此，当吴南生和林继宗第一次见面，聊到了戏剧，便一见如故，相谈甚欢。

在第一次见面时，南公说，潮剧艺术历史悠久、源远流长，是深受潮汕地区广大群众以及海外潮籍华人、华侨喜闻乐见的艺术奇葩，是中华民族优秀文化宝库中一颗璀璨的明珠，是潮汕文化的重要代表，并传播于我国港澳台和东南亚、欧美等20多个国家和地区，是联结海内外2000多万潮人的文化纽带，是推动潮汕发展和建设和谐社会的精神动力。他曾多次热切地对省委有关领导谈及潮剧的振兴繁荣，希望建立基金会，通过切实有效的工作，促进潮剧的改革与发展。南公也希望汕头地方的党政领导和文艺界多做贡献，共同努力，振兴潮剧。

林继宗从小就喜欢看潮剧。六七十年前，乡下农村没有电视机、收音机等现代化电器。但农村有个习俗，逢年过节、游神赛会时候，总要请戏班下乡唱戏，或者请木偶班演出潮剧木偶戏。这几乎是当年乡下人唯一的文化娱乐生活。从小潜移默化的影响，使得林继宗成为潮剧的铁杆票友，至今还能哼唱出经典片段。

在与南公的第一次见面时，林继宗讲述了半个世纪前的一件往事。当时，为了鼓励儿子努力读书，考取高校，林母特意从紧张的家庭财政中挤出一点钱，带着一家人到大光明剧院看潮剧《万山红》。林继宗对这部戏印象深刻，因为不久后爆发了"文化大革命"，再往后林继宗又以知青身份到海南劳动，直到1979年，将近20年的时间，林继宗再也没有上剧院看过一部潮剧。林继宗迄今还清楚地记得，《万山红》是一出反映50年代我国农村合作化运动的现代剧，讲述万山村女村长王凤来，在县参加办社学习班后，把党关于农业合作化的指示带回村里，发动群众。与反动分子富裕中农王阿犀做斗争，组织了农业合作社，使万山村走上社会主义大道。

听完林继宗的讲述，南公开心地哈哈大笑。他问林继宗："你还记得，这部戏的作者都是谁吗？"

林继宗摇摇头，"当时戏院没有海报，没有字幕，连演员都不知道，更何况是剧本作者？"

南公笑得更开心了，"我告诉你，这部戏的作者之一，远在天边，近在眼前。"

原来，自1958年12月广东潮剧院成立后，时任广东省委宣传部部长的吴南生同志便时刻关心着潮剧的发展。不仅主持制定了《关于提高发展潮剧意见三十条》等纲领性文件，还身先士卒，亲自主持并参加创作、整理了潮剧剧本《辞郎洲》《续荔镜记》《万山红》《井边会》等50部以上。林继宗与吴南生的"潮剧缘"，至少可以追溯到半个世纪以上。

2006年11月，在省委蔡东士副书记的倡导和支持下，在潮汕各市党政领导的积极配合下，在基金会全体同仁的共同努力下，广东省潮剧发展与改革基金会宣告成立。基金会旨在弘扬中华民族优秀文化，振兴潮剧艺术，资助潮剧文化发展，推进潮剧文化的传承、改革与创新，促进潮剧文化的发展与繁荣，使潮剧文化在促进潮汕经济发展、建设广东文化大省中发挥更加重要的作用。

潮剧基金会成立时，正值林继宗年满60周岁，即将从港务局领导岗位上退下来。应基金会同仁再三盛情邀请，从2007年4月退休开始，林继宗到潮剧基金会担任秘书处主任一职（当时潮剧基金会未设秘书长一职，由秘书处主任主持日常工作）。这是一个全职工作的岗位，事务繁杂，经常要出差到潮汕各市及珠三角地区跑动，广泛联系各方贤达，却没有任何工资报酬。但林继宗依旧尽心尽力，为潮剧的发展贡献自己的一份热忱。

林继宗还利用作协主席的身份便利，组织作协中的潮剧创作与评论人才，创作剧本，评论潮剧，参与编辑了潮剧基金会刊物《潮韵》，设法扶植了多种关于潮剧创作与研究的书籍的出版。他还多次参与策划组织潮剧表演与比赛，关心揭阳小梅花剧团的成长，为潮剧的改革与发展培养和锻炼了一大批优秀人才。

回忆这段往事，林继宗还跟笔者讲述了一个故事：2006年，在准备成立潮剧发展与改革基金会时，蔡东士同志专门向南公征询意见。南公说，应该办的事，你们一定会都安排得很好，我只希望基金会一成立，有钱了，要尽快安排再出版《明本潮州戏文五种》这本书。《明本潮州戏文五种》是1985年由广东人民出版社影印出版的一部书籍，收录了在揭阳和潮州出土的两个明代潮州戏文《琵琶记》和《刘希必金钗记》和流藏在英国、日本、奥地利的明代潮剧本《荔镜记》《金花女》（附刻"苏六娘"）、《荔枝记》等五部明代潮剧古剧本，是研究中国古代戏曲史方面的珍贵文献，特别是填补了潮剧史籍的空白。但是，1985年到现在，二十多个年头过去了。现在，国内外都很难找到这本书。蔡东士同志听后很重视，立即安排各项工作，林继宗也参与其中。在各方的努力下，这本书在2007年7月再版问世。从正顺潮剧团登上中山纪念堂的大舞台、梅兰芳先生从日本带回明刻潮剧戏文，到基金会成立，重印《明本潮州戏文五种》一书，整整50个年头！这一段历史是很值得后人记忆的！因为这些历史积累沉淀，就是文化！

　　2008年，林继宗等一行人再次拜会南公，向他汇报潮剧发展与改革基金会的相关工作和成绩。南公听取报告后，连声赞颂，表扬基金会为振兴家乡戏剧做了很多的工作，也取得了令人瞩目的成绩。希望各位乡贤同仁继续努力，百尺竿头更进一步。

　　在第二次见面时，南公向林继宗讲述了潮剧一件鲜为人知的往事。1957年4月，在南公的多方争取、安排下，潮剧第一次晋京演出。在怀仁堂演出结束后，毛泽东主席说了一句："字幕好。"潮剧的字幕，其实也是吴南生开风气之先，大力提倡和督促，在当时全国的戏曲界中应该是最先进的，在他对潮剧的贡献中应该是非常重要的一笔。在南公组建省潮剧团的时候，就在编制上设幻灯书写和专职放映员，使广东省潮剧团成为第一个使用幻灯字幕的剧团。字幕对于潮剧的走向全国走向世界起非常重要的作用，因为是用潮州方言演唱，非潮籍的观众听不懂。当时，吴南生首先提倡潮剧演出时要打幻灯字幕，解决观众不懂潮语的困难，在他大力提倡和督促之下，幻灯字幕从此在潮剧界推行开来。在一次各县潮剧团长会议上，南公特意把幻灯字幕作为潮剧发展的问题之一在会上提出，他说："字幕是为不懂潮州话的人写的，是服务于剧情的，所以要讲究技术和艺术。打字幕的人一定要看彩排，要熟悉戏的节奏，要与演员的唱词道白配合一致，要与演员一起入戏。"其次，南公把字幕的书写作为书法来要求，1956年广东省潮剧团成立时，他特地从潮州聘请了一位工于楷写的书法家为剧团抄写字幕，为字幕的书写树立了榜样。1957年和1959年，潮剧两次到北京、上海等地演出，因为有了字幕而使京沪观众能看懂潮剧，而且由于字幕书写精美，与剧情表演配合一致，也使观众叫绝，评论叫好。1960年潮剧首次出国到柬埔寨演出，不但打中文字幕，还把所有演出剧目的剧情和主要唱词道白译成柬文，演出时，一边中文、一边柬文字幕，更是征服了柬埔寨的观众！吴老把潮剧字幕视为精美的艺术品，现在他家里还有当时潮剧团的写书幕的同志送给他的作品，作为鉴藏大家的吴老，说这也和他的众多藏品一样，是他喜爱的书法艺术品。

　　南公不仅是一个著名的书法家、鉴赏家，更是一个大慈善家。1996年4月，"吴南生藏现代名家书画拍卖会"在汕头市举行，是国内首次为教育事业筹集资金的个人藏品专场拍卖会，共筹资420万元，用于汕头市潮南区新建一所小学和扩建一所中学之用。2007年11月，吴南生先生又捐出自己收藏的文徵明、董其昌、张瑞图、王铎、刘墉、郑板桥等名家佳作73幅，在广州白云国际会议中心举行慈善拍卖会。书画珍品全部拍卖成交，共筹得善款1300万元。这是吴南生第二次为教育慈善事业筹款而大规模拍卖藏品，拍卖所得也将用于支持农村教育事业。此外，南公还多次将他几十年收藏的大量名家字画捐献给广东省博物馆、汕头市博物馆等文化机构，多次举办"吴南生捐赠书画展"，文化惠民。

回忆与吴南生同志交往，林继宗说："南公对潮汕经济、社会、文化等多领域全方位都有突出贡献。但我最为敬佩的，是他敢为人先的作风。南公非常喜爱龚自珍的一句诗'但开风气不为师'。他说：'我只开风气，你爱听也罢，不听也罢，反正我不当谁的老师。'现在中国步入了深化改革开发的元年，面对新的复杂的形式，我们需要的正是这种求实奋进的态度和敢为人先的作风。"

23

1990年7月，时任广东省政协主席的吴南生和时任汕头市委书记的林兴胜联合发起倡议，筹办潮汕星河奖基金会，宗旨为"奖掖潮汕佳子弟，造就银河摘星人"。1991年2月25日，潮汕星河基金会正式成立，同时举行首届"潮汕星河奖"颁奖典礼。星河奖迄今已颁奖25届，影响力越来越大，被誉为"潮汕青少年诺贝尔奖"。

"星河奖"的诞生，有着深厚的历史背景和现实因素。一万多平方公里的潮汕平原，素有"海滨邹鲁"的美称，自唐朝韩愈贬潮后，大力兴学，因而一千多年来，潮人俊彦不断、人才辈出。如今，怀着"振兴华夏，繁荣桑梓"赤子之情的海外乡亲深深体会到，青少年是国家的活动源泉，是国家未来的栋梁，发展与腾飞靠的是对人才的培养和发掘。因此，他们在故乡兴办教育和培育人才方面，更是慷慨解囊。

"星河奖"的诞生，最离不开的是广大海内外乡亲特别是企业家的支持和参与。香港的陈鸿琛老先生闻讯"星河奖"的酝酿，就连连称赞这是好事，并第一个把200万港元捐给基金会，成为创立潮汕星河奖的第一个积极支持者和参与者。在第二届潮汕星河奖基金会理事会上，当听说要增设"星河奖获奖大学生助学金"时，名誉会长陈伟南先生率先倡议每年再捐人民币10万元，马上得到与会人员的热烈响应。第九届国际潮团联谊年会期间，许多潮籍乡亲获悉星河奖有关情况后，大加赞许，纷纷响应，张恭泰先生以蚁美厚纪念基金会的名义捐献100万元人民币，其他潮团和海外人士也陆续认捐。后来，潮汕文学院外籍名誉院长、新加坡著名侨商蓉子女士也给星河基金会捐款100万元人民币。众多乡贤慷慨资助，为"星河"事业不断地倾注了新的活力，为办好"星河奖"提供了厚实的资金基础。

1998年，林兴胜同志卸任广东省政协副主席，但他依旧关心、支持汕头港口的建设与发展，多次亲临港区视察、指导工作。温锡通、林继宗等港务集体领导班子的成员陪同视察，并向老领导详细介绍了近年来汕头港发展的情况。港口紧紧抓住改革开放的重大历史机遇，以前瞻的科学规划、先进的建设理念、超前的市场意识和清晰的发展思路，开创了发展的新局面，已初步形成了布局合理、门类齐全、配套设施完善、现代化程度较高的港口集装箱运输体系，集装箱码头的软硬件设施已经接近国内一流水平。老领导们对汕头港近年来取得的成绩给予充分肯定，对其服务企业、扩大出口的做法给予好评。

视察中，林兴胜同志向港务集团的领导班子表示，由吴南生书记和他发起筹办的潮汕星河奖基金会，近年来发展态势良好，先后奖励了八批优秀的潮汕青少年才俊，帮扶了数百个寒门学子完成学业。汕头港的改革发展，离不开汕头人民的支持；汕头港发展的成果，也应该惠及家乡的老百姓。浓浓乡情报桑梓，致富不忘家乡人。希望港务集团向星河基金会捐资助学，热心公益，承担起一个大企业的社会责任。

听到书记的指示，大家都点头赞同。事后，经过董事会讨论通过，汕头港务集团向潮汕星河奖基金会捐资人民币65万元，用于关爱和奖掖潮汕佳子弟，培养未来的接班人。

时间到了2005年9月的一天，时任汕头港务集团副董事长的林继宗，正在办公室里忙碌着。突然间手机响了起来，他拿过来一看，是时任澄海市委书记的罗仰鹏的电话，便接了，说："罗书记你好。"

罗仰鹏书记在电话里邀请他，并通过他邀请时任港务集团董事长温锡通同志，第二天到他办公室茶叙。

林继宗答应了，他隐隐感觉对方可能有事要吩咐，便顺口问了一句，"罗书记还有什么事情要交代？"

罗书记没有正面回答，只是说："具体事情，见面再谈。"

温书记和林继宗提前15分钟到达约定地点，以示尊重。进入办公室，他们发现，在座的除了老朋友罗仰鹏书记，还有广东省政协原副主席林兴胜等老领导。

罗仰鹏书记是广东饶平人，历任汕头市国土房产局局长、澄海市委书记、潮阳区委书记、汕头市委常委、常务副市长。他一向关心、支持文化公益事业，在繁忙的政务工作之余，亲力亲为，推进慈善文化建设，促进各项文化公益活动快速发展，服务民生，服务社会。.

主人起身迎客，双方客套寒暄几句，彼此落座。

林兴胜主席向温锡通和林继宗详细介绍了潮汕星河奖基金会这些年的发展情况，已经举办的大型活动和取得的重大影响，以及今后的发展计划。老领导也讲到，由于受到各种因素的影响，近来基金会筹资困难。个别侨领允诺捐赠的资金，迟迟未能到位。所以希望汕头港务集团再度慷慨捐款，资助基金会的公益事业。

未几，罗书记也做了动员，"星河奖基金会推动社会关心青少年健康成长，奖励各方面有突出成绩的潮汕优秀青少年，做了大量的工作，政府也一直予以支持。港务集团作为汕头国有企业的龙头老大，应该起表率作用，资助文化公益事业，这是回报家乡、回报社会的重要举措。"

温、林两人对视了一眼，沉思片刻，林继宗开口了，"我们一直认为，作为一个国有大企业，资助慈善公益事业，是企业一种社会责任。温书记和我一定尽力支持基金会的建设。但是按照规定，企业出资需要经过董事会讨论，表决通过。这事我们现在还拍不了板。"

林兴胜主席和罗仰鹏书记满意地点点头。临别的时候，他们还特意嘱咐，"老林啊，你是港务集团副总，董事会讨论时，你一定要多说几句，尽力争取啊！"

第二天上班，林继宗便起草了一份议案，提交董事会讨论。议案具体列举了多点理由，建议港务集团向潮汕星河基金会再次捐资100万元。

没想到，这份议案砸在董事会遇到一些阻挠。有的董事提出，虽然港务集团家底殷实，但受经济大环境影响，出现暂时性的经营困难，不同意现在抽出资金作慈善捐赠。也有董事提出，资助公益事业是好事情，但是现在集团资金流动紧张，加上前一次已捐助65万元，这次100万元的数目过于庞大，可以考虑再资助35万元。众说纷纭，导致这份议案在第一次董事会上没有通过。

"诚以待人，实以办事"，这是林继宗几十年来一直坚持的作风。会后，他根据实际情况，分别约见了几位提出反对意见的董事，耐心细致地做他们的思想工作。动之以情，晓之以理。经过他的努力，该议案在第二次董事会上得以全票赞成通过：汕头港务集团第二次向潮汕星河基金会捐资100万元。

为了星河奖基金会的发展，林继宗不仅想方设法为其筹款，更身体力行，以基金会荣誉主席的身份，年年排开繁忙的工作日程，亲自参加基金会的理事会议。为每一届星河奖活动的顺利举办，出谋划策，排忧解难。

正是有了海内外乡亲、企业的支持赞助，潮汕星河奖得以迅速发展完善，设立了品德、学业、科技、文学艺术和体育等五个奖项，每项分设特别奖、特等奖、一等奖、二等奖和三等奖。规定每年评选一次，奖励符合评奖标准的7至20周岁的青少年。如今，星河奖已成为潮汕广大青少年奋发成才、成绩与荣誉的标志，得到海内外一致的认同和赞誉。

近年来，星河奖基金会自身的建设与发展也越来越快。在最高机构理事会的下面，设有评审委员会、财务委员会、秘书处、助学金委员会和监督委员会五个机构。工作人员中有的是全职，有的是兼职，但他们有一个相同之处，那就是工作认真细致，辛勤忘我。对于资金的来源和管理，他们严格管理，分毫不漏。不仅经常请国家的审计机关对基金会的财政进行审计，并且每年一次的理事会都少不了一份精确、明晰的财务报告。而在日常处理事务的时候，理事会成员们更是坚持不乱发一分钱，能省就省的原则，开会时清茶一杯，糖果自己带，工作餐自己掏钱。这种不计回报、不计酬劳的无私奉献精神，得到了海外乡亲的完全信任，他们由衷地说："钱交在你们这里，我们放心！"

在评审过程中，工作人员更是坚持原则。潮汕星河奖基金会评审工作委员会由理事会聘请专家、学者组成，下设品德、学业、科技、文学艺术和体育五个专业评审小组。评审过程中层层把关，仔细核对，验证有关申报材料，有时还派专人深入申报单位调查、了解、取证，最后在全市各家报纸、电视台公布。评审的结果做到了公正、严肃、准确，深受社会好评。"高标准、严要求"的评审原则使星河奖的严肃性、权威性得到了可靠的保证。

"十年树木，百年树人"，星河奖评审委员会对获奖者不仅要求学业、科技、文学艺术、体育等方面表现出色，而且要求获奖者应具有高尚的道德品质和美好的情操，从而弘扬一种良好向上的社会风气。所以历届潮汕星河奖都十分重视品德奖的评选。星河奖要培养和引导的是争当永远闪亮的"恒星"，而不是转瞬即逝的"流星"，因此，星河事业在社会各界人士心目中具有相当大的分量和影响力。

潮汕星河奖创立20多年来，有力推动了潮汕地区的精神文明建设，它，凝注了多少人的心血，又牵动了多少人的心思。正是有了像林继宗这样可敬的育"星"人，他们的奉献精神有如一股源泉，鼓励着越来越多的人去为星河事业添砖加瓦，出钱出力！

24

"一心装满国，一手撑起家。在世界的国，在天地的家。我爱我的国，我爱我的家。国是荣誉的毅力，家是幸福的洋溢。国的每一寸土地，家的每一个足迹。国与家连在一起，创造地球的奇迹。"这是大家耳熟能详的歌曲《国家》。每次听到这首歌，林继宗就会想起他的老朋友，泰籍潮人侨领、泰国华人作家协会副主席、泰国真宜珠宝公司负责人郑若瑟先生。

郑若瑟，笔名清锣、文兴，1937年5月出生于潮阳的一个小商业家庭，与林继宗是同乡。郑若瑟的父亲经营布业，坚持诚信经营的原则，薄利多销，因此生意越做越好。有时子夜一点，便有出海捕捞归来的渔民敲门买布。小时候他随父亲住在布店，帮忙生意，耳濡目染之下，也养成了诚信待人、热心助人的好习惯。和林继宗一样，郑若瑟从小喜欢看书学习，虽然店铺事情繁多，只要有空闲时间，他就读书。他读了很多古典小说，养成了对文学的浓厚兴趣。

改革开放后，郑若瑟选择到泰国投亲、发展。初到国外，人地生疏，语言不通，生活和工作都遇到很多困难。白天，他要到服装厂去上班，负责面料辅料检验、制作纸板和样衣、推算尺码版本等多项工作。晚上他还要去学习简单的泰语，以便与当地人交流。为了多赚钱养家糊口，星期日他也主动要求加班干活，但是他从来没有从服装厂拿过一件衣服自用，哪怕是废弃的样品或次品。几年后，他把妻子和女儿芦生、羌笛、树远，儿子树丰、胡茄先后接到泰国，一家七口团聚。在泰国，一家人起早摸黑，摆地摊，做临时工，聊以维生；也在艰难的环境中沿袭着潮汕人勇于拼搏的精神。待郑家子女成年后，先后独立创办了服装、机械、珠宝公司，在经营上互相支援，解决创业资金短缺、资本周转困难等问题，事业发展越来越好。生意中，儿女都传承家父经商的宗旨：薄利多销、讲信用，获得代理商和用户的广泛信任和赞誉。

林继宗和郑若瑟第一次见面，是在20世纪末。当时，应汕头市委、市政府的邀请，泰国潮籍侨领组成访问团，回乡参观考察，洽谈合作项目。访问团一行考察了汕头港，林继宗以港务集团副董事长的身份接待并宴请了侨领们。宴席上，林继宗和郑若瑟一见如故，他们聊乡谊、聊文学，有着说不完的话。郑若瑟告诉林继宗，在泰国三十多年间，虽然平时工作、生活实用的是泰文，但他从来没有忘却潮汕话，没有忘却中文。只是苦于没有时间和精力写作。现在，随着儿女们成家立业，家庭生活安定，自己再无后顾之忧，便重温旧梦，提笔写作。一开始对自己的创作总不是很自信的，幸运的是其第一篇微型小说便获报刊编辑录用，大大鼓舞了自己的信心。他自觉写作水平低，遵从古人"勤可补拙"的教导：有空便勤于写作；又多读名著，多参加研讨会，吸取专家的指导，充实自己，提高能力。功夫不负有心人，自己的微型小说作品多次发表、转载于中国大陆、香港以及美国、东南亚各地报刊，并入选各种选集与特刊，还获得微型小说优秀奖、飞鹰杯奖、文学原乡奖等海内外文学奖项。身兼汕头市作家协会主席的林继宗闻讯非常高兴，盛赞郑若瑟为潮汕文学在海外的传播做出了贡献，鼓励他继续坚持用中文写作，并期盼他有更多更优秀的作品面世，为潮汕文学增光添彩。

临别之际，两个文友互留了联系方式。遗憾的是，汕头曼谷之间远隔千里，加上后来泰国发生了几次军事政变，局势持续紧张不安，导致林继宗和郑若瑟之间的联系暂停。

2006年9月，应汕头市外事侨务局的邀请，郑若瑟组织新马泰等东南亚诸国老中青三代作家、企业家数十人，组成访问团，回潮汕故乡寻根、采风。林继宗以作协主席的身份热情地接待了访问团一行，陪同他们参观了汕头港等地，举行文学交流座谈会。宾主双方还互赠了书籍和牌匾，增加彼此间的了解和友谊。

在座谈会上，林继宗高度评价了郑若瑟的微型小说。"你之前邮寄给我的几本小说集，我都认真地看了。小说创作题材切入泰国生活，关注整个泰国社会和泰国本地居民。泰国以佛立国，《教诲》《天理助忠厚》《自食恶果》《无巧不成书》《换人》等作品，都以形象的故事诠释了佛学的理念，宣扬了'善有善果'的佛学教义，鼓励人们改恶从善，多行善举。这都是有积极进步意义的。你的小说作品题材倾斜和介入佛学理念，表明你这个移民已经融入了泰国社会，熟悉了当地社会的思维和生活方式，从而使他的微型小说更具有泰籍华人的创作特色。"

2013年，林继宗在辛镛等潮汕文学院同仁的协助下，组织了首届国际潮人文学奖。海外的文友帮忙，广为宣传发动。郑若瑟通过间接的途径得知此事，便设法与活动组委会取得联系。几经辗转，他将自己的新作《请勿打扰》寄到汕头，作为参赛作品。这部作品将视觉投向生活的细节部分，以"情"字为核心或链条来毕现世间百态，在短小的篇幅中展示跌宕的情节，得到评委们的一致好评，被评为"首届国际潮人文学奖·小说奖"。

2014年4月，首届国际潮人文学奖在汕头举行隆重的颁奖典礼。此时郑若瑟已是年近八旬高龄的老人，加上腿脚长期患病，行动极为不便。但听闻家乡举办重大的文学活动，十分高兴，不顾自己年事已高，克服腿脚不便的困难，由他的儿子郑树丰陪伴和护送，排开繁忙的商务活动，专程奔波万里，从泰国曼谷赶回家乡出席活动，感动所有的文友和乡亲。

林继宗听闻老朋友再次回乡，同样非常高兴。他专程到机场迎接远方的贵宾。在潮汕机场，两个文友久别重逢，双手紧紧地握在一起，四个手臂因激动而微微颤动着。这温馨的画面，感动了现场所有的人。

林继宗邀请郑若瑟到办公室，并亲自泡工夫茶款待客人。喝着故乡正宗的工夫茶，郑若瑟说，虽然一直身处异国他乡，但他的心却紧紧与家乡连在一起。在泰国这么多年，他依旧坚持潮汕人的生活习惯。在公司里，他每天都泡潮州工夫茶待客。往来宾客中，既有生意上的朋友，也有年高的同学、乡亲。大家都喜欢到他那里品茶闲谈、畅叙乡谊。

郑若瑟向林继宗展示了他位于泰国曼谷市区的办公室的相片。林继宗看到，办公室里悬挂着多幅中国书法条幅、字画，硕大的"福"字挂在房间正中央，特别显眼。艺术橱柜中陈列着中国工艺品。郑若瑟特别指给林继宗看，橱柜里面是他特意收藏的潮州瓷器，特别是工夫茶具。闲暇时候，他就把玩这些瓷器，排遣思乡之情。郑若瑟虽然侨居海外近50载，但是房间布置仍散发着浓浓的华夏文化特别是潮汕文化气息，这让林继宗非常感动。

郑若瑟还跟林继宗透露了自己搞创作的一个小"秘密"。由于到他办公室做客的人络绎不绝，人多话也多，所谈的故事题材丰富，郑若瑟便通过整理而成篇，创作了大量的微型小说。多年来，他已经结集出版的微型小说集有《情解》《情哀》《情结》《情味》《情债》《情真》及散文集《情浓》等多部。郑若瑟还谦虚地说，这些书推出来，自己心里面是没有什么底，希望方家不要见笑。

林继宗将自己最新出版的诗化散文式系列长篇小说《魂系潮人》四部曲赠送给郑若瑟，并与老朋友分享了自己多年的创作心得与体会。林继宗说，不论历史如何演变，社会如何发展，文学作品题材的选择还是有其规律的。作家还是要写自己最熟悉的人，写最熟悉的生活，这是首选，也是优选法使然，就像福克纳构建的"约克纳帕塔法镇"，莫言构建的"高密东北乡"。潮汕是我的故乡，我热爱生我养我的故土，热爱生于斯长于斯工作于斯的汕头市，她是我最熟悉的城市。我的文学之魂就附着在汕头市的净土之上。我也热爱生我养我的潮人，热爱生于斯长于斯工作于斯的潮人社会，潮人社会是我最熟悉的社会。潮人，一生一世的恩人；潮人，一生一世的亲人；潮人，一生一世的情结；潮人，一生一世的文缘！几十年来，我写诗，写散文，写小说，从不曾辍笔。多少年了，面对"潮人"这一重大题材，总想写厚重一些的作品，首选当然是长篇小说，最好是系列长篇小说。今天，我实现了自己的梦想，创作以潮人为题材的四部系列长篇小说。这部书着眼于潮人世界，着眼于潮人文化，着眼于潮人人物。有人说他是潮汕文学的"百科全书"。

林继宗告诉郑若瑟，作家活在他的作品之中，而作品又活在读者心中。只有读者，只有在时间隧道上前行的读者，才握有评判作家的标尺。我们只需要写属于自己心中的作品，并且以对读者负责的强烈责任心，努力写好每一部作品，这就足够了。出版之后，就将作品虚怀若谷地交由读者们去披阅、去评审、评判，自己不必担忧或惶恐。郑若瑟连连点头称善。

临别之际，林继宗口占友人的一首诗赠予文友，并互相勉励："人生七十古来稀，于今八十不觉奇。能诗能文解百惑，登山涉水免扶持。日写五千等闲事，年成一书未脱期。发奋忘忧不知老，乐天知命登期颐。"两个老朋友约定，各自努力，各自珍重，待若干年后，再次相逢。

25

宋朝陈尧佐曾写过一首诗《送王生及第归潮阳》："休嗟城邑住天

荒，已得仙枝耀故乡。从此方舆载人物，海滨邹鲁是潮阳。"这首诗客观地写出了当时潮阳地区文采风流、名人辈出的景况。

潮阳位于潮汕平原西北角，自晋隆安元年（公元397年）置县迄今，近两千多年，文风蔚盛，引人瞩目。当代潮阳也涌现了一大批乡贤。

张速平，1962年8月生于广东潮阳一个普通的农民家庭，也和林继宗是老乡。可惜他"生不逢时"，诞生于灾害连年、饿殍枕藉的荒凉岁月，成长在风雨如晦、蜩螗沸羹的"文革"年代。艰苦的时期，艰难的生活，使他很早就懂事，帮忙家长承担了家庭的责任，也锻造了他坚毅诚信、热心助人的品格。求学之余，"风霜雨雪搏激流"，正是他少年生活的真实写照。

党的十一届三中全会以后，改革开放的大潮逐步席卷全国。潮汕地区正处在祖国改革开放的最前沿，得风气之先。在改革开放大潮的冲击下，张速平也开始下海经商，先后创办了潮阳县谷饶上堡印刷厂、汕头市创业实业有限公司、汕头市金泰兴信息咨询有限公司、汕头市荣兴盛织造有限公司。

创业之路并非一帆风顺。90年代初期，张速平可以说是一无所有——既没有资金买原料，也没有人手搞生产。所幸张速平脑袋灵活，平时待人诚实守信，取得很多乡亲朋友的信任和支持。大家群策群力，终于使企业有了起色。

俗话说"商场如战场"，面对市场经济竞争的激烈，虽然大部分企业能信守商业道德，但也有坑蒙拐骗之徒，让人防不胜防。2011年，某不良商户拖欠荣兴盛织造货款人民币7万多元无力偿还，萌发了欺诈货物、携款潜逃的念头，遂向荣兴盛织造再订了货值人民币97000元的货物，并虚假许诺货物收妥后将连同以前拖欠的货款一起结清。公司业务人员一时不慎，被人设局诈骗。面对损失，张速平却没有过多责备、为难业务人员，表示愿意自己承担全部责任和全部损失，因为他一直信奉潮汕人的古训："识人则发，识钱则死；亏人是祸，亏己是福。"张速平的这一表态，感动了公司所有员工，大家更加团结一心谋发展。所幸2013年骗子被抓获归案，欠款也被悉数追回。

俗话说"百年大计，以人为本"。张速平高度重视人才梯队建设，荣兴盛织造多次积极响应市政府号召，参加优秀青年人才见面洽谈招聘会。

张速平亲自带领公司管理人员现场选贤，以"劳动的乐土、致富的园地、事业的舞台"等人才培养理念吸引了众多英才加盟，取得了丰硕的人才引进成果，推动企业快速、持续的发展，也为地方落实就业再就业问题提供了帮助。

公司发展越来越好，个人财富也日益增长。但张速平并没有考虑如何享受生活，他时刻关心着家乡父老的实际困难并经常协调矛盾纠纷和解决社会利益矛盾，如谷饶镇原老直街的拆迁改造，都离不开张速平的默默付出，博得群众的赞誉。谷饶镇原属农村地区，基础教育整体发展水平低，与城乡存在着巨大差别。特别是幼儿学前教育，全镇婴幼儿人数大，但幼儿园数量少，优质幼儿园更少，求学远、上学难的问题突出，当时上级要求谷饶在两个精神文明建设中要设一所镇级中心幼儿园，在时任镇委书记朱乔德同志的提议下，让张速平完成这项任务。了解到这些情况后，张速平毅然拿出个人积蓄，创办了谷饶镇中心幼儿园。他亲自起草申请报告，到镇政府提交相关材料；亲自跑消防大队、防疫站、教育局等部门，办理各种合格证、许可证。他亲自参与教师的挑选、设备的选购及制订幼儿园运作程序等一系列具体的工作，确保幼儿园顺利招生、运转。幼儿园现位于谷饶镇镇区中心地段，占地面积2000平方米，有宽敞的活动空间，阳光充沛。幼儿园注重幼儿素质的培养及智能的开发，拥有多媒体教学及多种特色教育模式，为孩子的健康成长保驾护航，成为幼儿茁壮成长，健康快乐学习的理想乐园。该园是潮阳市（区）一级幼儿园，十七年来一直被评为先进幼儿园，并与汕头市魏跃舞蹈艺术传播中心合作开设幼儿舞蹈培训中心，2014年被评为广东省校园绿色餐饮示范单位。张速平为家乡做了这件大好事，赢得乡亲们的赞誉，他也先后被汕头市妇女儿童工作委员会、潮阳妇女儿童工作委员会、潮阳儿童福利会授予"热爱儿童"先进个人光荣称号。

三江汇流，奔腾如海，是潮汕地区江河水系最大的特点。蜿蜒曲折的韩江，河深水清的榕江，曲折似练的练江，哺育了无数的潮人俊彦，孕育出千年的历史和传说、艺术和文学，构成的潮汕文化在世界上焕发独特的光彩。

但是，随着工业化时代的到来，特别是20世纪90年代之后，大量工厂见缝插针立在练江两岸。这些工厂大部分都没有经过环评，更没有得到审批，而练江沿岸因历史原因导致工业布局散乱，更使黑厂肆意运行。另一方面，练江沿岸潮南、潮阳两地人口超过350万，是中国乃至全世界人口最密集的县区，每天产生的垃圾不可估量，然而潮南和潮阳至今没有一个合格的垃圾无害化处理厂。沿岸居民早已习惯直接将生活垃圾甚至废弃家私扔进河里，多年无人过问。

如今，练江已变成一条"臭名昭著"的河流。走进江边，一股浓浓的腐臭味就从黑如墨汁的河道里弥漫上来。原先水波荡漾的江面上，翻滚着千奇百怪的垃圾，有死猪、烂床垫、废布料、花花绿绿的塑料袋。更多的是水浮莲，满河地漂，到处都是。

这些情况，让身兼潮阳区谷饶镇水利所所长的张速平看在眼里，急在心里。

水利所长，其实是个苦差事。汕头位于海滨，夏季经常遭遇台风袭击，发生强降雨天气过程的频率也很高。每年进入汛期以后，张速平就要带头进入24小时值班状态，随时关注气象雨情信息，认真做好值班记录，使各类信息报送工作做到了及时、准确、无误。一旦发生灾情，不管是白天还是夜间，无论是上班时间还是节假日，他都会带领全体工作人员在第一时间内赶到现场参与抢险救灾，配合政府相关部门，力争使人民群众生命财产损失降到最低。当解除险情后，他又立即组织技术力量，筹集资金，对险工险段进行加固处理，解决群众的受灾之苦。

水利所虽然人手不多，职责却不小。它承担着防洪、防风、抗旱、河道围堤治理和防护、防洪区和防洪工程水利设施的管理等行政职能。"火车跑得快，全靠车头带"。在所长张速平的带头垂范下，水利所的干部职工相互尊重信任，团结协作，作风深入，高效务实，深受广大干部群众的拥戴，成为一支富有极强战斗力的团队。

张速平把大力发展民生水利作为重中之重，在职权范围内解决民生水利问题。一是进一步强化防洪工程建设，实施了几段河堤达标建设，提高其防洪抗灾能力；加快推进了病险水库除险加固建设，消除了部分病险隐患，恢复了水库蓄水功能，保障了人民群众生命财产安全。二是加强了小型农田水利设施建设，发动群众新建排灌站、蓄水池等农村小微型水利多处，整治与改造灌区干渠，改造隧洞，为新农村建设创造了良好条件。三是争取上级支持，强化水土流失治理，加强了重要河流的综合治理，力争营造了和谐文明的水生态环境。

自从上任的第一天起，他心头还牵挂着重要的一件事，就是练江流域环境污染综合整治。他深知练江污染已沉疴多年，沿岸各类生活垃圾、工业废水废渣等汇入练江，化成污泥淤积河床。长年累月的淤泥让河床不断加高，河道淤积，导致行洪受阻。一旦发生洪水，万顷良田将变成泽国。但练江流域宽广，大小支流17条，涉及问题众多，不是一个镇水利所长的职权能解决问题的，需要上级部门组织管理与协调。

多年来，张速平三次提出议案，希望引起政府重视，投入人力物力，治理练江流域。他指出，应该扎实开展水利基础设施建设及内河涌整治工作，加速相关河道改造、内河涌护岸及清淤疏浚治理工作。通过对流域的综合整治，有效改善水质。他同时指出，交通、水利、环保、市政、林业等多部门应该联动，加强管理，阻断污染源，把高污染低价值的工场关停搬迁。为此，他多次奔波于广州、汕头等地，不辞劳苦，多方、多渠道争取落实项目资金。

在张速平的不懈努力下，练江的治理引起了省市两级政府的重视。2001年，广东省制定了《练江流域水质保护规划》，提出至2010年前将劣Ⅴ类水质提高至Ⅲ类标准。2011年，汕头市《练江流域"十二五"水污染综合整治方案》发布，计划到2012年底，做到工业污染源达标排放。

遗憾的是，由于严重缺乏资金，练江整治工程多次搁浅。加之当地土地资源紧张，无替代产业，工业转移难度太大。导致省、市两级政府制订的计划一再落空。最终酿成了2013年夏季的特大洪灾。洪水疯了似的向地势低洼的潮南、潮阳区乡镇一直涌，两区受灾总人口达128万人，受浸农作物32万亩，水产养殖损失6.4万亩；受灾工业企业达8000余家，直接经济损失63.6亿元。

洪灾暴发，让张速平痛心疾首。他积极投身救灾工作，并大力宣传水利治理的重要性和必要性。他认为，我们应该痛定思痛，做好练江整治工作，防止洪灾再次爆发。2013年，他再次议案，建议由省政府成立专门机构，协调整个练江流域的综合治理。寄望练江流域能早日重现海晏河清的面貌，让两岸的百姓安居乐业、幸福生活。

2006年9月，张速平当选潮阳区第二届人大代表，2011年9月连任潮阳区第三届人大代表。2006年12月，他当选汕头市第十二届人大代表，2011年12月获得连任汕头市第十三届人大代表。2013年1月，张速平又当选广东省第十二届人大代表。至此，他是省、市、区三级人大代表。

作为人大代表，张速平倍感责任重大，职责光荣。他认为，人大代表不仅意味着荣誉与成就，更意味着责任和使命。要履行好人大代表职责，首先必须加强学习，做到理论认识清醒，政治上坚定，其次要主动联系选区单位和选区群众，积极参加人大组织的各项活动和会议。七八年来，他把学习政治理论，学习党的方针、政策、国家法律法规和人大业务知识作为提高自身素质的重点，并把参加人大组织的各项活动和人大会议作为参政议政，履行职责，反映人民意愿、要求的重要渠道和途径。

作为人民代表，张速平时时把自己置于他所代表的人民群众之中。他来自基层，了解基层人民群众对当前社会、市场、生活等各方面情况的想法看法，并将其收集起来，带到人大会上去反映。虽然张速平每天的工作十分繁忙，但他坚持定时定点地到社区履行自己人大代表的职责。他说："我这个人大代表是人民群众选出来的，我当然要代表人民群众的利益。不是有一句戏中的台词说：'当官不为民做主，不如回家卖红薯。'当人大代表也是这样的，我时时都在提醒自己，我是人民代表，我是代表人民。"

张速平不仅走访社区了解民意，还经常排开繁忙的工作时间，参与人大组织的各种视察调研活动。

2013年12月，省检察院党组副书记、常务副检察长佟蕴带领省检察院工作人员一行，到汕头走访在汕的省人大代表，与代表们面对面座谈交流，认真听取代表们对检察工作的意见建议，主动接受代表监督。当时张速平正在外地出差，接到通知后特意赶回汕头参加座谈会。会上，张速平提出，检察机关与人大代表开展面对面的座谈交流非常必要，加强了代表对检察工作的了解，促进社会各界对检察工作的监督和支持。近年来，全省检察机关紧紧围绕我省工作大局，积极参与平安广东、幸福广东建设，不断强化法律监督、自身监督和高素质检察队伍建设，为我省经济社会发展营造良好的法治环境。希望以后能够多开展类似活动，加强基层基础工作，特别要组织检察官与民众进行互动交流，进一步倾听民声、了解民意，加强和改进检察工作。让更多人了解、监督、支持检察工作，不断提高检察工作透明度和执法公信力。

2014年4月，由省人大常委会肖志恒副主任、陈逸葵秘书长带队，组织部分全国和省人大代表、广铁集团及沿途各地级市负责人参加视察厦深铁路广东段，在总结会上指出：厦深铁路潮阳站是该线路在汕头市境内唯一的客、货运站，是汕头市乃至粤东地区的主要交通运输枢纽，也是汕头市对外沟通的一个重要门户。自从厦深铁路通车以来，潮阳站及其沿线汕头段（榕江特大桥至潮阳区贵屿镇山普大桥，全长19.321公里）仍然存在一些问题：一是潮阳站站前小广场（站前进出口）道路尚未完善，给接送旅客的车辆造成停车难及交通拥堵；二是在潮阳站停留的列车班次过少，不能满足群众出行的需求；三是潮阳站各项配套建设的进度较慢，给百姓出行带来很多不便；四是沿线汕头段两侧搭建物及建筑废物的堆积，严重影响列车视线及有损汕头形象，沿线两侧防护栏被损坏后导致闲人随便出入，存在安全隐患；五是沿线汕头段涵洞积水、两侧周边道路在施工期间损坏及给排水等在铁路建成通车后至今尚未修复，周边群众对此反映强烈。鉴于上述情况，张速平提出五点建议：一是潮阳站站前小广场要抓紧道路施工，完善项目配套，及早解决停车难问题；二是协调增加潮阳站往返广州、深圳的班次，让人民群众真正感受到高铁带来的便利；三是潮阳站各项配套建设资金投入大，地方财政无法承担，恳请省政府、市政府在资金方面给予大力倾斜，确保项目建设的顺利推进；四是沿线两侧汕头段的搭建物要进行整改，加固两侧防护栏设施，杜绝安全隐患；五是抓紧修复沿线汕头段涵洞积水、周边工期间损坏的道路及给排水，确保沿线群众有安全的生产生活环境。隔日，广铁集团研讨后，决定增开潮汕站至广州南、深圳北列车班次9趟，缓解群众出行乘车难问题。

2014年8月，由汕头市人大常委会组织部分省、市人大代表就本市交通基础设施建设大会展开展视察活动，以进一步推动我市交通基础设施建设工作。视察组一行参观了南澳大桥建设工地，听取交通部门负责人的情况介绍。鉴于大桥通车之后车流量、人流量增多的现象，张速平提出，要对进入大桥的车辆科学有序地管控和科学有效的管理，杜绝大桥交通拥堵引发的安全隐患，同时要加紧环岛公路的拓宽改造，增加停车场所，尽量满足游客的需求。岛上现有的交通设施显然较为滞后，加紧改善岛上公路等交通基础设施已经迫在眉睫。要完善硬件配套设施，加快推进环岛公路路面大修工程及增设紧急停车带，加快推进县乡公路建设，改善通往旅游景区的交通和农村交通条件，使大桥真正成为促进南澳经济、社会、民生同步发展的幸福之桥。并建议对环岛公路及旅游景区增加绿化，沙滩污染物的清理和周边配套管理也要科学化，才能给游客提供一个优雅的休闲环境，才能真正体现美丽海岛的特色。

张速平曾对林继宗和辛镛说过，几十年来，无论办企业、办教育及水利建设，自己一直秉承着两个理念：第一，浓浓乡情报桑梓，致富不忘家乡人。事业的发展，离不开家乡父老的支持；发展的成果，也应该惠及家乡的老百姓。第二，文学是时代的号角声、灵魂的锻造师。一个走向复兴的民族，她的风骨与精神，特别需要文学的充沛滋养。没有重视、扶持文学艺术，一个再强大的国家和民族也只能是行尸走肉。

所以，几十年来，他都一直忙里偷空，坚持出席并参与组织各种文学公益活动，文化兴潮，文化强潮，为推动潮人文化事业的发展尽自己一分力。

2011年，在潮汕四市文艺界的强烈呼声下，林继宗牵头组建了广东省潮汕文学院，张速平应邀出任文学院的行政副院长，负责文学院的人事组织工作，推动文学院的快速成长。

2013年，汕头大学、潮汕历史文化研究中心等单位共同主办首届"国际潮人文学奖"，张速平再次应邀，出任组委会秘书长一职，为活动的顺利开展做了大量的工作。经过张速平积极地联系和邀请，年高八十腿脚不便的泰国华人作家协会副会长郑若瑟，相隔万里远渡重洋的新西兰华人作家协会原会长林爽女士，还有海内外上百位政商名流、爱国侨领、硕学鸿儒，都克服困难，排开繁忙的商务学术活动，专程莅汕出席颁奖典礼。张速平代表组委会予以热情周到细致的招待和服务，让客人感到宾至如归。活动结束后，客人们从各地纷纷发来信函，对组委会和张速平秘书长表示感谢！

2014年秋，潮汕文学院力邀中国作家协会副主席廖奔先生莅汕，举办"游走诗词——廖奔书法展"。张速平担任组委会副主委，带领工作班子迅速而有条不紊地开展相关的布展准备工作，确保展览如期顺利举行，在每一个环节都尽善尽美。来自省市各社会团体、知名企业的领导及文艺界、收藏界的名家俊彦两百多人参加了开幕式并参观了展览，对活动予以高度评价，对张速平同志的"义务劳动"予以充分肯定。

2014年底，为配合华侨经济文化示范区的建设，"国际潮人文学研讨会"活动在汕头启动。会议旨在回顾和总结新世纪以来海内外潮人文学所取得的成就和经验；推介海内外优秀潮人文学作品，展示潮人文学最高最新的成就。张速平先生因工作繁忙，担任组委会荣誉主委。但他仍时时关心活动的组织进展，亲自致电海内外的潮籍文化名家，邀请他们参与家乡的这项文化活动。

一个长期繁忙、惜时如金的人，牺牲那么多宝贵时间，无偿去做这些文化公益活动，值得吗？张速平的回答是："值得！我们正处于一个伟大的时代。伟大的事业需要崇高的精神来支撑和推动，崇高的精神需要杰出的文艺作品来激励和讴歌。建设汕头文化大市同样不是一句口号，而是需要每一个潮汕人付诸实实在在的行动。只要我的努力，能抛砖引玉，能推动家乡的文学事业做出一点成绩，那这种付出就值得。我也就心满意足了。"

除了热心组织、参与各种文化公益活动，张速平还利用宝贵而短暂的闲暇时间，动笔搞文学创作。借散文随笔，记录一个儒商在纷繁复杂的社会现实中充满辛酸甜美的百味思索，抒发他对故土的深情，对时代的印象，对正义的弘扬，对社会的思考。张速平的散文主要发布于自己的QQ空间和微信朋友圈，也散见于各种报纸杂志。他的文章短小精练，读来颇为轻松愉悦，写得很真诚，很质朴，很感人。

30多年来，张速平把企业和公司办妥了，想做点自己喜欢做的事，他的公司属下有众多农民工来自四面八方，他和他们之间既是老板也是朋友的关系，他们都愿意把自己的家乡留守儿童和老人们的难事与他说，许多工友在他面前流泪诉说他们那穷大山的交通闭塞，人生艰辛，也有人讲他们同村村民中外出打工的一些遭遇和悲苦故事，他也曾去看过个别工友大山小村里的景况，许多悲欢离合的事例，令他构思写成一本书。在林继宗的支持和鼓励下，小说《大山的守望》终于面世了。

2015年1月，张速平《大山的守望》首发式在汕头隆重举行。活动得到了社会各界的重视，国家人事部原副部长聂兴国、广东省政协原副主席林兴胜、《法制日报》记者部主任李松、广东省作协副主席郭小东、温远辉、汕头市政协主席郭大钦、汕头市人大常务副主任黄俊潮、汕头大学原党委书记黄赞发、潮汕星河奖基金会理事长洪琪炉、汕头市政协副主席方展伟、张泽华等多位领导和嘉宾应邀出席了首发式。七十多岁的人生杂志社陈钦然社长脊椎受重伤，两次住院动大手术，忍受病痛从广州专程赶来，感动了与会者。为了办好年会首发式，热心的企业家出钱而不出名。文友们群策群力，甚至夜以继日，够拼的。

长篇小说《大山的守望》故事动人，人物感人，真情暖人，确实值得一读。张速平先生真诚而又动情地为农民工点赞。他塑造了一位美丽、善良、充满爱心的"后娘"——柳二娘，柳二娘对丈夫前妻的重病儿子洪山芒充满了无私的母爱与温情，她多次悄悄地跑到医院卖血，筹资尽心为这个孩子治病……书中动人的故事和人物许多许多。

人们不禁要问，一个成功的企业家，在拥有了金钱、地位、名誉之后，不去心安理得地享受丰硕的成果，却是一头扎进了孤寂而艰辛的文学创作，写起了长篇小说，须知这是大大的苦差事啊！这到底是为了什么呢？

我想答案就在《大山的守望》一书中。中国当代著名作家梁晓声说过："我们了解一位著名的普通人或普通名人的可靠方式，大抵还是读一读他们记载自己成长经历和对世事人生发表自己感想、感受以及种种感慨的书。大抵在这一点上，文如其人这句话还是有一定根据的。"张速平以成功企业家的身份投身文学公益事业，既源于他青少年时代就有着长长的文学之梦，也源于他的核心价值观，他一生久久守望的人生意义。

26

　　林家书房"韩波斋"的墙上，挂着一幅泼墨山水画。画的是和风煦日之下，清溪细流之间，隐士在焚香读书，品茗谈艺。山给人以稳重坚固之刚毅美感，水予人以流动活跃智慧之灵动思维。更有茫茫原野，杨柳依依相映衬，使观者得清和之乐，浑然忘我，自觉化作文质彬彬的气质，此是人生之极乐也。

　　这是安福楼主人程炳烨送给林继宗的一幅画，也是林继宗众多书画收藏品中最为珍爱的一幅。

　　程炳烨和林继宗初识于2004年的一次文人雅集，但两家的世交渊源，却可以远溯到半个世纪以前。程炳烨来自商业意识浓厚的潮州彩塘，他家是医道世家，爷爷喜欢悬壶济世，不单以其精湛的医术，也凭借其仁心善德赢得四乡八里乡亲的敬仰。彩塘属于历史文化名城潮州的范畴，也有着深厚的文化氛围，许多人家里或多或少都珍藏着几幅字画。遇上经济困难或者出于对老人家的敬重，这些纯朴的乡民往往将字画送给他，老先生在盛情难却之下常常以银两相赠，这样日积月累，家里的书画也颇为可观。林继宗的祖父"长甲医师"也是当年潮汕地区闻名遐迩的中医师。如果治不好病人，"长甲医师"分文不取；治好了病人，对有钱人家随送随收，对无钱人则少收或不收诊金。于是，上门求治的病人越来越多。这两位医家彼此闻名，神交已久，也曾在各种医学会议上有过数面之缘。

　　或许是隔代遗传的缘故，又或许是耳濡目染的熏陶，程炳烨和林继宗都从小就喜欢鉴赏、收藏跟字画文物有关的东西，虽然家庭贫困，仍勉力为之，几十年耕耘不辍。后来，程炳烨先生成为专业的投资收藏家，创办了安福艺术有限公司（安福楼）。

　　说起"安福楼"这个名称的由来，就颇有渊源。"平安是福"历来是中国人孜孜以求的，"好人一生平安"是对朋友最好的祝愿。当年，一代名家张大千应他的好朋友再三请求，为其题写"安福楼"三字，行书线条遒劲，骨力内隐。后来因某种机缘，被程炳烨先生购得张大千这件真迹，制成匾额，将之作为安福艺术有限公司的冠名。

走进安福楼，满目是名家字画和古典家私，让人不自觉以一种怀古观今的神圣感踏进艺术的殿堂。坐在古色古香的檀木椅上，有缕缕的沉香渗入清明的心境，思绪在画家神奇的线条中神飞，在明清巨幅山水缥缈空灵的天地遨游，似乎穿过时光隧道的列车，如一只庄周的蝴蝶，在隐逸的楼阁山川中体验文人情趣的智慧。

安福文化艺术有限公司（安福楼）致力弘扬传统书画艺术，推动书画艺术交流与研究，展示中华传统绘画艺术的魅力。自2008年成立以来，多次成功举办中国近现代名家、当代著名画家精品展及个展，获得广泛好评。董事长程炳烨先生一向关心、支持文化事业的发展，受到文艺界的广泛赞扬。

辛镛和林继宗先生、程炳烨先生都是多年的好友，长期的接触中，我发现林、程两君在为人处世方面有至少五处"共同点"。

程、林两人都爱喝工夫茶，都非常热情好客。程炳烨先生长年外出，拜访名家，参加拍卖会。但只要人在汕头，他就会在安福楼里，泡上一壶好茶，款待每一位来访的友人，为大家解读每一件艺术品的来龙去脉，解构每一幅名家字画的精髓，以及每一件家私所表现出来的精神特质和经典所在。从技法出处、典故渊源，他都如数家珍，极具权威性，往往令人联想到细叶紫檀沉稳而又散发出深厚意蕴的质地，让人有一种肃然起敬的感动。林继宗先生从港务集团退休后，担任汕头市港口行业协会会长，也经常在自己的办公室里泡茶待客，替人出谋划策，为振兴汕头港口事业和潮汕文化艺术呕心沥血。

程、林两人都爱读书，而且能在极为浮躁的社会环境下静心读书。近些年来，在书画艺术品市场繁荣的背后，因为利益的驱动，一些无良之辈便不择手段造假。各种仿制品层出不穷，扰乱了市场秩序，也给收藏家带来极大的误导性。因此，练就一双"火眼金睛"，明辨真伪，是一个投资收藏家的基本功。在程炳烨的工作室和家里，密密麻麻到处都是书。他总是忙里偷闲研究书画书籍，提高艺术的鉴赏和辨别能力。"静下心从书中取法，掌握一定的鉴赏技巧和历代名家字画的典故和流派，是不无裨益的。"这是他的心得。林继宗也是个爱书的人。在作协主席任上，每年各位文友赠送的书籍，有一两百本之多。由于工作及休息所限，没有时间将所有赠书一一细读，但林继宗会翻阅所有的赠书，根据自己的爱好及实际需要，精选出一部分放在书桌或床头，慢慢批阅。余者则先收入书柜，待以后有时间再慢慢品味。每次出门，林继宗也会随身携带书籍，善于利用边角料的时间来阅读。这样，每年林继宗读过的书，大概有100本左右。

林继宗一直推崇秦牧先生的"鲸吞牛嚼读书法"。秦牧曾于《在探索学问的道路上》一文中将自己的读书方法加以总结："只需知道一个梗概的书报可以泛读，但要面广，犹如大鲸吸水；要求彻底弄明白的和记住细节的书报，必须精读，就像老牛吃草，慢慢咀嚼，细细品味。"对此，林继宗评价说，读书坚持博采众长的准则，"鲸吞"与"牛嚼"必须有机结合，二者不可偏废。读书既要鲸吞，又要在这之后进行反刍。也就是说，既要大量地广泛阅读各种书籍，又要对其中少量经典著作反复钻研，细心品味。"鲸吞"与"牛嚼"既对立，又统一，将泛读与精读有机结合起来，方能达到知识上的博与专。通过这种读书法，林继宗受益良多。他阅读研究莫言的书30年，深有体会。早在2008年，他就预言莫言将是中国最有可能获得诺贝尔文学奖的作家。这一预测果然在2012年获得验证。

林、程两君都有深深的文学情结。这些年来，汕头涌现了一批优秀的文学工作者，他们在经济浪潮高涨之际，能够安于清贫，以一种高度的社会责任感和使命感写出时代强音，为大众送来丰盛精神食粮的感人事迹，深深感动了程炳烨。2008年，林继宗和程炳烨一拍即合，由安福楼赞助汕头作协举办第六届"桑梓文学奖"。此项活动是广东省文联主席刘斯奋为构建汕头文化大市提出来的，得到海外华侨的积极响应，已成功举办了五届，为潮汕文化队伍的繁荣做出了功不可没的贡献。同时，他决定腾出空间，在安福楼为汕头作协提供文学艺术创作基地。他相信，文学和书画两种高雅文化的碰撞，将能产生更多的创作激情，为汕头建设文化大市带来美丽的春天。

2013年，潮汕文学院在筹备"首届国际潮人文学奖"，其中重要一项就是寻求冠名赞助，解决经费问题。在时间比较紧迫的情况下，林继宗院长带领辛镛秘书长，拜访了他的好朋友程炳烨先生，请其冠名支持，以其名字或者其公司的名称都可以冠名。程先生毫不犹豫地选择了公司的名称为活动冠名。于是，"安福杯"首届国际潮人文学奖活动便正式诞生了。

2014年，潮汕文学院筹备"国际潮人文学研讨会"，程炳烨先生再次慷慨捐资，赞助了这一文化公益事业。

林、程两人都有浓浓的家园情结，眷恋着潮汕故乡。2007年年底，安福楼在汕头市黄金商业路段的金砂东路君悦华庭落成，高雅的文化品位使它如一道独特亮丽的风景线吸引着大众的视角。适时推出的名家书画以及陈政明人物写生展览，高品位的经营理念吸引了众多精英阶层的回应，取得了极好的影响力。但也有一些人不解，程炳烨先生经营书画的渠道遍布世界各地，几年来汕头经济已与广东其他地区有一定的距离，而书画市场更多的是与社会经济的活跃，与社会富裕程度和生活质量有很大的关系。经营者更多的还得考虑经济效益，选取汕头作为公司基地是出于何种考虑？对此，程炳烨认为，汕头是海滨邹鲁，有很好的文化底蕴，作为传统文化一部分的名家字画，定然可以在这里找到更多的知音。汕头的经济也在渐渐复苏，未来肯定会朝着良好的势头发展。建设汕头文化大市并不是一句口号，而是需要每一个潮汕人付诸实实在在的行动。安福楼在汕头落成，就是游子对家乡与社会的回报。

无独有偶，近十几年间，北京、深圳、广州等地有多家港口外贸企业和文化出版企业，希望高薪聘请林继宗先生到该企业担任高层管理干部，借助林继宗崇高的声誉和广泛的人脉，为企业谋求更好的发展。聘请的附加条件之一就是林家必须居家迁往当地，由企业提供住所。对于这些邀请，林继宗都一一回绝了。他说，"我今年已是年近七旬的老人了，钱对于我来说，是生存的基本，却不是第一位的。我就希望在有生之年，立足于故乡，为潮汕的文化公益事业，多做一些贡献。这就心满意足了。"

林、程两君都意识到文化事业需要传承发展，都不遗余力地培养、扶持青年作家和画家，使他们成长、成才、成功。

"世有伯乐然后有千里马，千里马常有，而伯乐不常有。"古往今来，并非每一个有才华的人都可以有一番作为，明珠暗投的事例实在是不胜枚举，老死于槽枥之间郁郁不得志的人如恒河沙数。一方面，日新月异的社会需要大量的人才储备，而另一方面却有许多优秀的人才或者潜质不错的人得不到应有的培养和发挥。在这方面，林继宗和程炳烨都为大众作了一个极好的榜样。

著名山水画家刘彦水的成功，就寄予着程炳烨无数的心血。刘彦水初来汕头时，33×33cm的青绿山水图只卖出极低的价钱，而且还难于找到买家。但程炳烨看到刘彦水画中所透出来的传统笔墨功底，以及灵敏的技巧和作为一个画家所必不可少的悟性，假以时日，他将古人的山水意象置于当下的文化语境中进行不同空间的对话，将能够释放出别样的灵性和诗情。他一次性收藏了刘彦水200张山水画，解决了他经济上的燃眉之急，同时也坚定了他在画坛继续奋斗的信心。刘彦水是幸运的，解决了经济上的窘迫之后，程炳烨还安排他到中国美院、中央美院进修并到北京大学专攻古文学知识，着力打造一个全方位的艺术新人，并不断为他出版画册，到各地举办画展提高他的知名度。而刘彦水也不负所望，在书画界奋力拼搏。现在刘彦水的山水画已达到6000元/平方尺，精品达到10000元/平方尺。他为安福楼精心构思的两幅巨制青绿山水和浅绛山水，构筑了每一个进入安福艺术中心与名家对话的心灵空间。

发现周庄第一人的杨明义先生也在与程炳烨先生的长期合作中结为莫逆之交，程炳烨对他倾力相助，共同推动他创作极富韵味的江南水乡画卷。原来他的画价是每平方尺1000多元，现在已向着15000元/平方尺的价格飙升，亦得到了海外收藏家的认可。同时在程炳烨的慧眼下闪光的画家还有郑百重、陈军、朱宇南等等，经过他精心的宣传和推介，都取得了很好的投资回报。

作为潮汕文学院院长，多年间，林继宗也一直致力于扶持80后的青年文学家，打造"潮人文学圈"。多年来，他邀请著名作家金敬迈、刘斯奋、郭小东、杨克等名家莅汕开讲座，请他们结合自己的创作实践，为青年作者授课。他还让本地知名的老作家与年轻作家形成帮扶对子，让在文学创作中已经取得不菲成绩的前辈们，能以一个过来人的身份，本着爱护之心，呵护之情，和这些年轻的作家们交朋友、谈经验、说不足、指方向，使之能够扎实生长、尽快成长。林继宗也在百忙之中亲自出马，担任文学导师，负责指导辛镛、陈佳淋、丁烁三位80、90后文学青年。

对于年轻作家，林继宗寄予厚望。"文学青年是未来潮汕文学繁荣与发展的源泉与动力，没有文学新人源源不断的涌现，文学无疑将成为无根之树和无源之水，终将会随着时间的推移丧失活力并逐渐死亡、枯竭。而文学新人的涌现，离不开伯乐的发现、培养与扶持，这是一个长期的任务，同时也是刻不容缓的。从潮人文学的历史状况和代际衔接来看，现在年轻作家的势头还比较薄弱。和以前代际比，现在单个作家的影响力也还不够。我们确实有必要迎头赶上。"

对于年轻作家，林继宗谆谆教诲。"严格来说，作家难辅导，大部分作家个性很强。咱请导师，目的主要是改变思维、看问题的方法，克服写作中习惯的东西、不良的东西，形成新的文学观念。希望大家珍惜机会，虚心向老师请教；不要只是挂个名，说我导师是谁谁谁。拜一回老师，就等于再上一回大学，当一次研究生。我们推行文学导师制，就是希望潮汕赶快出新人、出作品。"

作为文学导师，林继宗先生不单在写作上悉心指导，更在经济上予以大力扶持。在商品经济社会里，很多的出版机构和出版商，只紧盯为数不多的知名作家，不惜重酬抢夺他们的新作品，却不屑于帮扶文学新人。原因显而易见：名家的作品有较大的发行量，能带来较大的商业利益；而培养文学新人的工作，既辛苦而且带不来经济效益。青年作家们经济窘困，无力承担出书的巨额费用。为此，林继宗动用自己的私人关系，多方设法筹资，帮助自己指导的青年作家出版新作。在他的帮助下，多部青年作家的作品得以顺利出版面世，在文坛和社会引起巨大震动和强烈反响，扩大了青年作家的知名度和影响力，实现了文坛的薪火相传。

27

中国的书法艺术，源远流长，博大精深。古往今来，名家辈出，或镂金铄石，或题壁书圃，形成篆、隶、草、楷、行五大书法流派，可谓举族同好，千古一风。那些由纯粹的线条美与结构美所构成的书法作品，传承着一种绵延久远的华夏人文精神。因此，林语堂先生曾说："中国美学的基础是书法。"

廖奔先生是跨越政坛、文坛、艺坛的泰斗。他历任中国文联党组成员、副主席、书记处书记，中国作家协会党组成员、副主席、书记处书记，政务繁忙。文学上，廖主席是著名戏剧理论家、戏曲史家、文化学者，各个领域都颇有成就。在书法这一范畴，他师法先贤，他曾对颜真卿的楷书、二王的行书、米芾的魏书隶书，尤其对王羲之的《兰亭序》、颜真卿的《祭侄文稿》、欧阳询的《仲尼梦奠帖》、怀素的《自叙帖》、米芾的《蜀素帖》等历代名帖进行了反复临摹，养成了正统的书写习惯，并在临摹中汲取众家之长，巧妙地与自己的心得体会熔为一炉，形成了"豪迈奔放、会古通今"的风格面貌。

20世纪60年代，廖奔先生上山下乡，落户黄河边当了知青。火红的岁月里，他在搞宣传，墙报，黑板报，油印报纸，一直没停止过和文字打交道，也成就了他一辈子的文化缘。返城之后，他长期从事行政领导工作，但都没有真正放下手中的笔，没有真正放弃书法爱好。直到退居二线之后，又把时间放在写作和书法爱好上。

2014年初，林继宗先生到北京出差，再次遇见老朋友廖奔主席。廖主席回忆起，当年在中国文联工作，下基层搞调研，在汕头开过一次座谈会，待了两天，感受到潮汕地区传统文化底蕴深厚，很多人喜欢书画，希望有更多的机会和南方的书家交流切磋。

回汕头之后，林继宗委派潮汕文学院秘书长辛镛先生全权负责筹划廖奔主席莅汕交流、展览一事。辛镛很快找到他的同学、新明框业的辛列明总经理，力邀他的公司参与办展活动。经过多轮艰苦的协商，双方最后约定：由潮汕文学院出面主办书法展活动，邀请廖奔主席莅汕指导。由新明框业协办活动，负担全部活动费用。

经过多方联系、协调，廖主席同意于2014年金秋，在汕头举办他的书法个展，送文化惠民生、下基层、到一线。

2014年8月底，受林继宗先生和辛列明总经理委托，辛镛秘书长专程赴北京，代表活动组委会拜访廖奔主席，并护送廖主席的一批墨宝真迹回汕头。

展品抵汕后，相关的布展准备工作迅速而有条不紊地开展。辛列明总经理组织其工场所有技师，将数十件作品精心装裱；并花费十多万元，选购上好的木料，根据作品尺寸，量身定做了数十个镜框。保证了展览在每一个方面都尽善尽美。

同一时间，辛镛秘书长也带领团队，广泛联系媒体、广告公司、收藏界人士，通过各种渠道大力宣传展会的消息，力争吸引更多人士前来观展。

10月8日，廖奔主席伉俪到达汕头，进行参观访问，并到展会现场，对布展进行检查指导。精心的准备，让廖主席非常满意。

"游走诗词——廖奔书法展"于10月10日至15日在汕头市图书馆展厅展出。这个展览引起了社会各界的热烈反响。现场座无虚席，来自省市各社会团体、知名企业的领导及文艺界、收藏界的名家俊彦两百多人参加了开幕式并参观了展览。中国作协党组副书记钱小芊、广东省文联主席许钦松、广东省作协专职副主席张建渝等领导送来花篮，对书法展的盛大开幕表示祝贺。广东省文联名誉主席刘斯奋、广东省文联原党组书记陈中秋、汕头市政协副主席谢铿、潮汕文学院院长林继宗等领导出席开幕式并发表讲话。

开幕式上，廖奔主席友好合作单位荣兴盛织造、新明框业、汕头市现代人诗歌协会等友好单位赠送《书法集》。张速平董事长等领导上台接受赠书。

林继宗院长向廖奔主席颁发了聘书，聘请他担任潮汕文学院荣誉院长。廖主席愉快地接受了聘书并向文学院回赠了墨宝。

这次展出的书法作品，受到观众的一致好评。刘斯奋主席评价，廖奔主席的书法有"三气"，第一是书法作品非常正气。正气，代表一个人的人品人格的体现，同时也是对我们传统的书法的优良传统的继承。从廖奔的书法作品来看，他确实不是随便写几笔，是在我们中国传统书法上面下了很多功夫。功夫很深，既继承了我们中国书法传统，博采众长，坚守中国书道中最正宗的传统。第二点，他不光有正气，还有才气。廖奔先生的书法就是很有才气，显得非常潇洒、非常飞动，节奏感非常鲜明。这种才气也形成他个人非常鲜明的风格。它既是继承传统，又发挥了自身的创造性，形成自己非常鲜明的个性。艺术，很重要的，既要有功底，又要有个性。第三点，他的书法还很有文气。艺术，特别是中国艺术，绝对不只是技术问题。廖奔先生是很有成就的学者，著作等身，他的书法实际上是他业余的发挥。但是这种业余发挥，正是凭借他深厚的文化底蕴，显示出很高雅的精神层面上的一种高度，这跟他的文化底蕴的紧密地集合在一起。搞艺术，既要有功底，又要有才情。同时，还很重要的，是要有文气，有文化底蕴。

林继宗院长也在书法展上发表了热情洋溢的讲话。他盛赞廖奔主席的字写出来是奔放的，是活的，活的东西都有精血。再就是俊秀，就像画出来的画跟猛张飞似的。并且还有文气，有内涵，有内在的东西。廖奔的书法给人感觉很清秀、很文气、很俊秀，所以很耐看。一看三回头，有看头、有嚼头、有韵味，就是好字。他的书法发展前景是很可观的。

这次书法展也受到媒体的极大关注。中国新闻社、《汕头日报》均在开幕当天发布了新闻，香港潮商卫视、汕头电视台也派出记者对活动的盛况进行全方位的宣传报道。网络媒体也大力支持，会展信息通过QQ群、微博、微信朋友圈等渠道大量传播，加大活动的权威性和知名度。

现场参观的书法爱好者对展览也予以很高的评价。大家觉得，欣赏廖奔主席的书法作品，可以感受到一种雄浑的遒劲。行草书以势取胜，如渴骥奔泉，万里奔腾，势不可挡。有"黄河之水天上来，奔流到海不复回"的气势，有"飞流直下三千尺，疑是银河落九天"的气势。行草书的最大特点是用连笔和省笔，兼用草化符号。书法家紧紧依托运笔的速度和线性的流转，通过速度与力量的有机组合，构成一种奔放、豪迈、激情高昂的大气磅礴的审美气象，鼓荡出磅礴壮观、豪情万丈的大美景象和生命活力。只有大智慧、高品格的书家才可能构造这种大美景象；只有天性自由发挥，情感完全释放，才可能气势雄伟、产生撼人心魄的不朽之作。

五天的展期很短，很多书法爱好者是连续几天都抽空过来临摹、学习。到了展会的最后一天，仍然人流密集。大家都向林继宗院长反映，希望潮汕文学院多举办这样大型的活动，邀请外地名家莅汕交流，让本地文艺爱好者有更多观摩学习的机会。

对于这次书法展的成功举办，林继宗感触良多。这次书法展览核心是南北书法艺术文化交流，活动筹办过程辛苦，事情繁杂，在辛列明经理及辛镛秘书长带领工作团队认真准备之下，各项布展工作顺利完成。展会在汕头文艺界起到良好影响，为南北文化交流提供了一个成功的探索。开展文化交流是大家共同的愿望，对促进相互了解，加深相互的友谊，有着积极的意义。今后潮汕文学院要继续策划、举办这样大型的公益性活动，为大潮汕文化的发展创新做出应有的贡献。

28

潮汕平原，背靠山岭，面向海洋，岛屿星罗棋布，拥有众多天然良港。千百年来，虽沧海桑田，人世变迁，但潮水依旧涌起退落，见证悠久绵长的历史与文明，见证辉煌灿烂的文学与艺术。

说到潮汕的历史文化，同样离不开一个"潮"字。先民的舟楫讨海，宋元的海上丝路，明清的樟林古港，近代的开埠繁华，都述说着"海为城用，城以海兴"的故事。古老的潮音，悦耳的潮剧，美味的潮菜，广博的潮学，都源于"潮"，兴于"潮"。

说起"潮"，林继宗和我都不约而同地想起老朋友，潮汕著名的文史学家黄赞发先生。

他是文化战线的老领导，历任汕头市政府文教科长、市政府副秘书长、市委常委兼秘书长、常委兼宣传部部长、汕头大学党委书记，推动汕头文化事业的大发展。但更为人称道的，是他浓郁的大潮汕情结和润泽心灵的文格。

黄赞发先生长期在涵盖潮汕三市的潮汕星河奖、潮汕历史文化研究中心、岭海诗社中担任重要职务，并以此为平台促进三市相关事业的互动。比如他通过岭海诗社促成与潮州诗社、揭阳诗社的合作，三社轮流做东进行三市之间对青年人扶植的活动，举办过青年诗人讲习班、中青年诗词作品比赛、青年诗人笔会，历十五年而不辍。

2011年初，林继宗拜访黄赞发，向他披露准备顺应潮汕四市作家、艺术家多年来的愿望，创建潮汕文学院时，立即获得他的充分肯定和大力支持。他当即明确提出，应团结四市作家共同办好潮汕文学院。此后，文学院在筹备、创立和建设过程中，一直得到黄先生的鼎力支持与帮助。他在《潮水集》作者简介中将"潮汕文学院名誉院长"置于"汕头市岭海诗社社长"之前，有意倚重前者。无疑，正是其大潮汕情结的体现。

数十年来，黄赞发曾多次论及"潮汕文化"，为潮汕文化正名。他指出，由于其文化涵盖范围跨越行政区域，故不能以现行某一行政区域冠名，比如"汕头文化"、"揭阳文化"、"潮州文化"，尽管汕头、揭阳、潮州都曾经在某一历史时期中涵盖整个潮汕地域。而潮汕一词缘其约定俗成，涵盖粤东四市，一直为大多数人所接受。潮汕文化的诸多具体内涵也都宜冠以潮汕一词，如潮汕人、潮汕话、潮汕工夫茶、潮汕音乐等，也可略为潮字，如潮人、潮语、潮剧、潮学等。潮汕文化也可称潮人文化。潮人文化为潮汕人缘文化，潮汕文化为潮汕地域文化，大体同指，但略有差别。所以，黄赞发先生将他十多年来心血凝成的文集命名《潮水集》，正是体现他对潮汕这片土地不解的情结与缘分。

1997年，第二届国际潮学研讨会在汕大召开时，大会拟参与首届在香港召开的模式命名为"潮州学"。赞发兄是研讨会的主要筹办人之一。他觉得"潮州学"的命名显有局限，所以向饶宗颐先生建言，拟以"潮学"代替"潮州学"。饶公略为思忖之后，颔首以许。这之后国际潮学研讨会均以"潮学"冠名。

黄赞发先生是全球汉诗总会副会长、汕头岭海诗社社长，对古典诗词有非常深的造诣。借助诗学与潮学的功力，他对古人涉潮名诗的解析和点评，都鞭辟入里。《潮水集》的文章，既有对《揭阳历代诗选》《思德堂诗集》这些诗集的总体性分析，又有对《左迁至蓝关示侄孙湘》《寄潮州韩愈》等一诗一文的深入细致的解读。那些诗文，都是潮汕历史文化的重要组成部分，但由于种种原因，它们湮灭在浩如烟海的旧书中。普通的潮汕民众，对于这些诗文都知之甚少。黄赞发先生将这些涉潮名诗加以解读和介绍，对于推动潮汕历史文化的研究和普及，是做了一件功德无量的事情。

　　说到"润泽心灵的文格"，当推《潮水集》中体现亲情的文章。作者非常深情地回忆了他几十年的生活履历。《炊烟袅袅》追记作者青少年时期备受磨难的艰苦生活，《陈情表的悲伤》寄托对相依为命的祖母的款款深情，《风雨葆光里》忆述他三代人蜗居在一间小房子里的艰难岁月和患难与共的亲情，《苍茫烟海梦》记叙他在牛田洋抗击7·28特大台风的生死险境，《潮人的大学梦》记录了汕头大学创建的曲折历程。在记录生活点滴往事的同时，作者又旁触到潮汕平原的自然环境、人文历史，以小见大地展现了老一辈潮人筚路蓝缕的艰苦创业生活，和他们纯朴粗野、乐观向上的生活。篇篇文章都有独特的风格，令人心动的纯粹、自然、感动。我觉得，这些文章当属乡土文学的范畴。早在1936年，大文豪茅盾就指出："关于'乡土文学'，我以为单有了特殊的风土人情的描写，只不过像看一幅异域图画。在特殊的风土人情而外，应当还有普遍性的与我们共同的对于命运的挣扎。"综览这些散文，作者不单以亲历者的身份，回忆记录了潮汕一段段历史和特殊的风土人情，更在描写之中带着对生活本质和社会主潮的洞察力和穿透力，给人以哲理性的启发，而给读者留下更多的思考空间，或可从中汲取智慧，或可从中汲取精神，让人回味无穷。

　　黄赞发和林继宗曾共同畅游礐石海。事后，黄赞发在《礐石海之思》一文中，表达了浓得化不开的故土情：礐石海是骄人的。她是一湾独一无二，由一座城市"独占"的内海。澄澈的海水接纳着韩、榕、练三江的清流，随处可见鱼翔鸥集。风帆点点，巨舰艟艟。南岸是秀美的礐石风景区，北岸是绮丽宜居的鮀城。尤其使人流连忘返的，还应首推南滨那处深深伸向海中的宫鞋石。多少对热恋中人，多少个和睦家庭，在那"鞋尖"岩顶留下了亲海的镜头。其浪漫，其意趣，简直就如泰坦尼克号上的双飞丽影。如果说，宫鞋石是礐石海上的一颗黑珍珠，那么，稍远处的海角石林就是礐石海中的瑶池琼琚。这是海浪的千年杰作，其规模之大世间罕见。这些年，礐石海平添了些许现代气象：海滨路和南滨路，宛如两条玉带，环绕着礐石海的周边；海湾大桥和礐石大桥，更如双虹卧波，美不胜收。还有观海平台，临海公园，亲水绿化广场，将与对岸的天坛花园和游泳跳水馆隔海遥望……此刻，诗人更展开了梦想的双翅：海水浴场，亮灯工程，夜景观光台，宫鞋石和海角石林的修葺……

在潮汕文坛，黄赞发和林继宗都是有伯乐之风的长者。黄赞发先生曾自谦说："扶掖后进，当属名家事，但长者乐为年轻人导，也非不安分。惺惺相惜之下，常勉力而为。"其《潮水集》中近半文字乃应命之作，或序，或评，或述。他对文朋诗友尤其是后学者，总是满腔热忱地鼓励和扶掖。如对潮汕三市数届中青年诗词大赛的参赛者及其作品，就花大功夫加以评述。他还常为三市中青年诗人讲诗词课。许多文朋诗友向他索序求评，他几乎有求必应，并且总是热切勉励，寄予厚望，体现了儒雅、高尚的长者风范，因此也深受文友的爱戴。

29

"有的人活着，他已经死了；有的人死了，他还活着。有的人把名字刻入石头，想'不朽'；有的人情愿作野草，等着地下的火燃烧。"

这是1949年臧克家为纪念鲁迅而作的诗句，它应该也适用于所有代表着世道、正义和人心的作家，譬如林继宗和陈钦然。

陈钦然是广东省著名老作家、《作品》杂志社原社长，也是林继宗多年的好友。陈钦然1941年出生于广东汕头，长期在文化战线工作，1984年加入广东省作家协会，1989年受聘任广东省文学讲习所副所长，1999年任广东省作家协会《作品》杂志社专职副社长，兼任韶关市、清远市作协副主席。1981年起，在《作品》《羊城晚报》《广州日报》等报刊上发表各类文学作品约100万字。

陈钦然小说的代表作当是《"黑旋风"磨刀》，发表于1981年12月8日《羊城晚报》副刊"花地"上，发表在省级报刊的第二个短篇。1990年被收编入《萌芽》中，2001年又被收编进由广州出版社出版的《连州古今文学作品选》一书中。小说讲述主人公龙角坑三种植杉树三起三落的故事：

外号叫"黑旋风"的龙角坑三，是瑶族人，住在青芒寨，靠山养山吃山，山寨民主改革时期，他高兴地种植了两百株杉树。可是，到了极左年代，被充了公。他不甘心，第二年，跑到离寨很远的天鹅岭暗地里又种了三百株杉树。工作队知道后，要来割资本主义"尾巴"，他虽然用铁夹等办法阻拦过，但都无效，还是被充了公。"虎死不变形"，他第三次再种了两百株，这一次迎来了中央的惠民政策，他终于领到林权证。小说弘扬了主旋律，艺术地批判了极"左"思潮对农民的坑害，歌颂了党的惠民政策。小说的人物性格也很鲜明，龙角坑三的"黑旋风"性格很突出，作品集中地刻画了他的"虎死不变形"的个性：他第一次遭到打击（砍树），但不气馁，"硬是爬过"三座大山，"跑到"天鹅岭第二次种树；又遭到打击（砍树），他还是"执迷不悟"去第三次种树。这种不达目的决不罢休的顽强性格，很能代表瑶家人的性格。小说虽然只有3000来字，但故事情节的安排还是比较曲折的，一波三折，推动着情节的发展，中间还穿插了主人公用铁夹阻拦砍树而误伤了工作队员的脚，他后悔地把伤者背回家治疗，并上望天涯采药的小故事。因而，使全篇小说故事性比较强。小说的语言也颇富瑶山特色，如形容百折不挠的性格，用"虎死不变形"；形容坚定的信念，用"高山离不开地心，鸟儿舍不得树林，我不信瑶人种不成参天树"；形容说实话，用"山里人莫说海话淹人"等。这些语言都是瑶家山寨人的口气。形象生动，很有特色。

2001年，陈钦然因年龄原因，从领导岗位上退休。退休之后，他是人退心不退。他马上创办了人生杂志社，主编、出版的综合型杂志《人生》。

《人生》杂志虽然每期只有六十多个版面，内涵却非常丰富。翻开杂志，林林总总，常常有六十多篇文章和几幅字画。值得一读的还真不少。杂志拥有"卷首心语"、"名家佳作"、"养生经金锁匙"、"人生路上"、"人生亲情"、"打开人生心结"、"人生佛缘"、"家庭人生"、"情系家园"、"人生心灵"、"爱情人生"、"异样人生"等专栏，宛如百花盛开，各有姿色。

这些年，《人生》杂志一直坚持"质量第一"的宗旨，刊发了大量短小精干而又精彩实用的文章，如"卷首心语"中的《辛亥革命赋》《开启新篇章》《点亮心灯》，"名家佳作"中的《不要没有自我》《价值

《踏石留印的故事》《东山晨曲》，"养生经金锁匙"中的《好好吃饭》《若想寿命长心跳慢而常》《健康长寿就是三个字》，"人生路上"中的《美丽的坏蛋更坏蛋》《百年与十分钟》《封存时间》《"高考状元"不代表未来》《难事不难》，"人生亲情"中的《泪往心里流》《"打"女三趣》《重新认识母亲》《我的父亲》《我的母亲》，"打开人生心结"中的《不要赞美别人的老婆》《买的哪有卖的精》《老李出书》《有的信息不必回》《开市不赚》，"人生佛缘"中的《没有谁天生暴躁》《明因果改命运》《受人欢迎的四句话》《人的一生都听到些什么》《佛喻里的动物》，"家庭人生"中的《生气不隔夜》《女教授"戏"夫》《白头偕老花果香》《做媳妇》，"情系家园"中的《天使的板栗》，"人生心灵"中的《心里的水银》《别放大恐惧》《可怕的成绩决定论》《算自己的账》《低调做人》，"爱情人生"中的《租来的爱情》《我要一纸婚书》，"异样人生"中的《一肚子坏水》《帮男人做面子》《老公撒谎的最高境界》，等等。

更为难能可贵的是，出版这么优秀的一本杂志，只靠陈社长和他的女儿两个人的力量。父女俩从征稿、选稿、编辑修改、排版、印刷、发行，所有的环节全部的活都要干。而且《人生》杂志是面向社会免费赠阅，也就是说陈社长要从自己微薄的收入中支出一大笔钱来维持杂志的运作。这些年，由于缺乏经费和精力的原因，他曾经想过要停刊，但是在包括林继宗在内的许多文友都力劝他坚持办下去。这么多年来，他已经办了四十二期，令人钦佩。

陈钦然社长不仅自己编杂志，还自己写书。在职期间，因公务繁忙，很多写作的计划都未能实现。退下来之后，他马上重拾旧梦，笔耕不断。2013年，他根据自己当年作为公安局侦查员下乡蹲点的真实经历，创作了长篇小说《卒子过河》。

1966年，陈钦然到广东省连县（今连州市）星子公社上庄井头村参加抗旱工作队，与当地农民一起劳动，一起修建地下河工程。寒来暑往，当年的年轻人已是白发老者；当年的乡下村庄也发生了翻天覆地的变化。对这段历史的回忆和记录，就是对青春、对事业、对理想致以无限的忠诚和敬畏。因此，作者将自己当年亲身经历的故事，创作长篇非虚构性文学作品，更显弥足珍贵。可谓岁月催人老，真情依旧在！

这本书还原历史，直面现实，歌颂了无悔的青春理想情怀，艺术地批判了人性某些阴暗面和丑陋面，彰显了一个有良知的人对社会的介入与干预态度。它写的是连县上庄的故事，但上庄只是一种展示，而非判断或结论，它是中国无数个相似的村庄之一。作品的载体则是一部文学化的农村变迁史。作者记录了当年各种残酷伤痛记忆，又穿过伤痛的记忆，在超越中升华为一种充满了希望的民间性的"欢乐文学"。

20世纪80年代中期，中国文坛兴起"寻根文学"，作家们力图从民族文化层面上剖析中国现状的成因，探寻国家和民族文化的出路。流风余波所及，至今未了。《卒子过河》也自觉或不自觉地受其影响。作者将视角焦点凝聚在一个落后的小村庄，但文笔并不停留在事物的表面，而抓到人性共通的问题，站在更高的层次对人性作剖析，以委婉的立场对整个社会生活和经济文化进行了反思，发人深省。

《卒子过河》是一部非虚构性文学作品，这是近年兴起的一种报告文学和小说"混血儿式的作品"。报告文学是文学的报告，真实性是其前提。小说则强调文学特质，人物故事是可以虚构的。非虚构文学作品是近乎真人真事的小说，强调忠于事实，却又依附于文学之下，是"真实"与"人文"的结合。文学体裁是在社会发展中不断演进变化的，《卒子过河》做了一个有益的开拓和尝试。由小说、报告文学而到"非虚构文学作品"，将是一个广阔的文学艺术领域。

林继宗曾仔细研读《卒子过河》一书，他评论道，陈钦然与莫言的相似之处是善于讲述故事和塑造人物。作品中的每个人物都性格鲜明，每段情节都形象生动，都是那个历史的人与事，带有深刻的时代烙印。主人公冒着逾期未过的风险，与农民们进山洞探险找水源；在伸手不见五指的山洞中，用土办法测量高度；在没有钱没有材料的情况下，找县委领导争取资金以抢修地下水渠；在病重医院时仍设法逃离，帮助农民寻找水下施工方法；在面临放石炮的哑炮时，冒险排哑炮被炸成重伤；在洞口倒塌、生死一线的时候，仍将生的希望让给农民兄弟。书中许多情节和细节都很精彩，很动人，即使半个世纪后再回顾，我们依然泪水涟涟。一个七十多岁的作者依然能够写出如此感人的长篇小说，实在是难能可贵的。正是善良的人们心中天然具有无法被剥夺的人性与梦想的力量，正是这些朴素的"中国梦"，支撑着那个时代那个社会缓慢前行。

小说，从来是社会的寒暑表，历史的见证人。真正的小说肯定是永生的。因为小说里，除了完美的艺术，还有岁月的印记，还有作家灵魂的争鸣。即使一个作家死了，还有许多人读他的作品；或者说，他的作品还在影响着一代又一代的人们。那样的书，那样的死，正如永生。陈钦然一辈子都用他的笔，为他的父老乡亲书写、祈祷。他的书是用乡土中国最常见的生活场景、最普通的人情世态，加进自己的血肉，熔铸成不朽的传世之作。

所以我们相信，《卒子过河》也是一本永生的书。这应该也是阅读这书的意义所在。

30

孔子曰："芝兰生幽谷，不以无人而不芳；君子修道立德，不为穷困而改节。"

圣贤以兰花不因无人赏识而停止开放的高尚品格，来类比君子也应如兰花，保持高尚情操，即使面对穷困也不会动摇自我的崇高品性，告诫人们要坚持洁身自好，不应随波逐流，丢了气节。因此，千百年来，兰花成为文人墨客心目中的圣物。

林继宗在"韩波斋"的书桌上养了一盆兰花。每当芝兰绽放时节，悠悠的清香在书房内蔓延开来，角角落落都飘溢着花香。绿莹莹的叶儿，衬着鲜艳的花儿，赏心悦目，蓬荜增辉。花香流溢，让人也精神了许多。

这盆兰花，也见证了林继宗和陈少敏之间的友情。

陈少敏，远东国兰有限公司董事长，素有"兰王"之称。陈少敏出生于东里镇一个文化家庭，祖上几代人都对兰花情有独钟。他自小就受到父母爱兰的熏陶，闲来种些潮汕传统的铁骨、大青兰花，以怡情养性。

20世纪八十年代初，台商开始进入广东投资兰花种植，与之相适应的是，各地兰展也开始活跃起来。1990年，身为澄海市永康医药包装材料厂厂长的陈少敏到顺德出差，恰逢那里举办兰展，让他开阔了眼界，同时也意识到了兰花身上所蕴藏着的经济价值。一些并不起眼的兰花居然可以卖好几百元一苗，一株金边墨兰竟卖到一千多元，让陈少敏大吃一惊。从顺德回来后，他掏出了多年的积蓄2万多元，办起了一个包括中高档兰花的兰圃——敏兰轩。从顺德兰展带回来的兰花，是"敏兰轩"的第一批客人，也是倾注了他无数心血和希望的寄托。可是，数月后他赴泰探亲归来，兰花却几被盗尽，让他倍受打击。在亲友的支持帮助下，陈少敏再筹资金，这次他远赴福建、四川等地搜集国兰名品，拜会各地兰家，不久"敏兰轩"又再现一片翠绿，幽香四溢。

陈少敏的兰花贸易，开始是在潮汕地区、广东省内经营。在多年的兰花市场开拓后，已经具备雄厚实力，他决心要把兰花从一种商品上升为一种产业。1997年，陈少敏投资500万元，购置了6亩地，在"敏兰轩"的基础上，建起了产业化经营基地远东国兰有限公司。现在，全国各地包括台港澳地区都有他业务涉足的地方。公司的海外市场也辐射甚广——东亚、东南亚，日本、韩国，澳大利亚、美国、加拿大的华人兰友，也与陈少敏做起兰花生意。

在大好的形势下，陈少敏决定举办兰展，以兰会友，扩展商路。1996年，首届"海峡两岸国兰精品展"顺利举行，虽然条件略微简陋，但当时一下来了80多个台商，这在澄海引起不小的震动，也引起政府的高度重视。1999年，在陈少敏的张罗下，澄海又举办了第二届"海峡两岸国兰精品展"，吸引了几百名台商，当时的汕头市委书记庄礼祥刚好在省里开会，还专程回来接待台商。2012年，在远东国兰公司举办了国际兰花旅游文化节暨第三届海峡两岸国兰精品展。活动吸引了来自北京、广东、福建、香港、台湾、澳门以及日本、韩国等地的兰友约700人参与。2014年，第四届海峡两岸国兰精品展在远东国兰有限公司成功举办。来自汕台两地及国内各省市和韩国、日本的兰花协会、兰花企业、兰花爱好者送展约400盆兰花精品争奇斗艳，绽放迷人魅力。通过兰展活动，远东国兰的知名度和影响力也日益提升。

2004年，时任汕头作协主席的林继宗，带领作家代表团赴澄海考察、采风。在澄海相关领导的带领下，参观了远东国兰有限公司的兰花培育展示区。面积2000多平方米的大厅里，数千盆各式各样的兰花争奇斗艳、生机盎然。漫步于兰花丛中，满目五彩缤纷的颜色，红的像火，粉的像霞，白的像雪；感受淡淡花香散漫整个屋子，都在微微润湿的空气里酝酿着，透出温馨的味道，沁人心脾。作家们纷纷折服于这如真如幻的意境。

林继宗和陈少敏一见如故。两者都是爱花之人，两者也都是超尘拔俗之人，两人互为对方的气质所吸引，很快结成了莫逆之交。之后，林继宗多次率潮汕各市的文学艺术界代表团赴远东国兰基地参观考察，开展联系与交流活动，探讨兰花艺道。

说起林继宗，陈少敏高度评价："兰花香郁、高贵、低调的气质，历来是君子的象征。与兰花有缘的人一般素质都比较高，这叫心灵相通吧。林院长是一个真正的朋友，一个有君子之风的人。"

林继宗认为，远东国兰有两大亮点，一是品种齐全，广泛收集天下中高档兰花，以形成高端市场的运营；二是通过办兰展搭建平台，将文化与经济相结合，扩大影响和销路。他也高度评价老朋友："与陈少敏交往的人都知道，他的影响并非物质或者市场可以买得到，他所具有的兰花那种君子风度和侠义之举，将之一种企业家精神。陈少敏的成功，从本质上说就是市场经济对这种精神的认可甚至推崇的结果。"

31

习近平总书记曾在演讲中说过，文明因交流而多彩，文明因互鉴而丰富。文明交流互鉴，是推动人类文明进步和世界和平发展的重要动力。文明如水，润物无声。我们应该推动不同文明相互尊重、和谐共处，让文明交流互鉴成为增进各国人民友谊的桥梁、推动人类社会进步的动力、维护世界和平的纽带。我们应该从不同文明中寻求智慧、汲取营养，为人们提供精神支撑和心灵慰藉，携手解决人类共同面临的各种挑战。

几十年来，林继宗一直秉承着"文学无国界"的理念。他搞文学创作，办文学活动，都以博大的胸怀，面向世界文坛。他和许多国家的华文作家交朋友，通过邮件互相交流切磋写作的心得体会，成了莫逆之交。

新加坡作家协会主席希尼尔，是一位有家园意识的潮籍现代诗人。他爱原始的自然生态，困惑于现代文明的迷乱。许是他身上流淌着潮汕人的血脉，而成了怀念中华的"病人"。

20世纪50年代，希尼尔的父母先后从潮汕来到南洋谋生，他们都是无意识的"移民"，主要是后来因两国的政治气候与状态的改变，许多原计划要回归原乡"落叶归根"的南洋客，最后"落地生根"于南洋。1957年，希尼尔出生在新加坡的加冷河畔，中文名叫谢惠平。加冷河是新加坡南部最大的河流，当年那里是一片虾池、沼泽地，聚居的乡村里有许多潮汕人，以潮语沟通。潮人与来自印尼的加冷人（Orang Kallang）的遗民依水而居，平安相处。他们多从事手工制造业、农业和养畜业，因此加冷河畔曾是新加坡农业与小工业的聚集地。后来社会变迁，沧海桑田，此处风光不再。但儿时的记忆，深深镌刻在诗人心中。

几十年间，希尼尔在新加坡求学、工作、生活、写作。他们这一代人被称为"过渡的一代"。这期间，新加坡从英国殖民地、到自治、再加入马来西亚联合邦、又独立成为共和国。历经种种政治的转移、社会架构的变迁、母族文化及华文式微的焦虑；这些历练，把它放在一个多元种族的情境里，对一个被逼着成长的过程中，有难以言喻的影响。而大环境是一个以华人为大多数、英语是主导语言的国度，他们时时都会与不同的思想文化产生冲突，或者矛盾，往往"离裂无依感"会浮现在诗人潜意识里，体现在《绑架岁月》《轻信莫疑》等一部部诗歌作品中。

20世纪90年代，汕头大学多次组织世界华文文学研讨会。每次开会，林继宗都排开繁忙的工作日程安排，以作家协会主席的身份参加会议，并在会议上认识了希尼尔等海外作家。大家都怀着振兴潮人文学的美好愿望，因此相谈甚欢。

文化学者说，"西方人以个人为本位，东方人以家庭为本位"。但对于希尼尔和"希尼尔"们而言，"家园"是一个临近又遥远、熟悉又陌生，真实又虚幻的地方。物质世界里，他们的家园是新加坡，是加冷河畔。但那里已经找不到属于自己的影子。精神世界里，他们的家园是中国，是潮汕。但那里同样找不到属于自己的影子。他们如同水中的浮萍，无所依归。

美国的王德威教授在《华语语系的人文视野与新加坡经验：十个关键词》的论文中这样评价希尼尔，"希尼尔每以'浮城'喻指新加坡，对华人常以'孤岛遗民'称之。在新加坡国家叙事的语境里，这是充满吊诡的称呼。华人移民数百年历史之所以维持不坠，有赖强烈的语言、教化传统的延续，然而追昔抚今，希尼尔却看出这一传统的后继乏力。所谓'孤岛遗民'因此暗指族群记忆的星散，时不我予的感伤。新加坡尽管在世界版图中占有重要中介位置，但如何在中介位置之上，厚植文化实力，一方面避免岛国孤居姿态，一方面摆脱全球化、过境化的陷阱，是希尼尔忧虑的家园问题。他其实延伸传统中国文人的忧患意识。"

新西兰华文作家协会主席林爽女士，也是林继宗在海外的好朋友之一。林爽原籍广东澄海，后随父母移居香港。1990年，林爽为了让孩子有更理想的教育前途，毅然辞去香港教师公职；放弃多年耕耘的成果，随丈夫携两子移居新西兰奥克兰市，重新创业打拼。

当林爽来到新西兰时，遇到的第一个困难就是语言交流与社会融入的问题。因香港通行粤语，新西兰却通行英语。当一家人稍为安顿下来后，林爽决定再当"老学生"，考取文凭。但这个决定却遭到老父亲的反对，"三四十岁的女人还读什么书？还是乖乖留在家里看孩子吧！"林爽毅然说："活到老，学到老嘛！"

谋事易，成事难。进入奥克兰大学教育学院时，全班103名同学只她一个华人。加上年纪大，记忆差，英语又不灵光，困难重重。她只好花上比别人多双倍的时间苦学。如此坚持了三年，终于在1993年获得教师文凭。在奥大新移民多元文化教育组担任中、小学双语教育顾问，协助华人新移民学生尽快适应新学制。

古人云"入乡随俗，入境问禁"。移民新国度，必须了解当地的文化。林爽在工余仍继续在奥大主修教育，副修毛利历史课，并从事毛利文化与中国文化的比较研究。皇天不负有心人，长达15万字的毛利神话、传统、历史与民间传说的书稿在1997年出版，先后在台北及奥克兰举行过两次发行礼，被新西兰国家图书馆及国会图书馆收藏，并誉为首本以中文写成的毛利文化研究专著。

随着经济的发展和政策的转变，移民新西兰的华裔人数越来越多。初来乍到，新移民遇到很多困难。联想到自己当时的困境，林爽决定兴办公益活动，为同胞服务。

因工作关系，林爽发觉不少华人家长较少参与学校活动，究其原因是语言障碍及对本地教育制度不甚了解所致，便创办"奥克兰东区语言交流园地"，教导华人新移民免费学习英语会话。

她的义举引起主流社会特别是华人界的关注。两位老板慷慨提供场地，当地报章也采访报道。林爽又联络本地居民当义务导师。通过这种交流促进新移民和本地居民间的了解。2000年，中国国侨办颁授林爽"海外优秀华文教师"称号，成为全球110名优秀华文教育工作者之一。

2006年，林爽的《新西兰名人传》出版。该书以文学笔法详尽记载了原住民毛利人、欧洲移民及华人新移民的励志故事，展现新西兰百多年建国历史变化、种族歧视等社会原因，以名人坚强意志及激励人心的故事感动读者。该书于2014年获得首届国际潮人文学奖。

2010年，《云乡龙裔毛利情》出版，记录了新西兰七个毛利裔华人家族的血泪史，反映出百多年来毛利人与华人错综复杂的微妙关系，以及背后所隐藏的社会、历史原因，成为人类学家研究新西兰毛利、华人混血家族史的最佳参考文学史料。

世界华文的交流与发展，是林继宗和林爽几十年共同的心愿。1997年，林爽当选新西兰华文作家协会会长和大洋洲华文作协副会长，林继宗即驰电表示祝贺。在林爽的任上，协会每月举办一次中国文化及文学讲座，向新西兰社会各界传播华文文学。

2000年至2012年间，林爽先后四次应中国国务院和国侨办之邀，回国访问，走过了北京、西安、广州、青岛、上海等城市，与国内同胞分享《新西兰华文教育现况》《毛利人的身份象征——文身与会堂》演讲讲座，增进中新两国的文化交流。

多年间，林爽曾数次回故乡潮汕探亲访友，与林继宗有过数次见面和交流，林继宗还陪文友们参观了汕头港等地。站在港湾边，林继宗深情地说，中国和新西兰虽然远隔万里，但浩瀚的太平洋把我们联系在一起。这海水，拍打着汕头湾，也拍打着奥克兰港。希望我们以海洋为纽带，共同推动世界华文文学的发展。一席话感动了在场所有的人。

十几年间，林爽不辞辛苦，足迹遍及世界各地，传播华文文学，促进各地的交流和理解。因其贡献突出，2006年，林爽意外而又情理之中地获得英女皇颁授QSM勋章，这是华裔与潮人的骄傲！

风云
第七章
新途

32

潮汕平原，山水相连，风俗相近。千百年来，在政治、经济、文化上一直是同根同脉，同语同心。直到20世纪90年代初，国家调整粤东地区行政区划，设置汕头、潮州、揭阳、汕尾几个地级市，各市也分别组织了各自的文学团体。

但是，行政上的拆分，并没有阻碍经济、文化上的交流。团结四市优秀作家、艺术家，携手竖立起潮人文学的旗帜，是大家共同的心愿。进入21世纪，随着经济的发展，区域联系的密切，地区同源文化的纽带，地区发展共同目标要求，潮汕"一体化发展"的呼声越来越响，组建四市共有的文学艺术组织的条件也日益成熟。

2009年8月26日，中共广东省委、广东省人民政府印发《关于促进粤东地区实现"五年大变化"的指导意见》，明确指出，要促进粤东地区实现"五年大变化"，加强统筹协调，树立大粤东发展意识。汕头市要建设成为粤东区域中心城市、现代化港口城市和生态型海滨城市。加快推动汕头、潮州、揭阳三市集聚融合发展，建设"汕潮揭"城市群。要抓紧编制《粤东城镇群协调发展规划》，实现城市功能合理分工和优势互补，建立具有鲜明潮汕特色的城镇群，形成区域整体竞争优势。要加快推进区域交通基础设施一体化规划与建设，进一步完善区域内交通网络，实现区域内"无缝衔接"，加快粤东地区高速公路网建设。这为组建四市共有的文学艺术组织提供了重要的指导思想和经济基础。

2011年，65岁的林继宗从作家协会领导岗位上退下来。对于辛苦了大半辈子的人来说，这本是养花种草，含饴弄孙，共享天伦的大好时机。因为一份振兴家乡的热忱，一份爱好文学的情结，他放弃了颐养天年的好时机，响应潮汕四市文艺界的强烈呼声，牵头组建了广东省潮汕文学院，开始了生命中的"第四次创业"。

《诗经·大雅》有一首诗："凤凰鸣矣,于彼高冈。梧桐生矣,于彼朝阳。菶菶萋萋,雍雍喈喈。"意思是梧桐生长得茂盛,引得凤凰啼鸣。潮汕文学院的创办,如同栽下一棵梧桐树。梧桐振枝开叶,枝繁叶茂,招引来更多优秀的"金凤凰"——作家、艺术家来"筑巢"。

谈到创办文学院的初衷,林老师说:"我们希望通过不懈的努力,构建一个潮汕四市共有共享的文化平台,来加强四市作家、艺术家的交流与互动,共同打造'潮汕作家群'的品牌,共同把潮人文学办得更加火热、更加出色。我呼吁,潮汕四市的作家诗人艺术家团结起来,同心协力,文化兴潮,文化强潮,共同来推动潮人文化事业的发展,为潮汕四市以至广东省内外的文化事业做出应有的贡献。这是我最大的心愿。"

潮汕地区素有海滨邹鲁之美称。几十年来,潮汕本土出现黄赞发、郭小东、林继宗、曾楚楠、陈耿之、钟咏天等一大批潮籍作家和诗人,他们在诗歌、小说、散文等领域均取得不凡的成就,形成了"潮汕作家群",以其阵容整齐、人数众多、作品独特,在中国当代文坛筑起一道亮丽的风景线。潮汕本土作家作品具有新颖而独特的地域文化价值。妈祖不畏艰险舍己为人的精神,儒家文化深刻的家国意识和悲悯情怀,多神崇拜的独特的地方风俗民情,在他们的作品中均有着深刻的表现。这些作品,成功地塑造了许多具有潮汕文化底蕴的人物形象,形成独特的创作技巧,具有鲜明的地域风格与艺术魅力,具有民俗学、风格学和语言学等多方面的文化研究价值。文学院的创办,凝聚了潮籍作家,为做大做强"潮汕作家群"、"潮人文学"品牌奠定了基础。

俗话说"望山跑死马",凡事都是说易做难。创办文学院并不是一帆风顺。林继宗以超人的毅力,利用手头所有的力量和资源,短时间内解决了"三大难题"。如果用三个字来概括,那就是"地"、"钱"、"人",这也是开办文化机构的硬件。

地,是指办公用地。文学院筹办之初,一穷二白,连立锥之地也没有。为了应急,只好先借用私人的一间小画室来作为临时办公场所。为解决这一硬件难题,林继宗多方协调,汕头港口行业协会同意提供一百多平方米的场所,作为汕头港口协会和潮汕文学院联合办公的场所。然而,这些还远远满足不了文学院发展的需求。之后，林继宗又多方联系，跑政府、跑企业，不知流了多少汗水，终于在新华好教育广场的支持下，在汕头购书中心四层得到了一个数百平方米的场地，作为日常办公和举办活动的场所。

钱，是指办公经费和活动经费。为筹措更多的资金用于举办文化公益活动，林继宗也是绞尽脑汁，想尽各种办法，多方筹资。最后，帝远海运有限公司董事长李廷福先生赞助了五万元钱，作为文学院的第一笔启动资金，解决了当时的燃眉之急。

人，是指队伍建设。从港务局到文学院，几十年来，林继宗一直笃信"以人为本"、"因人成事"的理念。为了打造一流文学队伍，他四方延揽人才，礼贤下士，甚至出国访问也不忘招聘优秀人才。今天的文学院里聚集一大批在省内、国内知名，乃至在国际上具有一定声望的专家学者，还有来自泰国、新加坡、新西兰等世界各地的潮籍作家、学者加盟。正是这样，一批优秀的专家学者和国际友人，支撑着潮人文学圈的发展壮大。人才，是潮汕文学院的优势。

潮汕文学院创立之时，林继宗就倡导"开门办文学，服务到基层"。他非常尊重高端人才，注重整合和培养优秀人才，他诚邀了中国作家协会副主席陈建功、廖奔和著名作家从维熙、广东省文联主席刘斯奋、广东省作协主席蒋述卓等文学界名流担任广东省潮汕文学院荣誉职务，后来又聘请了广东省委原书记吴南生、广东省委原副书记蔡东士为荣誉院长，聘请著名作家金敬迈、吕雷、郭光豹、温远辉等为顾问，还安排了一批年轻人担任文学院各专门机构的负责人，负责落实具体工作，让年轻人有机会放开手脚真抓实干，在锻炼中得到成长。他带领"文化义工"们先后到汕头大学、韩山师范学院等学府，和高校联合举办各种文学活动。也和潮汕四市有关党政机关、社会组织、企事业单位合作开展活动。他下基层、进校园，就是要拓宽文学院的服务范围，多做文化公益，传播先进文化理念，催生文化精品，发现和培养更多的文学新人。一个长期繁忙、惜时如金的人，牺牲那么多宝贵时间，无偿去做这些事情值得吗？林继宗的回答是："值得！人民的事业需要一代代接力，文学的精神更需要薪火相传。如果我的努力，能给青年人一点点启迪，能给他们的事业发展一点点帮助，那这种付出就值得。"

2012年初，在经费极其困难的环境下，文学院多方筹措，创办了纯文学刊物《潮人文学》。在当下社会大环境里，人们的兴趣变得多元，新生媒体很发达，纸质阅读式微，大家对文学的兴趣降低，纯文学杂志——特别是民办杂志——生存状况很艰难。但是《潮人文学》能坚守文学高品位，不向商业性做无底线的妥协，这一点对于文学和文化事业，都是一件难能可贵的事情。具有一定水准的纯文学杂志，客观上应该是扮演公益性服务的职能。比如说它为刚起步的青年作家发表一些略有瑕疵但有潜能的作品，提供一个培育的苗圃，这一点是没有任何经济效益可以赚取的，但却为文学的繁荣发展播撒下了希望的种子。网络平台固然为文学青年提供了表现的舞台，但是纯文学杂志对文学口味的高标准要求，仍是不可取代的。

在林继宗身体力行的引领下，潮汕文学院成立几年来，组织了多次大型的文化活动。2011年秋成功主办主题为"月韵·潮声——同饮韩江水，共邀中秋月"的广东省潮汕文学院首届韩江诗歌节。诗歌节通过联合潮汕地区四市各文艺团体，召集潮汕地区富有实力的诗歌作者及其优秀作品，开展一系列诗歌文化活动，如采风活动、主题征文、诗歌课题研究、诗歌节沙龙晚会等，促进潮汕诗坛的交流与发展，让诗歌走进生活。2012年，文学院又成功举办了"南海诗潮"广东省第二届韩江诗歌节，这届诗歌节的影响更为广泛，收到来自全国各地475位诗人的参赛作品。同时，诗歌节通过各种丰富的活动形式的展示，使俗雅文化得以共融发展。这些文化活动得到粤东四市各级领导的重视，受到了社会广大新闻媒体的关注和报道，产生了一定的社会影响。数年间，潮汕文学院还创立了三个文学创作基地，发挥了重要作用。更重要的是，文学院非常注重人才的培育和使用，充分发挥文学艺术各类人才的重要作用。人才优势乃是文学院最大的优势。

几年来，林继宗院长高瞻远瞩，在辛镛秘书长和文学院其他同仁的协助下，制定了相关的发展规划和管理措施，明确提出四个"不动摇"，使文学院步入高速发展的轨道。

坚持文学公益的方向不动摇。创办之初，林继宗院长就明确表示，不以营利为目的，不搞"家族式"管理，要把文学院办成一所真正意义上的文化公益单位。他，白手起家，自筹资金，开办文学院，又把所有赞助收入全部用于文学院的各项建设和文化公益事业的支出。几年来，文学院的所有同仁都没有从公款里取得一分钱的报酬。

坚持文化为民的理念不动摇。在各个场合，在大会小会，林继宗都告诫文学院各位同仁，要牢固树立文学为国家社会服务，为广大读者服务，为经济建设服务的理念。把举办文学艺术活动与提供市民道德与精神文明水平结合起来，做到了文学为民谋利、为民解忧、为民所用。几年以来，文学院举办多种多场活动，均取得良好的社会效应。

坚持民主诚信的思想不动摇。文学院制定了各项规章制度，坚持集体决策、院长负责、民主管理、纪委监督等几项基本原则，始终坚持实行财务公开制度。通过官府网站、电子邮件等渠道，及时进行信息公开披露，通报各项工作进展情况、财务收支情况、年度工作计划、年度重大活动事项。广大同仁的参与和监督，不仅增强了文学院决策的科学性和民主性，也激发了高度责任感和创新精神。

坚持做大做强的目标不动摇。林继宗根据形势发展的需要，确定了文学院的指导思想和发展目标，即成为在海内外具有一定知名度和影响力的一流文化机构。作为凝聚海内外潮人作家的文学团体，潮汕文学院主打"韩江诗歌艺术节"、"国际潮人文学奖"和"签约作家"品牌，力争必把"韩江诗歌艺术节"办成潮汕地区定期举行的高品质的文学活动，把"签约作家"打造成为一个凝聚优秀作家、扶持优秀作品创作与出版的平台，将"国际潮人文学奖"打造成为全球潮人世界的知名文学大赛，召集海内外文学作者，为潮汕文学事业的发展，建设和谐、幸福潮汕做出不懈努力。

创办文学院，使得林继宗不单与文学结缘，也与慈善事业结缘。他一直致力提倡并领导潮汕文学院积极参与各项社会公益活动，融道德文章要旨，济困难群体安康，促社会和谐平安。他特别关爱自闭症儿童，用爱温暖残疾孩子们的心，在潮汕传为佳话。

2012年年底，由广东省潮汕文学院、关爱义工联合会主办，汕头市星星儿童训练中心协办的"蓝色希望，与爱同行"关爱自闭症残疾儿童文化公益活动成功举办。这次慈善主题活动得到社会各界的关注和赞誉。来自汕头、潮州、揭阳等地的作家、艺术家、社会热心人士，以及义工和自闭症儿童家长代表数百人参加，其热情程度让主办方始料未及。汕头的多家主流媒体均报道了这一活动，通过视频、文字、图片等形式宣传了文学院和文艺家们的善举。嘉宾们参观了自闭症儿童康复班、学前过渡班、小学教育班、感统训练大厅等，听取了相关介绍，并与自闭症孩子和家长们一起活动、联欢。

汕头市星星儿童训练中心是汕头儿童自闭症（孤独症）康复机构，成立于2010年9月，是汕头市残联定点康复训练单位。现开设了自闭症儿童康复班、学前过渡班和小学教育班。中心拥有感统训练大厅、康复教室、学前过渡班教室、小学教育教室、一对一个别训练教室、听觉统合训练室、教师和学童休息室、家长交流室，并备有厨房用餐等。训练中心位于汕头市珠池路21号中南大厦3楼，可以同时容纳60名以上儿童进行康复训练；是粤东地区一所师资强、环境美、设施完善的儿童自闭症（孤独症）康复训练机构。训练中心以最积极的态度，促进开发自闭症儿童的康复与训练，全面提高自闭症孩子的综合能力，让孩子尽早走出孤独、融入社会大家庭。

林继宗院长代表文艺家们在活动现场发言："和谐的社会不该仅有健全的美，残缺也是一种美，和谐的社会中不该少了残疾儿童的笑容。让我们伸出一只手、奉献一点爱，让世界永远在光的照耀下。让我们创造一个和谐的社会，让残疾儿童能生活在一片温暖、和谐、平等的天空下！"他呼吁全社会对自闭症青少年儿童及其家庭给予更多的了解、关心，专注于为自闭症等贫困特殊儿童提供救助；呼吁民间特殊困境儿童服务机构提高专业服务能力，探索并推广最佳的儿童自闭症康复模式与训练方法，培养优秀的自闭症康复治疗人才，逐步建立起广泛的自闭症康复网络。活动中还举行了捐赠仪式，文学院组织来自潮汕各地文学家、艺术家捐献了书画作品24幅和书籍百余本。这些作品由主办单位统一接收、义卖，广积社会善心，传播大爱。活动所得善款将全部用于自闭症残疾儿童的康复治疗训练。

33

文学，植根于经济、浸润于文化、彰显于梦想。

今天的潮汕大地，粤东同城一体化发展风起云涌，这一潮汕大地经济社会的脉动，无时无刻不在感染着作家、启迪着作家、教育着作家、激励着作家，为时代放歌，为历史立传。特别是在世界多极化、全球一体化的大背景下，沟通海内外潮人文学艺术界，促进潮人世界文学的繁荣与发展，是分居世界各国的潮籍作家、艺术家的共同愿望。国际潮人文学奖因缘际会而诞生了。

有潮水的地方就有潮人，有潮人的地方就有潮人文学。当全世界潮汕人再次将目光投向这片诞生了光辉灿烂的文明的故土时，一场关于文学的盛会，一次关于梦想的对话，绽放在潮汕，绽放在2014年的春天。

首届国际潮人文学奖由汕头大学、潮汕文学院、潮汕历史文化研究中心、潮汕文化艺术交流协会共同主办，安福文化有限公司冠名赞助，旨在弘扬潮汕文化，挖掘、整合潮人文学，宣传潮人文学精品，激励潮人文坛才俊，造就文坛新人，提高海内外潮人的文化素质，促进国际的文化交流，以文会友，以文兴潮。

国际潮人文学奖是世界潮人文坛的"大阅兵"，吸引了来自美国、新西兰、新加坡、泰国、马来西亚、越南等多个国家和全国各地上百位著名作家、诗人的参与，参赛作品包括小说、报告文学、诗歌、散文、剧本、文学理论著作等各个门类。这些著作百花齐放、百家争鸣，新人辈出、名作迭现，展示潮人文学创作的丰硕成果和繁荣态势，推动文化艺术繁荣发展。

整个国际潮人文学奖活动的全过程分为筹备、启动、评选和颁奖四个阶段，就如同在冲泡一壶清香留齿的潮汕工夫茶。早在1999年10月，第三届潮学国际研讨会在潮州韩山师范学院召开。林继宗应邀出席盛会，并与国学大师饶宗颐先生促膝交谈。饶老说，潮学不仅是一个地方的学问，也是一门国际性的学问。潮汕人漂洋过海，遍布于世界各地。研究潮人文化，就要有国际性的目光。在饶老的启发下，林继宗便萌生了举办国际性潮人文学活动的念头。2011年潮汕文学院创办之后，林继宗就联系了汕头大学、潮汕历史文化研究中心和广东省潮汕文化艺术交流协会几家单位，大家都认为，潮人的族群分布在世界各地，潮人文学之花盛开在五大洲四大洋，潮人文学之根联结着东西经南北纬，热爱文学的我们应该为潮人文学之根施施肥，浇浇水，献上一杯小小的、清香的、甘洌的、温馨的工夫茶。因此，大家决定联合主办首届国际潮人文学奖活动。于是，大家就开始动手开山种茶了。

在筹备阶段中，林继宗带队登门拜访了汕头大学多位老专家、老教授，虚心向大家请教并一起探讨办奖活动的指导思想、组织形式、奖项设置、具体规则等。在此基础上，由首届国际潮人文学奖组委会办公室主任、潮汕文学院秘书长辛镛先生执笔，起草了活动方案，发给各主办单位和冠名单位充分酝酿、讨论和修改，前后五易其稿，才定了下来。应该说，活动方案是完整的，周到的，切实可行的。

活动组委会由四个主办单位的主要领导和骨干组成，邀请了中国作家协会副主席、著名作家陈建功、廖奔，著名作家从维熙，著名学者王富仁，省市有关领导和嘉宾担任活动组委会荣誉职务。接着，又和潮商卫视董事局许继升、盛昌荣织造总公司董事长张速平、《国际潮人》总编辑姚金城、《人生》杂志社陈钦然社长等各位文友联系与沟通，得到了他们的大力支持。就这样，我们摘茶了，制茶了；水热了，水开了；我们就要开始冲茶了。

启动阶段是以启动仪式为标志的。在广东省潮汕文化艺术交流协会的支持下，活动组委会于2013年6月29日上午在汕头迎宾馆9号楼的协会会址举行了隆重的启动仪式。汕头市老领导刘峰、黄赞发、钟展南、张泽华，潮汕四市有关部门、各主办单位和协办单位的领导、嘉宾出席了启动仪式，推动了金光闪闪的启动杆。

中共中央宣传部原常务副部长龚心瀚、中国作家协会副主席陈建功、廖奔先生、中国纪实文学学会、广东省海外潮人联谊会、广东省文联、广东省作家协会、潮汕星河基金会以及其他兄弟友好单位，都发来了热情洋溢的贺电贺信。

全国政协常委、中国作家协会副主席陈建功先生为活动发来贺信："有潮水的地方就有潮人，有潮人的地方就有潮人文学。潮人同根同源、同宗同文，不仅以坚忍的意志和同心同德的精神创造了经济奇迹，而且以独具特色的潮人文化享誉天下。举办国际潮人文学奖活动，奖励该领域贡献卓著的海内外作家作品，将是潮人文化史上的重要事件，对潮人世界文学创作与发展产生深远的影响。"

中国传记文学学会及会长万伯翱先生也为活动发来贺函："文化是一

个民族的血液和灵魂，文化的繁荣必将带动和促进经济社会的蓬勃发展，使一个地方的经济基础和精神文明建设上升到一个更高的层次。希望海内外潮人文学界同心携手，创造出更好的作品，在潮汕文化发展史上写下浓墨重彩的一笔，并成为汕头加快发展的助推器。"

新闻媒体也纷纷报道这次盛会。启动仪式当天，中国新闻社向全国发稿，报道国际潮人文学奖活动拉开序幕。香港潮商卫视专门制作了新闻纪录片，通过卫星向全球华人报道活动。几个月来，《中国新闻》《羊城晚报》《汕头日报》等国家、省、市各级报纸杂志都纷纷报道了活动的盛况，产生了巨大的社会效应。

海外华人文学界对这次活动也给予高度的关注。泰国泰华作家协会来函："潮人在东南亚同胞众多，以泰国为最。泰国华文作家一直心系祖国，关注家乡。首届国际潮人文学奖的举办，将极大促进海内外华文文学的交流。泰华作协大力支持活动，并将在泰国华文报刊上发布活动启事。"

马来西亚马华作家协会、新加坡作家协会、新西兰华文作家协会等单位也纷纷动员会员送来作品参加比赛，以实际行动支持家乡的文化建设活动。就这样，冲泡工夫茶的山泉水在持续升温。

从2013年6月29日开始征集参赛作品，到同年12月31日，组委会共收到来自国内外的参赛作品数百部，汕头大学杨庆杰院长、燕世超教授等专家认真地、负责任地进行了大量而细致的登记、分类等整理工作。组委会办公室辛镛主任和他的同仁们工作量也很大，他们从网上征集参赛作品，通讯联络，文秘资料，日常事务，等等。教授们和同仁们的工作都是业余的、义务的、公益的。

12月31日一截稿，便进入了评选阶段。林继宗以评委会主委的身份主持这项工作，以汕头大学、韩山师范学院的教授和潮汕四市知名文学评论家、作家为主的评委们，展开了紧张而有序的审读与评选工作。作品审读的工作量是很大的。每一位评委面对着几十部参赛作品，有的长篇小说一部就达到七十多万字。组委会和评委会都要求评委们，对每一部参赛作品都要写出评语，不论该部参赛作品是否评得上。在审读中，评委们始终保持着旺盛的精神，他们在春节期间还加班加点。有的评委病了，还不舍审读；有的评委出门在外，身边还带着参赛作品，一有空就审读起来，并且边审读边做笔记。

在审读与评选工作开始的时候，林继宗就强调一定要做到充分体现两个代表性：一是地域的代表性，即既要评出一定比例的海内作品，又要评出一定比例的海外作品；海内作品要兼顾潮汕四市和国内其他省市和地区，海外作品也要兼顾五大洲不同的国家和地区。二是体裁和题材的代表性，即小说（包括长篇、中篇、短篇）、散文、诗歌、报告文学、文学评论等各种体裁都要兼顾，历史、现实、海内、海外等各种题材也都要兼顾。评选的结果表明，这些要求都做到了。

审读与评选工作都有明确的分工，每一位责任评委都认真负责，独立思考，都有自己独特的审美观点，不过，所有人都自觉地遵循、执行统一的评选标准。

在林继宗的领导下，在评选工作全过程中，组委会和评委会始终是高度发扬民主的。评委们有责有权，畅所欲言，进行有效的交流甚至于交锋，充分行使审读与评选的权利。审读与评选工作是公正的。评选的准确率又如何呢？评委会不敢保证百分之百，也不敢保证百分之九十八，但是敢说八九不离十。

有的参赛作家来电询问组委会或者评委会，说为什么他（她）的作品没有获奖？或者为什么只是获得了提名奖？这让组委会或者评委会如何回答呢？他们提问是应该的，也是可以理解的。不过，有个别参赛作家还是沉不住气了，说了过分甚至于越理的话。但是接受询问的评委还是耐心细致地进行了解释。其实，这种现象并不难理解。心理学上有一句名言：每一个人都有自我肯定的倾向，而且这种自我肯定的倾向几乎是与生俱来的，在人的一生中都难以克服。著名的心理学家弗洛伊德早就提出了"自我"、"超我"、"本我"的概念。"本我"就是真实的自我。一个人要正确认识真实的自我不容易，甚至很不容易。人，常常是"自我"即自己对自己的评价不正确或者不很正确，总是高估了自己。自知之明是难能可贵的。"超我"就是周围的人甚至单位和社会上的人对自己的评价。如果一个人的"自我"评价总是高于"超我"和"本我"，那么，他（她）就会常常生活在自己酿造的痛苦中而难以自拔。有些作家总是认为文章和作品还是自己的好，而且这种自我评价往往是相当固执、难以改变的。

评委会结束评选的当天晚上，就在网上公布了首届国际潮人文学奖11名正奖和25名提名奖的名单，同时公布了获奖者所在的国家和地区，以及获奖作品的体裁。

小小的工夫茶终于冲泡出来了。

从2014年2月23日公布评奖结果之后，组委会和评委会便进入了举行颁奖大会的准备阶段。经过充分的准备，各项工作准备就绪，颁奖大会比原来预定的五月份提前了。经过研究，组委会决定在清明后的4月6日在汕头大学举行颁奖大会。定这一天主要是考虑海外获奖作家和嘉宾的方便，他们可以安排在回故乡扫墓之后出席颁奖大会。

举行颁奖大会是全过程四个阶段中的最后阶段。组委会和评委会都做了充分的准备。

经过积极的联系和邀请，汕头大学副校长林丹明、潮汕历史文化研究中心理事长罗仰鹏、广东省作家协会副主席郭小东、张培忠，著名学者王富仁、新加坡著名作家蓉子、汕头市老领导黄赞发、钟展南、张泽华，潮汕四市有关部门、各主办单位和协办单位的领导、嘉宾出席了颁奖大会；领奖的作家大多数也都来了，没有来的也请了代表来领奖；中共中央宣传部原常务副部长龚心瀚，中国作家协会副主席、著名作家陈建功、廖奔先生，中国纪实文学学会、广东省海外潮人联谊会、广东省作家协会、广东省文联原主席刘斯奋，潮汕几个市的市委宣传部及市文联、潮汕星河基金会、汕头市关工委以及其他兄弟友好单位，都发来了热情洋溢的贺电贺信。

4月6日上午，如期举行的颁奖大会取得了圆满成功。

许多人物和故事，他们的境界和友谊是令人感动而难忘的。林爽女士和她的先生不远千万里，从白云的故乡新西兰飞到香港，在香港租房子住了一个月，等到颁奖前一天，穿过滚滚人流，来了；年近八十的陈图渊先生开着专车，友情相助，搭载着林爽女士和她的先生，来了；同样年近八十的郑若瑟先生腿脚不方便，由他的儿子专程陪伴和护送，从泰国曼谷，来了；蓉子女士也安排好日程，排开繁忙的商务活动，早早地来了——汕头大学感动了，主办单位和协办单位感动了，作家们文友们领导们嘉宾们感动了，潮汕人民也感动了……

就这样，一杯小小的工夫茶，一杯清香的、甘洌的、温馨的工夫茶，一杯韵味无穷的、难以忘怀的工夫茶，终于酿成了，冲泡出来了，奉献在潮汕老百姓面前，奉献在潮人文学面前，奉献在潮人世界面前。

谈起文学奖的意义，林继宗作为发起人之一深有感触："举办国际潮人文学奖，不仅对于弘扬大潮汕文化、大潮人文化，丰富群众文化生活，具有积极的作用；同时也将促进潮汕文化、经济、旅游和社会的发展，提升知名度和影响力。国际潮人文学奖已经成为潮人世界的文化品牌，她再次见证了我们追求高层次的文学品质、高质量的文学品位、高档次的文学品牌的高尚目标；再次见证了海内外潮人大文化乃至华人大文化的一体化及其复兴与繁荣。"

"友谊、交流、进步"是文学奖宗旨的集中体现，穿透时空，跨越疆界，源源不断地向文艺家、向关心热爱文学的人们、向全世界的潮汕儿女，发出殷切的心灵呼唤和强烈的精神感召。

文学与艺术是全人类共同的财富，是世界发展的活力之源。潮人文学奖是个大舞台，来自全球各地的潮人作家和作品汇聚一堂，为友谊而来，为友谊相聚，用相同的汉字传递着彼此真诚美好的祝福，书写出最令人感动的友谊篇章。它播下欢乐的种子，生长人文的大树，培育宽广的情怀，收获友谊的果实。活动与聚会虽然是短暂的，友谊地久天长！

从潮汕平原到马来群岛，从落基山脉到新西兰岛，文学如纽带把世界相连，为不同的文明创造交流的机会。它展示着各具特色的文学成就，展示着不同文化的绚丽风采。它强调对文化差异的包容理解，倡导相互借鉴、求同存异，尊重文化多样性、世界多极化。在文学与精神的旗帜下，人们看到的不是对抗与冲突，而是和解与友谊；不是单一文化的孤鸣，而是百花齐放的交响；不是封闭自锁的藩篱，而是开放交融的平台。在这种氛围中，人们透过文字和书籍，得以拓展各自眼界，以世界公民的博大胸怀，认识和理解本地区以外的事物，学习和尊重其他文化，用包容和理解之心孕育和平的种子，使文学所提倡的国际交流得以实现。

友谊与交流，是文学活动的欢乐之源；创新与进步，是文学创作的永恒追求。国际潮人文学奖活动，用人文精神的发扬光大，诠释着"进步"的含义。作为文学比赛，它承认获奖者的成就与辉煌，也赞颂参与者的努力和贡献。所有热情支持、付出心血的参与者与获奖者一样，都是文学大舞台上不可或缺的角色。文学奖活动并非作家们的自娱自乐，它更关注千千万万热爱文学的普普通通的民众。"文学为社会的全面发展服务，促进人的道德品质健康发展，推动社会和平进步。"这是潮人文学奖始终坚持的核心理念。

作为首届国际潮人文学奖组委会主委，林继宗坚持以"节俭办活动、文化惠潮人"为原则，创新办节理念，集潮人之智，举社会之力，成就一次艺术盛会。

文学奖活动在多方面进行了创新。开幕式取消大型歌舞文艺演出，代之以一个简短仪式，并邀请作家、诗人们上台朗诵作品，让艺术真正回归本体。组委会还首次做出了商业与艺术如何互相尊重的探索，鼓励企业和其他社会力量冠名、参与活动，为文学艺术的繁荣发展插上市场的"翅膀"，让艺术精品在市场中自由飞翔。

从筹办伊始，文学奖就努力实现从专业文学活动到公共文化活动的蜕变，就文学的表现手法做了许多大胆、创新的探索，让各种文艺形式相融会贯通，让文学在另一个艺术领域发声。

为了让读者更好地欣赏理解这些作品，在颁奖典礼之后，组委会特别安排了作家与读者面对面的交流会，邀请一大批名家来到活动现场，为自己的作品充当起解说员。这个活动受到了广大读者的追捧。"作者自己讲解，能让读者更清晰地理解作品的意境以及感情色彩。对于普通读者来说，这是一个很难得很不错的交流和学习机会。"一个读书爱好者的话，代表了很多人的心声。

首届国际潮人文学奖收到来自世界各国逾百篇参赛作品，佳作荟萃，名家云集。多样的题材，不同的风格，同样的精彩，展示着新世纪以来潮人文学取得的最高成就与最新风采，谱写了中国梦与世界各国梦想交织共鸣的恢宏篇章。

参赛书籍题材多样，既有表现重大革命历史事件和人物的作品，也有表现普通百姓生活的作品；既有瑰丽的历史生活画卷，也有沸腾的现实生活场景；既有激昂慷慨的悲壮风格，也有缠绵委婉的细腻韵味；既有绵延数百年的古老传奇，也有新时代产生的故事。可谓精品大荟萃、成果大展览、艺术大检阅。

　　参赛的许多作品呈现出了一种非常可贵的品质：注重从小处着眼，题材紧贴老百姓生活，味道鲜活，非常接地气。文学深深植根于社会历史土壤，从时代汲取精神能量。当今时代风起云涌、多姿多彩，为文学工作者提供生动深刻的生活素材，描绘光彩绚丽的精神图谱。社会主义新人的先进事迹，无时无刻不在感染着作家、启迪着作家，为时代放歌，为历史立传。从这次的参赛作品看，作家能直面生活，传递正能量，文学与现实人生、当代生活水乳交融，有深度、有广度地反映现实，反映群众呼声，文艺精品层见叠出。

　　透过参赛作品，可以看到潮汕文坛大发展大繁荣的局面。老作家壮心不已，中年作家风华正茂，青年作家茁壮成长。文学创作成果丰硕、异彩纷呈，长篇小说、中短篇小说各领风骚，新诗、旧体诗比翼齐飞。散文、杂文领异标新，报告文学等纪实类作品深刻反映现实生活和时代风貌，大视野、大气魄、大手笔。

　　透过参赛作品，可以看到潮汕文学"走出去"的步伐。随着经济发展，越来越多的潮汕儿女离开家乡，到祖国各地求学、经商，他们扎根当地，用手中的笔，广泛地展示潮汕文化的魅力，同时借鉴各地文化优秀的成果，打开视野，打开思路，形成多渠道多形式多层次的文学交流。这次文学奖活动，组委会收到来自东北、华北、华中、西部地区的潮籍乡亲寄来的作品，他们的创作成就，是当代潮人文学的重要组成部分。

　　透过参赛作品，可以看到潮人俊彦在海外文坛辛苦耕耘，成就令人兴奋。例如新加坡作家协会主席希尼尔的小说，每以"浮城"喻指新加坡，对华人常以"孤岛遗民"称之，在"国家叙事"的语境里，关注华人移民在新加坡的尴尬处境，尤其是文化上的两难。马来西亚华文作家协会副会长本陈政欣的小说集《荡漾水乡》，叙说海外华裔在重新进入中国的开放市场经济时面对的形形色色的困扰，反映了新时代国际商人的生活面和价值观。新西兰华文作家协会原主席林爽女士的报告文学《云乡龙裔毛利情》，记录了新西兰七个毛利裔华人家族的血泪史，反映出百多年来毛利人与潮汕人错综复杂的微妙关系，记录了潮汕文化与毛利文化交融的历史。

　　国际潮人文学奖的成功创办，也是林继宗所倡导的"潮汕文学精品战略"和"潮人青年作家扶持计划"的一次实践。

衡量一个时代的文学成就，要看精品、看代表作。精品源于作家对生活的丰厚积累和深刻认识，文学评奖则是引导创作、推出精品的重要手段。通过国际潮人文学奖活动，把群众评价、专家评价和市场检验统一起来，实现作家与评论家相互砥砺，创作和评论相生相长，不断提升潮籍作家文学创作的水平，提升潮人文学在国际和国内的声誉。让优秀的作家受尊崇、优秀的作品有市场。

青年是祖国的未来，也是文学的未来。随着经济发展和教育水平的提高，在青年中爱好文学、有文学写作能力的人越来越多，他们是最大的写作群、最大的读者群。通过国际潮人文学奖活动，推动形成尊重作家、热爱文学的社会氛围，提升文学在年轻人中的影响力，培养更多的文学人才，帮助他们提高，扶助他们成长，推动潮汕文学一代代地传承和发展。

国际潮人文学奖的成功创办，也是千千万万文学志愿者无私奉献的结晶。

历时近一年的活动，在组委会主委林继宗和办公室主任辛镛的带领下，有超过万名文学志愿者参与其中。他们或出现于活动现场，协助组织工作；或分散于世界各地，宣传活动盛况。志愿者们年龄不同、职业不同、语言不同，但他们都有共同的情感，共同的愿望：通过国际潮人文学奖活动，实现海内外潮人的一家亲！

奉献是志愿精神的核心。文学奖活动的震撼人心之处，不仅在于名家云集的恢宏气势，更源自点滴奉献与分享汇成的欢乐海洋。文学，在奉献与分享之间搭起桥梁。正是无数文学爱好者与志愿者默默无闻的奉献，成就了一次辉煌的文学盛会。

34

潮汕文学院的成功创办，国际潮人文学奖活动的顺利收官，赢得了广泛的社会声誉。但面对荣誉，林继宗并没有停下前进的脚步。他深深意识到"发展才是硬道理"。因此，他一刻也没有放松，不断规划着未来的蓝图。

2015年4月，林继宗和辛镛在香港共同发起、成立了国际潮人文学院和国际潮人文艺基金会。这是发挥侨乡优势，促进文化发展的又一次大胆尝试。

潮汕是著名的侨乡。历史上的潮汕地区，人多地少，因生活所迫，从南宋开始，一批又一批的潮人向海外移民，拓展生存空间。如今，"海内一个潮汕，海外一个潮汕"，"有潮水的地方，就有潮人"。据《潮汕大文化》一书记录，海外潮汕乡亲大概有1000万人，在泰国约有500万人，马来西亚和印尼各约有80万人，新加坡约有50万人，越南约30万人，柬埔寨约20万人，老挝约10万人，美国约30万人，加拿大约10万人，法国约15万人，澳大利亚约10万人。乡亲们虽身居异域，但对家乡的一草一木总是念念不忘，他们常说："我的根在潮汕，无论走多远，对家乡的感情难以割舍。"他们想到的是回报家乡、回报社会、回报国家，实实在在做一件件利国利民的事。

文化是一种情怀，充满情感。潮汕华侨文化充满深厚的情感——海外潮人对祖国、对家乡、对家人朋友的深厚情感。就像数以万计的潮汕侨人，充满丰富的情感价值，是对海内外潮汕青少年一代进行爱国爱乡爱家、感恩父母情感教育的重要资源。

国际潮人文学院和国际潮人文艺基金会的设立，正是为了团结海内外潮汕籍乡亲，为国际潮人文学艺术的交流和发展提供服务。基金面向全球公众募捐，不限定地域范围。

国际潮人文学院和国际潮人文艺基金会是经香港特别行政区政府批准、按照香港法规登记成立的独立的法人社团，依照香港的章程条例开展活动。其总部设于香港，在北京、上海、汕头、深圳等城市设立分会或办事处。未来，还将在曼谷、旧金山、吉隆坡等潮人主要聚居的海外城市设立分支机构，促进海内外潮人文学的交流和发展。

文学院和基金会的业务范围为：（一）接受各国各地区单位及个人的热心捐助；（二）开展各种大型文化公益活动，设立"国际潮人文学奖"、"国际潮人书画展";（三）加强与海内外潮汕籍乡亲的联系和交流;（四）实行签约作家制,策划重大写作课题,出版会刊;（五）通过各种投资活动,实现资金的保值增值。

同时设立的还有林继宗文学研究院和国际潮人创作中心。各机构将聘请海内外文化界著名人士主持日常工作,以浓郁的文化情怀,饱满的文化情感,高度历史使命感和时代责任感,科学的发展观,积极有效的措施,借助华侨经济文化合作试验区设立的契机,推动潮汕华侨文化的发展与繁荣。

大道
行思

第八章

35

《左传》有言："太上有立德，其次有立功，其次有立言。"耕耘四十多年，不论为人、为政还是为文，林继宗的声誉都是被充分肯定的。

四十多年来，社会与经济发生了翻天覆地的变化，人们的生存状况和消费观念也日益革新，但林继宗一直徘徊在文坛中，对文坛始终有着深深的情结、绵绵的思绪和淡淡的惆怅。

对于文学，林继宗认为：她是理想的寄托，精神的支撑，心灵的净土和生活的乐趣，而并非谋生的手段，也没有多少功利与实惠。

诚然，从全国范围来说，除了金字塔顶端的少数人外，许多作家至今仍然过着清贫的生活。事实上，就是在号称"金元帝国"的美国，真正靠写作发财致富的作家也并不多，多数作家并不富裕，不少作家甚至还比较清苦。但是，文学对于人生，仍然有着不可替代的意义与价值。世界上许多卓有成就的名人，都爱好甚至倾情于文学，在事业取得成就的同时也赢得了文学的素养与成就。俄罗斯科学家罗蒙诺索夫同时是语言学家和诗人，著名作家卡夫卡和契诃夫分别出身于律师和医生。陈省身、杨振宁、李政道、华罗庚和苏步青这些著名的数学家、物理学家都爱好文学，并有良好的文学素养，他们甚至在古典文学和诗词方面有着很高的造诣。当然，文学在他们心中是一片可爱的净土，一支精神的支柱，寄托着美好的理想，为他们繁忙的工作与紧张的生活带来高雅的乐趣。

对于当今文坛，林继宗认为，当前一个不可否认的事实就是：文学正在逐步边缘化。与20世纪80年代的文学繁荣期相比，当代文学已经将娱乐功能大规模地转交给了影视。一部文化作品，发行到40万册，被出版界称为天文数字，而全中国光电视机就有5亿多台，文学怎能与影视相比呢？这些年来，文学的读者是以一位数一位数的速度在减少。"文学的出路似乎只有走向影视，或者媚俗，否则就只能走进博物馆了。"悲观者正是这样认为的。

对于这个论调，林继宗曾撰写《对文学永不言弃》一文予以回击：

当代文学之所以走向边缘化，与作家不愿意再去承担教化功能和沉重的社会使命有关。20世纪八十年代以来，经济和商品逐渐成为社会的主角，文学终于难以抵抗商品与媒体的挤压，从高贵的圣坛上跌落下来，一直处于社会中心位置的作家们也逐渐被边缘化，他们为社会代言的功能随之被淡化。当恢复文学原本地位的各种努力失败之后，多数作家的心态渐渐失衡，对于文学前景的信心不同程度地动摇起来，文学的危机感在文坛逐渐滋生开来。造成"文学危机"和作家失落的原因是多元的、复杂的，而最明显的是社会的变动以及由此而产生的作家的不适应状态。于是，作家队伍产生了剧烈的分化。有些作家彻底改了行，放弃了手中的笔，或下海经商，或上山从政，或走向企事业界；有些作家走上从政从业从商而后养文的道路；只有少数作家仍然几乎全身心地固守着文学的家园。

当前，作家们所面临的最严峻考验是如何在商品充斥、物欲横流的情势下保持精神的纯粹和文学的纯洁性，学会承受清苦、孤独与寂寞的生活，学会背负沉重的良知赋予的命运十字架，在精神荒漠中，在讥讽和冷眼中，孤寂默然地前行，披荆斩棘，义无反顾。

中国的作家当然包括潮汕的作家都具有以社会良知承担社会责任的优良传统，他们的骨子里始终沉积着对社会对国家对民众的责任感与使命感，他们凭借良知孜孜不倦地进行文学创作，为使自己的作品能够有益于世、泽被于民而不息地劳作，呕心沥血而在所不惜。在大多数作家的认知中，"修身、齐家、治国、平天下"是互为一体的。一个真正的作家如果不食人间烟火，放弃社会责任与良知，而退隐于象牙塔中陶醉于精神自娱，那么，他和他的文学就可能为人民大众所抛弃，或异化为权威与金钱的附庸，那便是良知的丧失、责任的放弃与精神的坠落。

有些中国作家，由于种种原因，那强烈的责任感和良知感没有内化成为作家自觉的独立意识而贯彻于自身的文学实践之中，这就使得他们在历次社会变动中不能始终坚守文学的本色与真诚。有的甚至在各种欲望的诱惑下，放弃良知、责任与道义，屈服于权势与利益，并向世俗与平庸投降，文学于是成了他们自我扭曲与人格蜕变的牺牲品。

虽然社会的变动是导致文学被边缘化的重要原因，但根本的原因还是一些作家本身失去了责任感与使命感，放弃了对社会良知与道义的坚守。他们不愿面对社会转型期人们精神状态的变化与动荡，不敢深入社会底层或生活的底渊，去把握丰富多彩的众生相。作家的队伍不断分化。有的自认为是精神的贵族，把自己封闭于超然的"纯精神领域"，远离生命与人世；有的孤芳自赏，或顾影自怜，在悠然的自我迷恋中，沉醉于语言与感觉的游戏；有的干脆公开成为拜物教的信徒，以文学的手段追求利益，以作家的名义满足物欲；而那些敢于承担社会责任的作家，他们源于道义与良知的呐喊在杂乱的世俗声音中越发显得微弱。由此可见，当前的文坛，无论作家还是文学，都潜伏并显现着深重的危机。

社会现实表明，在物质日益丰富的时代，人们同样需要精神的多彩。社会生活呼唤着文学，人们的心灵呼唤着文学。民众比任何时候更需要文学。因为，文学可以使精神世界变得更加充实与富足，使人们心灵的家园更好地绿化、净化与美化。

当然，我们清醒地意识到，作为人类精神和灵魂的守望者，作家的使命和责任决定了他们可能是一群孤独者，特别是在精神贫乏的时代，在冷寂的暗夜中孤独地坚守着人类的精神和灵魂，这是作家注定的不可回避的命运，也是作家神圣的使命与无上的荣耀。

坚定的信念正驱使着那些坚强的作家，肩负着重大的责任与道义，满怀良知与使命感，承受着苦难与孤独，勇敢地披荆斩棘，去攀登那人生信念和时代精神的高峰。对于文学，巴金、从维熙和所有胸怀良知与使命感的作家，都是永不懈怠的责任者，他们对文学永不言弃。

对于潮汕文坛，几十年来，林继宗一直关注着一个令人十分痛心的事实：不少原本很有才华、很有希望的文学青年，因为种种原因，在文学的漫长道路上半途而废了。林继宗说："在半途而废的文学青年中，并不缺少日后能够成长为文学的参天大树的人才。他们为什么要半途而废呢？或许为着生计，或许为着别的前途，或许兴趣已经发生了转变。各人有各人的理想和追求，本无可厚非。但林继宗觉得，对于有才情的文学青年来说，完全放弃文学是殊为可惜的事情，至少应当将文学作为业余的兴趣一直保留下来，让自己的心灵永远不失去这片淡泊明志的净土。"

每一位作家，或者文学爱好者，一般来说，在其文学创作道路上，都有起点、顶点与终点。放眼未来，林继宗衷心地希望：青年们起点早些，顶点高些，终点晚些，最好没终点，或者说终点出现在生命结束的时刻。这样，在他临终的时候，他就可以问心无愧地说："我终生用心追求着文学。文学是我终生的伴侣，是我理想的寄托，精神的支撑，生活的乐趣，是我心灵中的一片美好的净土。"

对于文学创作，林继宗坚持认为，生活是文学不竭的源泉。

近年来，有些作家明显感觉到"没东西写，生活的库存用尽了"。一些作家感到对于生活的枯竭越来越强烈的焦虑与恐惧，可他们又没有真下决心深入生活，开辟生活的新生面，又不肯暂时搁笔沉默，于是，心头充满了矛盾与痛苦。中国作家协会副主席陈建功感慨地说，"深入生活"的号召一直在喊着，可是有多少作家真正焕发了激情，找到了"这个时代各个角落里人们生活的逼真气息和像热浪一样扑来的那种生存的气息"？诚然，作家要有所作为，就必须沉入生活的海洋，用全副身心去感受生活的深度和世态的炎凉、人情的冷暖，要放弃烦琐的人际关系和烦心的无谓应酬，走向本真的自然、社会、人生和心灵的深处。

四十多年来，在林继宗所创作的四百多万字作品中，相当一部分是涉及海洋和涉及亲情的，因为，他从来就离不开海情与亲情。他从小生活在海边，数十年的工作也未曾离开大海；至于家庭与亲情，更是须臾不可离弃的，是最能产生心灵感应的直接生活。这种涉海、涉亲的直接生活在不知不觉中积累，终于沉积成为自身生活的矿藏，当他一旦受到创作灵感的召唤，着手创作涉海涉亲作品的时候，便自然感到手有余粮、胸有底蕴、心有灵犀，于是，创作起来便感觉挥洒有些自如了。例如散文《那一片蓝幽幽的海水》，那苦乐鲜活的赶海生涯，那栩栩如生的海友形象，那刻骨铭心的涉世感受便跃然于读者心心。文中，防范水族的伤害和处死虎仔鱼的细节，蟹叔的命运和海友杜应林的遭遇，都是有实实在在的生活原形的，而不是虚撰出来的。小说《横行者的上帝》中，作者调动了自己所有的涉蟹生活，又大量阅读了一系列的蟹书，详细了解海蟹的习性特点及其一生的经历变化，才开始着手创作。因此，他笔下的海蟹，既全身是宝，又骄气十足，而且横行霸道，贪食无度。因为没有节制地进食，有些膏蟹竟被蟹膏胀裂背甲而活活撑死。这"悲惨的故事"就是作者在深入生活之后才发掘出来的。还有，如果手被蟹螯到了，千万不能将手提起，而要赶紧把手放进水里，蟹在水中急于逃生，便会放开你的手，这细节当然也是来源于真实的生活经历和体验的。

在创作涉海作品的时候，除了写赶海，写水族，写捕捞者、养殖者、海员、海港人等涉海人物外，林继宗还喜欢写游泳。因为游泳是他喜欢并且较熟悉的生活，他先后在南海、东海、黄海、渤海、长江和南太平洋游过水。这或许是他一种潜在的追求，或许是一种心理的需要，或许是缘于情绪，又结于缘分吧。总之，喜欢并熟悉的生活，往往能够在他的笔下艺术而真实地再现。

在采访中，林继宗多次强调，深入生活是创作一切文学艺术精品的前提。只有深入生活，尤其是精彩的生活，才能使作家如鱼得水，从而激发出良好的创作状态，写出精彩的作品来，回报精彩的生活！这是生活对于作家与文学的赐赏。

在多次采访中，我曾向林继宗先生请教创作的秘诀。林老师略加思索之后，总结出两点：第一，精彩的细节是作品的利刃；第二，苦难的生活是文学的财富。

林继宗认为，每一部作品至少都有三个要素：人物、故事与细节。细节犹如刀刃，没有细节的作品是无刃的钝刀。一个精彩的细节胜过十个粗泛的故事，阅读没有精彩细节的故事，犹如咽糠下肚。精彩的细节不仅是故事的精髓，更是人物的生机与活力之所在，只有精彩的细节才能使人物出神入化，刻骨铭心，才能使人物形象有血有肉，并充满生命力。

林继宗举了一个例子：潮汕著名老作家王杏元在他的成名作品长篇小说《绿竹村风云》中，善于运用生动的细节塑造人物。他写中农阿狮参加集体劳动时，宁肯一再忍耐着憋住肚子里那泡尿，也不肯撒在集体的田地里，直至收工回家，他才急急将那泡憋了半天的尿撒在自留地里，活生生地刻画出阿狮自私自利的心理。为着自家多积点肥，阿狮还颇有心计地请农民弟兄们到他家喝茶，茶已经很淡了，他仍然冲了又冲，直至喝茶的人们都在他家撒了尿，他才让大家离去。这样的细节来自生活的深处，实在令人过目难忘。

关于苦难的话题，林继宗更是感触良多。也许是命运的安排，从青少年时代，他历经了几多艰辛苦难的岁月。这段苦乐年华的生活，对他后来的人生和文学创作，产生了深远的触及灵魂的影响，成为他后来文学创作的丰富矿藏。他的不少中短篇小说、诗歌、散文和长篇系列散文、报告文学和戏剧作品，均取材于此。如长篇系列散文《魂系苍凉》，中篇小说《沉默的远山》、短篇小说《魂系海角》，系列散文《梦中慈母泪》《憨憨的父爱》《那一片蓝幽幽的海水》等。

巴尔扎克曾说："苦难是位最好的老师。"从中国和世界文学史上看，苦难出真知，若能将真知变成为文学，就是人类的财富。因此，林继宗真诚地感谢苦难的生活，感谢那条漫长而艰辛的人生道路。他说："我对于自己在社会最底层，上了二十年的人生课，无怨无悔！"

36

几十年来，林继宗的人生有两条主线：一则为政，二则为文。为政，他促进了家乡的经济发展；为文，他同样关注家乡，关注潮人。

当代有一句名言"从我做起"。无论社会如何发展演变，文学创作的规律是不变的。作家总是要写自己最熟悉的人、最熟悉的生活。林继宗先生是一个土生土长的潮汕人，这几十年来，他写诗、写散文、写小说，讴歌他最熟悉的城市、最熟悉的社会。近几年，他虽然主持潮人文学院的各项工作，宵衣旰食，席不暇暖，但仍笔耕不辍。最近，他以潮人为题材，创作出版了四部诗化散文式系列长篇小说《家园》《海岛》《港湾》《潮人》，总题名为《魂系潮人》。小说从我写起，向生活辐射，向社会和自然辐射，向潮人大世界辐射，从而具体而别致地向读者表现 潮人。

这部书的一个鲜明的特点，是用晓畅传神的描写吸引人。文艺作品是生活的反映，但文学家的成功，并非简单呆板地叙述历史。《魂系潮人》是在真实的叙述中重现历史的面貌和活力，使过去的人和事鲜活地闪动在读者面前，展示了潮人的发展史，使现在的人受其感染，感同身受。这部书也用深刻精辟的分析来启发人。它是现实主义的小说，但读者如果把现实主义文学作品完全等同于生活实际，是认识上的偏差。我认为一个能真正称得上诗人或作家的人，应该有对生活本质和社会主潮的洞察力和穿透力，应该有引领众生的思想高度和责任担当。因为历史记述的是过程，但过程并非历史的全部。成功的作品，能把作者在那段历史经历中所得到的情感熏陶传递给广大读者，能从对过程的叙述和点评中给人以哲理性的启发，而给读者留下更多的思考空间，或可从中汲取智慧，或可从中汲取精神。这部书里，作者写下自己成长的足迹，这也是千千万万潮人生活的足迹，这更是一代代出海谋生的华侨奋斗的足迹。它传递着拼搏奋斗、生生不息的潮人精神。百年间，一代代潮人背井离乡，艰难创业，"几行名姓留青史，多少牺牲绝碧渊"。这种感天地、泣鬼神的奋斗精神，令人心潮澎湃，热血沸腾。作家回首潮人风雨人生中的故事，是要让历史沉淀出真谛的思考，是希望下一代人再看一看前人当年留下的那些脚印，是希望后来人将这种精神继续传承和书写。

作为这部系列长篇小说的第一集，《家园》描写的是潮人乡土的故事。说起"乡土"一词，往往让人联想到红瓦白墙、水乡夜色或空灵雨景这些田园般诗意的意象，总以一种恬静怡人的意境昭示了超然的美学特征。因为乡土里，有我们童年的影子，蕴藏了我们最纯真最美好的梦，它烙刻在记忆最深处。诚如俄罗斯著名文学家巴乌斯托夫斯基所说："童年生活将是文学的影子，相伴随作家一生。"林继宗先生是一个土生土长的潮汕汉子。作为一个生于海滨长于海滨的本土作家，其作品的字里行间总透露出浓郁的乡土元素和乡土气息。也正因他深爱故乡这片热土，才能在繁忙而浮躁的现实生活中，默默耕耘，执着于文学创作，讴歌家乡的风土人情。

潮汕平原，背依高山，面朝大海，地少人多。所以潮汕子民的生活，不是"荷锄侍稼穑，牧牛斜日归"的宁静画卷，而是风浪莫测，"风霜雨雪搏激流"的讨海生活。《家园》书中描写的蟹叔，正是一个典型的潮汕劳动人民的形象。"他那一米七八的个头，赤褐色的大脸膛，粗壮的身躯和强健的四肢。"蟹叔深深爱着家人，"怕找个不善心的女人后，两个孩子受苦。"他艰辛地忙碌着，无论是当阳还是戴月，只要涨潮时候，都会出海劳作。满载而归时，他眉飞色舞，再累也不觉得累；空手而回时，他心情会很沮丧，为一家的生计担忧。还有淳朴的大娘、善良的工友等等，林继宗能将这一个个人物写得栩栩如生，源于乡土给他最深的记忆和影响，他的身躯，他的灵魂，他的品质，他的一切特征，源于他对生活的苦辣酸甜的咀嚼、体味和提炼。在书中，他始终再现的是乡土的生活本色，反映的是可贵的民间真性情。

珠池，位于汕头市区的东部，那里曾经是一个小渔村，有着独特的渔家风情。石砌的民居，石铺的街巷，辽阔的大海，悠扬的渔歌，构成了一幅生动的画卷。这是作家儿时生活的乡土。在他的笔下，"海的形象和韵律是美好的，尤其是当夜空的点点星光和海边的片片流萤交融在一起的时候，还有那海潮的鸣声和海风的行吟"。小伙伴们在海中耙虾抓蟹，在漫天夕阳的沙滩上逗留嬉戏，一派祥和而繁忙的渔家欢乐景象，犹如一曲远离尘嚣的田园牧歌。他所描绘的村寨、乡民，纯真，清澈，宁静，未受现代都市文明的污染，宛如一幅幅古朴而奇幻的风俗画，有一唱三叹之妙。这与沈从文等人营造的乡土文学的和谐美，有异曲同工之妙。

原汁原味地传达当年潮汕渔村原生态的况味，是《家园》一书散发乡土灵魂香味的因子。林继宗生长于农村，20多年的生活经历，让他对大海、对故乡有着千丝万缕的情怀，这与那些闭门造车的梦幻般乡村叙事者和蜻蜓点水式的乡村表达者有着天壤之别。不是亲自经历过的人，是写不出这样的细腻如斯的作品。譬如：第三章写大蟹和应林叔的争执，第二十九章写三个邻居生活的故事，这些都直接取材于现实生活，原汁原味，传递着浓郁的生活气息和乡情。这是一种纯粹的原生态气质。林继宗先生是个平民作家，他把自己沉潜于乡土生活中，发掘和提炼那种体现生活本质和生命韧性的乡土民间韵味，再用文学的手段有机整合，从而传达出具有特殊质地、独立品格的原生态况味。

　　在现代中国，自"五四"新文化运动以来，很多作家都用自己的笔，记录着故乡的风土人情，在文学上取得辉煌的成就。鲁迅在《中国新文学大系·小说二集·导言》中说："蹇先艾叙述过贵州，裴文中关心着榆关，凡在北京用笔写出他的胸臆来的人们，无论他自称为用主观或客观，其实往往是乡土文学。"林继宗的《家园》一书，将故乡作为梦中的家园和理想的世界描写，达到了乡情风俗、人世变迁、人物形象三者描写完美和谐、浑然一体的境地，散发出乡土气息香味的艺术特质，蔚为大观。

　　《海岛》是这部系列长篇小说的第二集，描写知青们当年在海岛的生活劳动场景，带有强烈的"自传体"色彩。它凭吊流逝的青春岁月，表达无悔的理想情怀，塑造勇于献身的平凡劳动者形象，讴歌革命英雄主义和理想主义。书中对知青生活的缅怀，对农民问题的探讨，对火红年代的反思，对人生真谛的求索，都能引起读者的思考和共鸣。

　　《海岛》中，作家写朋友，写农场，写胶林，写天空，写城市，也写当时祖国日新月异的变化。质朴的文字，仿佛一种回归自然回归民歌神韵回归传统的天籁之声。透过小说，我们可以看到那个叫琼州的岛屿，正迈着艰难而执着的步履，从古老贫瘠的田垄上走出来，走向文明和灿烂。生活的波澜壮阔为文学创作提供了肥沃的土壤，历史的厚重积累更提供了适宜的气候，作家饱含赤子情怀，用生命和心血塑造出来小说中一个个鲜活生动的人物形象。那来自土地的呼唤，来自古铜色胸膛的呐喊和来自麦田的歌唱，力透纸背，震撼人心！

　　我很佩服像林继宗先生这样知青出身的作家，他们用坚实的肩承当起社会的道义和责任，又用睿智的手书写出流传的诗文篇章。知青生活，给他们的灵魂和记忆留下深刻的烙印。也许，从一代人的青春和命运这个角度来看，知青作家们叙说的都是同一代人的故事；但从每一个具体的个人的命运轨迹来说，一个知青就是一个故事，就是一部小说。阅读《海岛》，可以感受到这些文字都是出自作家心灵深处，感受到那颗忠于祖国忠于大地的赤子之心。字里行间融入着他对农场生活的认识和感受，充满着深刻的使命感和故土意识。那支不屈的笔里流出的文字，是他心灵的震颤，心灵的血迹。

　　有人说，知识青年是20世纪中国史册上一个无法抹去的凝重印记；而知青文学，就是记录这一印记的具体文字。作家回首知青们风雨人生中的故事，是要让历史沉淀出真谛的思考，是希望下一代人再看一看当年留下的那些脚印。《海岛》中，作家既用犁耙，也用笔墨，在大地和书本上写下自己青春的足迹，这也是千千万万知识青年的足迹，这更是一代代出海谋生的潮人奋斗的足迹。它传递着拼搏奋斗、生生不息的潮人精神。这段历史，这个故事，这种精神，还将继续传承和书写。

文艺作品是生活的反映，是时代的号角，是人民的心声。文学要客观地再现社会，要为社会进步服务，这是源自"五四"新文学启蒙精神的社会担当意识。汕头是一座海滨城市，港为城用，城以港兴。桅樯林立、千帆待发的港湾，是城市的经济引擎和发展龙头，也为文学的创造提供了丰富的素材。组织创作一部纪实性文学作品，多线索全景式地再现汕头港几十年间的发展轨迹和建设成果，展现港口广大干部职工筚路蓝缕、艰苦奋斗的精神，是时代的呼唤，也是所有港口人一直以来的梦想。因为，系列长篇小说的第三集《港湾》也就应运而生了。

《港湾》回忆、记述了改革开放之初至2010年底这一历史时期，汕头港口发展、建设、改革的重大事件和重要活动，有很丰富的历史含义。它真实地反映了港口发展波澜壮阔的现实，深刻生动地表现了新老两代港口人的伟大实践和丰富的精神世界，讴歌了港口人们惊天地、泣鬼神的创业精神，表现了"港口振兴城市，发展改变生活"这一历史趋势所蕴含的人文意识和时代精神。

我们正处于一个伟大的时代。伟大的事业需要崇高的精神来支撑和推动，崇高的精神需要杰出的文艺作品来激励和讴歌。林继宗先生对港口领域生活有深入的了解，善于从看似枯燥的行业生活中发现和提炼出真实生动而又富有韵味的人物形象和故事情节。《港湾》一书，并不是用文艺作品去粉饰生活、诠释政治、图解概念，而是从现实生活出发，关注的是港口的改革发展历程，关注的是港口人心态的变化和内心世界的渴求。它真正地融入生活，具有内容上的丰富性和效果上的观赏性。汕头大学教授隗芾赞许这本书："人物鲜活成市景，情节跌宕步迷宫。欲知海客沧桑事，魂系潮人搏浪中。"

从更深的精神层面探究，作家的这种创新和探索，根源于他对故乡、对海港、对文学深深的热爱和眷恋之情。因为诗歌和散文的语言，最有鲜明的情感色彩。这正是这份至真至纯的赤子之情，支撑着作家，虽年过花甲，仍然热情而执着地关心和记录着汕头港的一点一滴，用一颗敬畏的心去雕镂着关于海港生活最质朴的文字，传递着作者对生活、对生命、对正义、对责任、对梦想的理解。这样的文字，无关乎崇高，无关乎伟大，却让我们读出了一种阔大和细腻，一种丰富和感动，一种敬畏和沉思。

《潮人》作为这部系列长篇小说的收官之作，它着眼于潮人世界，潮人世界几乎涵盖了全球；着眼于潮人文化，潮人文化是大陆文化与海洋文化深度融合的结晶；着眼于潮人人物，潮人人物中有大量精英，无论在政界、商界，还是在科技界和文艺界，可以无愧地说，从古代、近代、现代到当代，从海内到海外，都有潮人的精英，他们的功绩与贡献，正在不断地造福中国与世界、民族与人类。

《潮人》中介绍了潮汕先民乘坐"红头船"，漂洋过海，艰苦创业，开拓进取的艰辛经历和潮人中的杰出俊彦、知名人士、爱国侨领、政商名流、硕学鸿儒的成功之路，如饶宗颐、吴南生、李嘉诚、陈伟南、陈汉士、黄赞发、陈焕展、林伦伦、许钦松、王兰若等人，他们的一篇篇故事、一串串足迹、一声声心音，都真实地记录了潮人并不如烟的历史与现实。他们都是潮人的化身和代表。全书以"潮人之魂"为主线逐个描述，节节相衔，扣人心弦，在描述过程中，作者深入剖析了潮人内外形象，既有正气与勇敢、热情且好客、求全又爱乡的优点，又有自私自利、患得患失的弱点，同时还入木三分地阐明潮人的独特之处，"忙于营造自己舒心的小天地，追求'小桥、流水、人家'的意境，却并不关心社会大环境；自家窗明几净，宛若照相楼馆，进屋换鞋，上街却浓痰随吐，废物随扔；围观热闹，猎奇寻趣，见事走避，黄牛过河各顾各，谈不上不平则鸣、拔刀相助的豪气……这乃是历史渊源，边民蛮悍的遗风"。

正是潮人这种民风民情，催生了"自强不息、坚忍不拔、勇于开拓"的潮人精神和"刻苦耐劳、不怕冒险、敢于拼搏"的潮人性格，从而享有"东方犹太人"之称。海外侨胞中，潮籍侨胞占了五分之一。全球华人首富是潮人，全国首富是潮人，广东首富是潮人；在五大洲27个国家中，泰国首富是潮人，新加坡首富也是潮人，欧洲、加拿大、澳大利亚华人首富也是潮人。潮人首富成为海内外华人一道奇特风景。潮人出了名的团结，潮人最肯努力。所以作者便以"潮人"为主题，花了22年的时间，呕心沥血，数易其稿，终于大功告成，圆了心中的夙愿。

该书出版后，中国作家网、广东作家网、《汕头日报》《汕头特区晚报》等海内外多家新闻媒体都相继报道推介，深受广大读者的青睐。除粤东五市之外，珠三角、粤西、海南省以至北京、上海、黑龙江、辽宁、河北、湖北等省市都引起关注并开始销售。海外潮籍人士也纷纷从美国、法国、德国、澳大利亚、新西兰、新马泰地区，通过各种渠道想办法得到这套书。在不久前的赠书仪式上，潮汕星河奖基金会理事长洪琦炉等老领导、老同志均接受了赠书，原省市潮籍老领导、政界、商界、文艺界的社会贤达对《魂系潮人》这套书十分钟爱，觉得是一部较全面反映潮人创业发展和潮人文化的长篇小说，值得每个潮人去认真阅读和保存。全国政协委员、中国作家协会副主席、著名书法家廖奔教授，抵达汕头，亲临现场写下"魂系潮人、潮人之魂"的墨宝，代表中国作家协会鼓励并馈赠给林继宗先生惠藏。广东省政协原副主席林兴胜要了十几套《魂系潮人》全书，分送省、市及港澳地区高端人士，反应甚佳。

说起这部数百万字的系列长篇小说的创作，林继宗深有感触。"这部系列长篇小说放弃稳妥的传统写法，而将诗歌因子尤其是散文因子糅合进系列长篇小说之中，形成如今呈现在读者面前的诗化散文式系列长篇小说。"这是小说创作手法上的一大革新，是有益的尝试，是新的文学创作实践。著名作家从维熙先生在该书的序言中也指出："诗化散文式系列长篇小说的创作是一种有益的尝试，它将文学的三大体裁或曰三大因子有机地结合在一起，形成新颖的颇具个人特色与个人风格的诗化散文式系列长篇小说，值得一读。"中国作协领导、专家和《文艺报》都充分肯定了这种新的创作实践。

小说，从来是社会的寒暑表，历史的见证人。真正的小说肯定是永生的。因为小说里，除了完美的艺术，还有岁月的印记，还有作家灵魂的争鸣。林继宗用他的笔，为他的父老乡亲书写、祈祷。《魂系潮人》是用潮汕故土最常见的生活场景、最普通的人情世态，加进自己的血肉，熔铸成不朽的传世之作。

　　其实，小说创作只是林老师文学成就的一个侧面。几十年间，他几乎涉及所有文学体裁，小说、散文、诗歌、戏剧、报告文学、杂文、评论，据他统计有836万字。这个数量，堪比鲁迅先生。这等文体之广谱，数量之繁多，又获奖多多，让人兴叹。他迄今已获得各类文学奖项72项。潮汕著名诗人黄赞发先生曾用四句诗概括并称赞："泪痕巧织亲情美，魂笔幽抒民性娇。敢系诗心强化雨，潇潇洒洒浥鲛绡。"

　　作家活在他的作品之中，而作品又活在读者心中。只有读者，才握有评判作家的标尺。林老师的《魂系潮人》（四部曲）出版后，在海内外有较广泛的良好影响，作品先后三次印刷，行销于粤东四市及省内外。广东省潮人海外联谊会在潮人国际会议上推介此作品，影响及海内外。海内外许多潮人组织、省内工会、共青团、妇女组织、机关事业单位和许多企业单位及个人都购买、订阅此作品。美国、加拿大、澳大利亚、德国、法国、英国、意大利、东南亚等国的华侨尤其是潮籍华侨，都以各种方式订阅该作品。这其中，数字化传播发挥了很大的作用，中国作家协会北京中作华文数字传媒股份有限公司与作者林继宗于2011年底签订了为期五年的《数字作品合作合同》，以数字化和其他形式，以音像制品、电子出版物、数字化制品等载体，以各种版本形式，在中国和世界范围内出版、复制、发行，以无线或有线等各种方式传播该书。潮汕星河奖基金会理事会会长、潮籍著名书画家洪琦炉先生盛赞该书"植根潮汕沃土，展示潮人乡魂"，并数次亲自手书墨宝送给林继宗老师，以示敬意。深圳市质量监督局吴文炳局长读了此书，深受感动，专程来汕头市拜访作者林继宗，当面说他为此书流了许多泪水，希望和作者交朋友，他还请了三十多位亲戚、朋友和部属一起陪林继宗吃晚饭，并向作者索书，林继宗先生又送了几十本书，在场宾主都感动得热泪盈眶。广东省文化学会一位副会长、老教授得知该书出版，即刻想购买一套阅读。但由于这书在广州市新华书店没有销售，于是他想方设法要联系作者，索要书籍。他和妻子好几次到邮局询问，才领到手中，当天夜晚就读到下半夜。广东东莞市某画院院长为了购得长篇叙事诗《魂系知青》，几经波折，他通过东莞市委宣传部，联系了汕头市委宣传部的同志，最后才周转联系到林继宗先生。林老师得知此事后，马上快递了一批书给他们。事后，他们又打来电话，说读了此书后，联想到自己年轻时候的经历，深受感动；还让他们的儿子孙子都来阅读，切身感受老一辈人艰难奋斗的生活。

37

告别林家的时候，已是日暮时分。灿烂的晚霞染红了西边的天空。莫道黄昏晚，最是夕阳红。

又回到种满老梧桐树的街道上，依旧是曲径通幽的氛围，给人远离尘世的安详。在这个暮春时节，伴随着阵阵树木的幽香，辛镛安静地漫步，安静地思考。

一个人的力量有多大？可以创造多少奇迹？这也许永远没有标准答案。但从林继宗老师身上，也许我们可以看出一些端倪。正是作家对故乡、对文学、对文友深深的热爱和眷恋之情，正是这份至真至纯的赤子之情，支撑着作家，虽年过花甲，仍然热情而执着地去工作，去贡献。我很佩服像林继宗先生这样的作家，他用坚实的肩承当起社会的道义和责任，又用睿智的手书写出流传的诗文篇章。他的奋斗，他的贡献，都值得我们敬畏和沉思。

他走过的这半个多世纪，是中国近现代史上最跌宕辉煌的章节。既经历了战争的炮火硝烟，经历了冷战的封锁对峙，也分享着改革开放带来的伟大变革，分享着现代化建设带来的辉煌成就。没有哪一个时代的灾难和悲剧，如此频繁深重；也没有哪一个时代的发展和进步，如此激奋人心。《易经》有言："天行健，君子以自强不息；地势坤，君子以厚德载物。"林继宗正是以这种自强不息的精神，经历风雨，见证坚强。他的经历，从一个侧面记录了中国人拾级而上的进程，印证了一个古老民族踉跄学步追赶并融入世界潮流的步履。

2014年10月，中共中央总书记习近平在京主持召开文艺工作座谈会并发表重要讲话。他强调，推动文艺繁荣发展，最根本的是要创作生产出无愧于我们这个伟大民族、伟大时代的优秀作品。文艺工作者应该牢记，创作是自己的中心任务，作品是自己的立身之本，要静下心来、精益求精搞创作，把最好的精神食粮奉献给人民。必须把创作生产优秀作品作为文艺工作的中心环节，努力创作生产更多传播当代中国价值观念、体现中华文化精神、反映中国人审美追求，思想性、艺术性、观赏性有机统一的优秀作品。

总书记同时指出在文艺创作方面，也存在着有数量缺质量、有"高原"缺"高峰"的现象，存在着抄袭模仿、千篇一律的问题，存在着机械化生产、快餐式消费的问题。文艺不能在市场经济大潮中迷失方向，不能在为什么人的问题上发生偏差，否则文艺就没有生命力。低俗不是通俗，欲望不代表希望，单纯感官娱乐不等于精神快乐。精品之所以"精"，就在于其思想精深、艺术精湛、制作精良。文艺工作者要志存高远，随着时代生活的创新与发展，以自己的艺术个性进行创新，并不断发展。

习近平强调，文艺工作者要想有成就，就必须自觉与人民同呼吸、共命运、心连心，欢乐着人民的欢乐，忧患着人民的忧患，做人民的孺子牛。对人民，要爱得真挚、爱得彻底、爱得持久，就要深深懂得人民是历史创造者的道理，深入群众、深入生活，诚心诚意做人民的小学生。艺术可以放飞想象的翅膀，但一定要脚踩坚实的大地。文艺创作方法有一百条、一千条，但最根本、最关键、最牢靠的办法是扎根人民、扎根生活。应该用现实主义精神和浪漫主义情怀观照现实生活，用光明驱散黑暗，用美善战胜丑恶，让人们看到美好、看到希望、看到梦想就在前方。

林继宗一辈子的奋斗目标是符合总书记的重要指示的。三春四海共，一梦九州同。繁荣港口的经济，兴盛的潮人文学，是林继宗一辈子的梦想，也正是伟大的中国梦的一个缩影。

总结自己几十年创作的经验，林继宗觉得，正如总书记在讲话中提到，"文艺创作方法有一百条、一千条，但最根本、最关键、最牢靠的办法是扎根人民、扎根生活。"

林继宗一直认为，作家是与灵魂打交道的人。作家要坚守艺术理想、艺术良知和职业操守，踏实创作，牢记自身的文化担当和社会责任。作家要以创作为本，以作品立身，不仅要有鸿鹄高志，还要有诚挚的爱，要把表现人民生活作为文艺创作的首要任务，以最大的热情和昂扬的激情投入创作，要把最好的精神食粮奉献给祖国和人民。

当前的文学艺术界，由于急功近利、挥霍与浪费，出现了一些形式上千篇一律的作品。因此，林继宗觉得艺术作品的门槛需要定得高一些，让艺术作品有品质的保障。文艺作品的创作既要在思想艺术上取得成功，又要在市场上受欢迎，这样的作品才能经久不衰地流传下去。文艺复兴、民族复兴不仅仅是表态，而要老老实实地践行，文艺工作者要加强思想积累、知识储备、文化修养和艺术训练，才能创作出传得开、留得下的作品。

拿破仑曾经说过："世上有两种力量：利剑和思想；从长而论，利剑总是败在思想手下。"林继宗的一生，为潮汕的经济发展而努力，为潮汕的文化事业而奋斗。"耗尽青丝添白丝，文心无悔赤心持"，堪称是其一生的写照。思想文化，是一个城市的灵魂。即使在城市现代化发展进程中，文化也具有其他任何资源不可替代的作用。对于一个有着悠久文化历史的地区，在发展经济的同时，还应传承具有地方文化特色的物质空间环境，体现丰富的城市文化内涵。源远流长的文化古迹和丰富多彩的经济活动交相辉映，才能形成了潮汕地区的城市特色。以经济带动文化，以文化促进经济，是林继宗一生事业的主脉络。

谦和，是林继宗的另一张标签。他虽身居要职，位尊文坛，却总是微笑着待人处事，给人以帮助、以温暖，实心、素语而真情。他待人豁达大度，亲切祥和。一直持守着传统文化"中和"的思想。"中者，天下之始终也；和者，天地之生成也，夫德莫大于和，而道莫正于中。"（《春秋繁露》）正是亲和、谦让、扶助、协同、平衡的理念和作风，让他赢得社会各界的赞誉和尊重。

辛镛忽然想起，林家客厅的壁上，挂着一副中国书法家协会副主席陈永正教师赠送的书法墨宝，"诚以待人，实以办事，诚实是立身之本；奇以治学，崛以为文，奇崛乃文学之风。"这是林先生的座右铭，其实也正是他崇高人格的概括。

最后一次采访林继宗老师结束时，我请他说几句话，作为本书的结语。他略加思考之后，缓缓地说："愿我们的文坛世代不断，薪火相传。我愿肩负继往开来的文学责任，做一名永不言弃的作家。"

　　汕头市区遍植梧桐。梧桐的枝繁叶茂，生机勃勃，正如潮汕经济文化的生机与繁荣。我突然觉得，林继宗先生就像是栽培和守护梧桐树的一位辛勤的园丁。他广纳贤才，荫庇后生，身先士卒，鞠躬尽瘁，以木柴的精神点燃生命的激情；为家乡的发展贡献自己所有的力量。他深深植根于潮汕沃土中，撒给人们些许悦爽的清凉和文化的灵气……

林继宗年谱

（1946–2015）

林继宗年谱

1946年4月14日（农历三月十三），林继宗出生于潮阳棉城（今汕头市潮阳区）。

1949年10月，林继宗进入棉城学前教育班读书。

1952年秋，林家迁入汕头市区，定居于中山路206号。

1953年秋，林继宗入读汕头市文华小学。这一年，林继宗撰写了人生第一首七言绝句《游中山公园》。

1959年，林继宗小学毕业，以优异的成绩考入汕头市聿怀中学读初中。

1962年，林继宗在《汕头日报》发表了处女作。这一年，林继宗初中毕业后，因家贫辍学。

1963年秋，林继宗以优异成绩考入了广东省华侨中学读高中。

1966年，因"文革"爆发，学校停课，林继宗再次辍学。

1967年1月，林父恪勋因病逝世。

1968年，林继宗在市劳动局当秘书，期间，还利用业余时间办报办刊。

1969年7月，林继宗因"上山下乡"运动，到海南岛当知青，落户广州军区生产建设兵团十师三团二连。

1969年11月，林继宗在调任兵团十师报道组组长兼任师文工团编剧。

1969年12月，林继宗被评为广东省知识青年上山下乡优秀代表，并出席在广州召开的首次代表大会。

1972年9月，林继宗第一部文学作品报告文学集《魂系胶林》结集出版。

1974年5月，林继宗第二部文学作品戏剧集《魂系椰风》结集出版。

1974年7月，林继宗返回汕头，在汕头市知识青年上山下乡办公室任秘书。

1975年3月，林继宗作品获广东优秀报告文学奖。

1975年7月，林继宗被调到汕头港务局上班，从此开始了他与港口结缘的生涯。

1976年，林继宗被提任汕头港务局团委书记。

1981年，林继宗参加中国作家协会鲁迅文学院学习，至1983年毕业。

1982年，林继宗加入中国社会心理学会，成为当年汕头市两名中国社会心理学会会员之一，并被推选为汕头市社会心理学会副会长。

1983年，林继宗开始北京外国语学院的英语函授学习，至1986年毕业。

1983年，就读于西南财经大学，毕业于1987年。

1984年，林继宗被评为广东省优秀宣传干部。

1985年，林继宗被评为广东省新长征突击手。

1985年8月，林继宗当选为汕头市作家协会副主任兼秘书长。

1986年，林继宗转任交通部汕头港务管理局第一港务公司党委副书记兼纪委书记。

1986年，林继宗开始北京外国语学院的日语函授学习，至1989年毕业。

1986年，林继宗参加了中国作家协会鲁迅文学院高级研修班学习，至1988年毕业。

1986年，林继宗被评为汕头市劳动模范。

1987年，到交通部交通管理干部学院进修，因品学兼优被评为优秀学员。

1988年，林继宗被评为汕头市优秀党务工作者。

1989年，林继宗被提拔为交通部汕头港务管理局工会主席（正处级）。

1989年，林继宗被评为广东省优秀工会干部。

1989年6月，获全国水运系统优秀散文奖。

1990年，林继宗成为广东省第一批高级政工师之一。同年，林继宗还被评为汕头市首批经济师之一。

1990年，林继宗加入了广东省作家协会。

1990年7月，获全国交通系统优秀小说奖。

1991年5月，获全国海洋文学优秀奖。

1991年至1994年，林继宗就读于北京经济管理学院，被评为优秀学员。

1992年，林继宗被任命为交通部汕头港务管理局党委副书记（正处级）。

1992年7月，林继宗出版第三部文学专著：短篇小说集《魂系海角》。

1993年，林继宗到中央党校学习经济管理专业。

1993年6月，获全国交通系统优秀诗歌奖。

1995年，林继宗被推选为汕头市社会心理学会会长。

1996年12月，林继宗出版第四部文学专著：中篇小说集《魂系人生》。

1996年8月，获秦牧散文奖。

1997年，就读于交通部交通管理干部学院，担任党委书记班班长，并因品学兼优被评为优秀学员。

1997年8月，林继宗出版第五部文学专著：散文集《魂系真诚》。

1998年7月，林继宗出版第六部文学专著：诗集《魂系天涯》。

1998年8月，林继宗出版第七部文学专著：评论集《魂系求索》。

1999年10月，林继宗出版第八部文学专著：散文集《魂系神州》。

1999年，林继宗被任命为汕头港务集团党委副书记、副董事长。

1999年，林继宗就读于中央党校，学制两年半。

2001年7月，林继宗被授予"广东省优秀党务工作者"称号。

2002年，被评为广东省普法教育先进工作者。

2003年5月，林继宗出任汕头市作家协会主席，并被增补为广东省作家协会理事。

2003年7月，汕头市社会心理学会换届，林继宗连任会长。

2003年，林继宗加入中国作家协会。

2003年下半年，汕头市作家协会接待中国作家协会访汕团并举办系列活动。访汕团由中国作家协会专职副主席、著名作家陈建功，中国作家协会名誉副主席、著名作家邓友梅带队。

2004年，汕头市作家协会接待了由著名作家从维熙先生带队的中国作家协会访汕团并举办系列活动。

2004年9月，获得全国征文大赛一等奖。

2005年，林继宗被广东省高评委评为高级经济师。

2005年，林继宗被评为广东省优秀宣传干部。

2005年9月，获得全国征文大赛特等奖。

2005年10月，获得诗词征文大赛优秀奖。

2006年，林继宗带领筹备组，筹建汕头市港口行业协会。同年12月，汕头市港口行业协会成立，林继宗任名誉会长。

2006年10月，获得中国散文精英奖。

2006年11月，获得《爱我中华》全国征文大赛银奖。

2006年11月，获得《中华颂歌》全国征文大赛金奖。

2006年9月，林继宗出版第九部文学专著：系列散文集《魂系真情》。

2007年4月，林继宗退休。

2007年5月，林继宗出版第十部文学专著：长篇生态系列散文《魂系苍凉》。

2007年10月，获得"新世纪之声"全国征文大赛金奖。

2007年12月，获得《温馨的情亲》全国征文大赛特等奖。

2008年8月，林继宗任汕头市港口行业协会会长。

2009年6月，汕头市作家协会换届，林继宗连任主席。

2009年9月，汕头市社会心理学会换届，林继宗连任会长。

2008年2月，获得"和谐文化·2007年度影响力人物大型活动"全国性作品评比特等奖。

2008年3月，获得全国性作品评比最具艺术感染力作品奖。

2008年8月，获首届中华之魂优秀文学作品征文特等奖。

2009年4月，获中国作家协会创作年会一等奖。

2009年9月，林继宗出版第十一部文学专著：诗化散文式系列长篇小说《魂系潮人》第一部《家园》。

2009年10月，获庆祝建国六十周年中国当代诗词精品特等奖。

2009年11月，获庆祝建国六十周年全国征文大赛特等奖。

2009年12月，获庆祝建国六十周年全国征文大赛中华之魂优秀文学作品一等奖。

2010年3月，获首届"星光杯"感动中华·全国大型征文活动优秀文学作品一等奖。

2010年5月，获中国作家创作年会一等奖。

2010年10月，林继宗出版第十二部文学专著：诗化散文式系列长篇小说《魂系潮人》第二部《海岛》。

2011年，汕头市港口行业协会换届，林继宗连任会长。

2011年，林继宗由于年龄原因，改任汕头市作家协会名誉主席。

2011年3月，获得中国作家协会《中国作家》杂志全国征文一等奖。

2011年5月，潮汕文学院成立，这是一个面向潮汕四市、共有共享的文学平台。

2011年6月至9月，首届国际韩江诗歌节成功举办，产生了良好影响。

2011年7月，林继宗第十三部文学作品长篇小说《汕头港》出版。

2011年10月，获得"新世纪之声·和谐中国"全国征文大赛文学作品金奖。

2012年2月，广东省潮汕文学院举行了隆重的揭牌仪式，同时举行了广东省潮汕文学院艺术委员会揭牌仪式，聘请了一批顾问、专家和各方面文学艺术人才，并举行院刊《潮人文学》首发式。

2012年3月，获第二届"星光杯"感动中华·全国大型征文活动优秀文学作品一等奖。

2012年5月，林继宗出版长篇叙事诗《魂系知青》三部曲：第一部《永久的真情》，第二部《永存的温馨》，第三部《永生的美名》。

2012年6月至10月，第二届韩江诗歌节在韩山师范学院成功举办。

2013年6月至2014年4月，"安福杯"首届国际潮人文学奖成功举办，在海内外产生良好而广泛的影响。

2013年7月，高级精装书《彰显南粤》一书，收录了改革开放以来全省32位先进人物的典型事迹，其中作家代表和知青身份，只有林继宗一人。

2013年10月，林继宗第十七部文学专著，诗化散文式长篇小说《魂系潮人》第三部《港湾》出版。

2014年8月，林继宗第十八部文学专著，诗化散文式长篇小说《魂系潮人》第四部《潮人》出版。

2014年10月，"游走诗词——廖奔书法展"盛大开幕。这是新中国成立以来汕头市规格最高的书法展览。

2014年11月，汕头市社会心理学会换届，林继宗继续任会长。

2014年12月，"安福杯"国际潮人文学交流会活动启动。

2015年1月，潮汕文学院2015年年会暨张速平《大山的守望》首发式隆重举行，盛况空前。

2015年2月，获得全国优秀文学作品名誉奖。同时获得名誉奖的有三位：莫言，陈忠实，林继宗。

2015年4月，国际潮人文学院、国际潮人文艺基金会、林继宗文学研究院、国际潮人创作中心、中国潮汕文学院在香港注册成立。这是立足潮汕文化，面向全球乡亲的文化公益组织。

后 记

《梧桐遐思》一书，历时近三年，数易其稿，终于成型，但我的心却更加忐忑了。

林继宗先生是潮汕名流、文坛宗主。他前七十年的传奇岁月，正与中国现当代发生的一些重大历史事件息息相关；他与社会各界人物交往的故事，又恰恰反映了这一时代的社会风貌。因此，创作这一部传记文学，并非只是为了介绍其个人事迹而树立的高大全的典型，而是想用人物贯穿历史，用历史展示人物。通过他的人生经历，反映现当代潮汕甚至现当代中国的沧桑坎坷历程。用他的成长环境再现潮汕平原历史文化的浓厚积淀和乡情习俗；通过他的拼搏进取的奋斗历程，德泽后生的济世慈心和高风亮节的人生态度，折射出不屈不挠的中华民族精神。

这部书的写作起始于2012年，在近三年的时间里，我无数次拜访传主林继宗先生，听他本人口述历史。同时，为了还原历史真相，使文学更加贴近史实，我还拜访多位耄耋老人及知情人士，了解到许多"三亲"口述史料；并通过查阅大量历史文献、档案资料和亲历者的笔记、回忆录等，进行佐证核实，补充、勘正了传主因时间久远而遗漏或误记的资料。特别是获取到多份日记、信札、照片等珍贵文物，查找一些鲜为人知的事件和线索及当事人的心理感受，为完成这部具有史料价值的文学作品提供了重要依据。

其实，这部传记的绝大部分都是我在繁忙的工作之余，利用自己一点一滴的私人时间写出来的，甚至曾经跟随我走在北京、上海、新加坡出差的航班和列车路上。这部书稿，经历了无数个夜深人静的夜晚，见证了辛镛这几年的业余写作生涯。近三年来，我的思绪和笔尖，经常跟随林继宗的足迹，下海南，回潮汕，建港口，访异域。当我写到知青们当年在兰州生活异常艰苦，食不果腹却依然努力开荒工作时，我为老一辈的革命乐观主义精神而深受鼓舞；当我写到汕头港务局领导班子深入一线认真检查工作，对工人违规使用手钩的情况十分生气，在全局召开大会的时候，我为他们一丝不苟的严谨精神肃然起敬。我知道，自己的喜怒哀乐，已经融入到这部传记当中了。

这部传记共有八章三十七节，采用纪传体（以人物为序）和编年体（以时间为序）相结合的写法。第一章"童年岁月"讲述林继宗的出身和青少年时期求学岁月，第二章"激情时代"讲述他在海南岛的知青生涯，第三章"新局新政"叙述传主在汕头港创业的故事，第四章"走向寰宇"讲述林继宗赴外国学习考察的故事，第五章"小会大业"讲述其创办汕头作协等社团的经历，第六章"艺苑春秋"讲述林继宗与中外众多文化艺术界友人交往的故事，第七章"风云新途"讲述林继宗和辛镛等创办潮汕文学院、国际潮人文学院的经历，第八章"大道行思"总结林继宗的文学观和他的事业精神。

几十年间，文坛很多前辈为林继宗写评论、写传记，蔚为大观。因此，文章如何推陈出新，成了最重要也是最棘手的难题，曾困扰了我很长的一段时间。

最后，我给自己定了一个原则：忠于历史，忠于文学。在这部传记的写作中，不逐一评论林继宗先生的创作和著述，也不细致地剖析他的思想发展过程，更不能歪曲历史为他立一座能够传之千秋万代的丰碑——这也不是辛镛力所能及的。"汗青史上丹心照，功过自有后人评。"我只能尽量比较忠实地还原他那波澜壮阔的生命历程，于中展示他的思想行为、个性情趣，以及品格与作风，从而映现出他在特定历史环境中所显现出的不平凡的风姿。由于学识与能力的局限，我深知没有达到这一要求，其中描述失实，分析欠妥之处在所难免，我诚挚地希望师友及读者们予以批评指正。

我在很多场合都说过，文章是面向广大读者的。一篇好的传记文学作品，应该是教科书而不是功劳簿。它的意义在于用深刻精辟的描写和评论来启发人，使读者开卷有益；而不是单纯为传主歌功颂德。所以我在选材和行文时，并没有花大量笔墨去刻画细节，而是将这些事件放到一个更大的历史背景下来考量，更注重于讨论该事件对于当时和历史的意义，希望能从对过程的叙述和点评中给读者以哲理性的启发，留下更多的思考空间。"为艺术，更为人生（读者）"，这也是林继宗先生几十年间文学创作的一个准则。

在写作过程中，我得到许多朋友的帮助。感谢美籍华侨领郑竹园先生为本书作序，感谢广东省、汕头市、潮阳区三级人大代表张速平先生资助了本书的出版；感谢著名文学评论家、羊城晚报报业集团温远辉副总经理、新明框业辛列明经理、龙湖区作协黄育新主席和现代人诗协王慧会长的关心与指点；感谢丁烁、翁夏、陈佳淋、钟雪玲、郑承典、蔡达虹等亲友提供资料并帮助誊抄、校对文稿。

人生的长河或许是涓涓细流，或许是时盈时竭，但是当她汇聚成历史的巨流长河，无论怎样曲折蜿蜒，都不会停住脚步，而是生生不息、奔流向前。每一个生命都是一首绝唱，但人民的事业却是无穷尽的。文章记录一个前辈对生活、对生命、对正义、对责任、对梦想的理解和奋斗，它也是一部潮汕当代的文化史，它传递拼搏奋斗、生生不息的精神。寄望这种精神能继续传承和书写，这应该是《梧桐遐思》一文最深远的意义。

辛镛

2015年3月

于汕头金涛庄

国际潮人文化基金会倡议函

各位贤达、文友：

应海内外众多华人、潮籍侨胞与文友的呼声和倡议，国际潮人文化基金会暨国际潮人文学艺术协会、国际潮人创作中心、中国潮汕文化艺术院于近日在香港注册登记成立。

基金会面向全球，旨在团结海内外华人、潮汕籍乡亲，为国际潮人文学艺术的交流和发展提供公益性服务。基金会总部设于香港，是依照香港的章程条例开展活动的独立社团法人，将在北京、上海、广州、深圳、武汉、昆明、汕头等城市设立分会或办事处，还将在悉尼、曼谷、新加坡、旧金山、柏林、吉隆坡等潮人主要聚居的海外城市设立分支机构。基金会聘请海内外一批爱国侨领、政商名流、硕学鸿儒、知名作家担任顾问等荣誉职务。

欢迎包括海外非潮籍华人在内的有识之士加盟与合作，共同促进海内外潮人文化事业的发展。

国际潮人文化基金会

2015年5月4日